Irène Plantive

Le cœur de Cédric

Suivi
d'autres contes et nouvelles

Éditions EDILIVRE APARIS
93200 Saint-Denis – 2011

www.edilivre.com

Edilivre Éditions APARIS
175, boulevard Anatole France – 93200 Saint-Denis
Tél. : 01 41 62 14 40 – Fax : 01 41 62 14 50 – mail : actualite@edilivre.com

ISBN : 978-2-8121-9836-6
Dépôt légal : juillet 2011

Sommaire

Le cœur de Cédric 7
Le Suédois 13
Nicole et le « vieil homme » 21
L'euphoria 29
Shanoz 37
La voix d'Amanda 51
Une tête de linotte 57
Amélie et le calendrier républicain 65
Les yeux de Lucie 71
Les souhaits d'Alain et de Sophie 77
Thomas et son idéal féminin 85
Annabelle et les papillons 95
Damien, culture et nature 101
Cathy et le souvenir involontaire 109
La chevelure de Morgane 117
Les flèches de Cupidon 125
Le vieux couple et les poupées 133

Le dessin de Louna 141
Le « nez » de Paul Floréal 149
Élodie et la justice.. 157
Anémone et le langage des fleurs 167
Gaëlle et l'archéologie... 173
Les deux vieilles filles 181
Léo et la musique... 189
Le sourire d'Elsa.. 197
Éliane et le miroir aux alouettes 203
Léa et Madame Soubiran... 213
Benjamin le caméléon.. 221
Paul et sa tante 229
Les nuits de Josiane 239
Le sourire d'Alexandre.. 245
Annie et les métaphores.. 253
Sylvia et les bulles de savon 261
La beauté d'Emma.. 267
Carole et son père 275
Berta et Delphine 281
Rencontre entre Amour et Humour 291
L'épreuve de Gisèle.. 295
Nathan Étymologie : Cadeau, don 305
Nadine et la littérature 313
Les oreilles d'Antony 323
Les bouleaux sont blancs... 331
Julie et le jardin de Livie 337

Le cœur de Cédric

Cédric était né avec une particularité bien étrange, dont sa mère fut la première à s'apercevoir mais que les médecins auraient pu déceler dès l'accouchement si les cris du bébé n'avaient pas occulté tout autre bruit, l'entrée dans la vie étant une épreuve assez terrible pour le petit être jusqu'alors bien au chaud dans son cocon maternel. L'enfant semblait normalement constitué et quand on le déposa dans le berceau après tous les soins d'usage, il s'endormit aussitôt.

C'est au bout de plusieurs semaines, quand sa mère, après lui avoir donné la tétée, lui gazouillait des mots tendres en le contemplant, qu'un très léger bruit, comme d'un grelot, sembla émaner de la poitrine du nourrisson tandis qu'une ébauche de sourire s'esquissait sur ses lèvres. La mère n'y fit pas vraiment attention, mais quand cela se fut reproduit chaque fois qu'elle sollicitait son bébé, lequel s'éveillait à son entourage au fil des jours, elle se mit à guetter ce bruit avec curiosité. Elle dut se rendre à l'évidence : l'émotion faisait tinter le cœur de l'enfant ; les battements accélérés du cœur se traduisaient chez lui par ce léger bruit de clochette, joyeux au demeurant, en écho aux gazouillis de tendresse de sa mère. Elle résolut dans un premier temps de garder pour elle ses observations. On la prendrait pour folle. Quand elle était seule avec lui, elle posait souvent son oreille contre la poitrine du petit, guettant ce petit tintement qui se déclenchait dans les circonstances que nous avons évoquées, mais elle n'entendait rien. Les pulsations normales de notre sang, nous n'y prêtons guère attention, et notre cœur bat paisiblement sans que nous y attachions d'importance, de même que nous respirons sans penser que nos poumons se gonflent et se dégonflent. Il devait en être de même pour l'enfant. Ce petit grelot ne se manifestait qu'au cours d'un émoi, quand le cœur palpite. Ainsi donc, une jolie petite musique accompagna les sourires, à présent bien épanouis de Cédric. Son père, quoique fort occupé, finit bien par s'en apercevoir aussi, mais de peur d'inquiéter sa femme, il n'en souffla mot, et tous deux se turent par la suite, conscients mutuellement de leur complicité à occulter un phénomène qui, après tout, n'avait l'air d'avoir aucune incidence sur le développement de l'enfant. À vrai dire, ce grelot qui tintait gaiement quand leur bébé était content et leur distribuait force sourires, leur aurait manqué s'ils ne l'avaient plus entendu. Le père tout de même se demandait si plus tard, son fils pourrait faire du sport. Mais il fallait attendre qu'il grandisse pour le savoir.

Il le sut assez vite, d'ailleurs, car dès la deuxième année, quand l'enfant put courir, les parents s'attendaient à entendre le grelot de son cœur qui évidemment battait plus fort, mais il n'en fut rien. Grand fut leur étonnement. Quand il put monter les escaliers, aucun grelot ne résonnait. Ainsi donc, l'accélération du rythme cardiaque due à un effort ne déclenchait pas la petite sonnette de Cédric. En revanche, bien d'autres occasions leur permirent de l'entendre. Dès qu'on contrariait l'enfant et qu'il se mettait en colère, ses pleurs ne masquaient que mal un tintement désordonné, précipité, hoquetant, dont la mère se désolait. Quand l'enfant faisait des cauchemars, l'angoisse faisait également résonner le cœur de leur enfant en tintements lourds et sourds. Les parents finirent par comprendre que le grelot était lié seulement aux états émotionnels. Évidemment, certains cas n'étaient pas aussi nets. Quand Cédric, par exemple, apprit à faire du vélo, le petit grelot tinta, et on pouvait soit le mettre sur le compte de l'effort physique, soit l'attribuer au mélange de plaisir et de peur que cet apprentissage lui procurait. Quoi qu'il en soit, il semblait inutile aux parents de recourir à la médecine. Le mieux pour l'enfant était de le faire vivre dans un environnement calme et de lui éviter les fortes émotions. Quant aux joies qui font bondir le cœur, eh bien, le grelot en était un signe positif, comme le rire, et il n'y avait que lieu de s'en réjouir. Au fond, qu'y pouvait-on ? Mektoub…

Ces parents étaient bien légers dans leur raisonnement, me direz-vous. Comment Cédric vivrait-il sa singularité face à ses camarades, ses professeurs, la société en général ? Eh bien, ses parents n'étaient pas sans se poser la question, mais curieusement ils constatèrent qu'hormis la grand-mère qui en avait longuement discuté avec eux et qu'ils avaient rassurée, personne n'avait l'air de le remarquer. Était-ce par simple tact ? C'est peu plausible. Ou alors est-ce à dire que Cédric n'avait aucune occasion d'être ému ? C'est une hypothèse encore moins satisfaisante. Quand à l'école, tombait une mauvaise note – ce qui était plutôt rare dans son cas –, leur fils n'était certes pas assez blindé pour que cela n'ait aucune résonance en lui. Il est vrai qu'avec l'âge, on domine mieux ses émotions, mais tout de même ! D'ailleurs, au moment de l'adolescence où les perturbations physiologiques vont de pair avec toutes sortes d'émoi, le cœur de Cédric s'emballait vite et tintinnabulait plus que de raison. Et cependant, personne ne l'entendait apparemment, comme put le constater sa mère lors du jour de ses quinze ans : il l'avait supplié d'inviter à dîner quelques élèves de sa classe. Elle avait accepté, à la condition d'être présente à la cuisine, histoire d'empêcher les débordements. Il devait y avoir au total six convives, trois garçons et trois filles. Un terme avait été fixé à la soirée : minuit au plus. Dès dix-neuf heures, certains arrivèrent, porteurs de petits cadeaux pour l'occasion. Cédric avait l'air heureux tout en étant fébrile, et le grelot de son cœur faisait entendre une petite musique désordonnée par intermittence, bien que personne d'autre que sa mère n'y prît garde. Cédric jetait de fréquents coups d'œil à l'horloge suspendue au mur. Il manquait encore quelqu'un. On mit de la musique pour créer une atmosphère de fête et les conversations s'engagèrent, mais Cédric paraissait de plus en plus nerveux ; la mère se disait que s'il n'y avait pas eu le disque qui tournait, il eût été impossible de ne pas se rendre compte à l'oreille de l'anxiété de son fils. Quand la sonnette de la porte enfin retentit une dernière fois, il se précipita ouvrir. Sur le seuil se tenait une très gracieuse adolescente et Cédric, interdit et muet, restait gauchement planté devant elle, mais son cœur tintinnabulait en toute folie. Le rythme en était si gai et si rapide que la mère sortit de la cuisine : la jeune fille la salua, et Cédric retrouva un certain empire sur lui-même. Le grelot diminua d'intensité. « Se peut-il, pensait la mère, que cette jeune fille n'ait pas entendu ce cœur qui battait la chamade ? » En tout cas, elle n'en laissa rien paraître, et durant toute cette soirée où la mère observa les deux, elle vit bien que si Cédric était amoureux de sa camarade – il n'avait sans doute voulu organiser ce dîner que pour elle –, l'inverse n'était pas vrai : l'adolescente ne lui prêtait pas spécialement attention, c'est plutôt autour d'un autre qu'elle tournait. À la fin de la soirée, quand Cédric raccompagna ses convives, le grelot de son cœur ressemblait à des sanglots. Ainsi grandit-on avec les blessures légères ou graves que la vie vous inflige !

Quand Cédric devint adulte et fut sur le point d'achever sa vie d'étudiant, l'énigme le concernant n'était pas résolue pour autant, je veux parler du fait que personne d'autre que sa famille ne semblait entendre son cœur, bien que sa mère d'abord, son père ensuite et sa grand-mère enfin fussent tous trois les témoins de ce phénomène fréquent qu'ils avaient découvert d'ailleurs chacun à des moments distincts. Ce n'était tout de même pas une hallucination collective. Un samedi où il déjeunait chez ses parents – dans la semaine, il ne les voyait plus guère, occupé par ses études et ses propres affaires –, il leur révéla assez solennellement qu'il était sincèrement épris d'une jeune fille de sa promo et qu'il aurait aimé la leur présenter. Ses propos n'allaient pas d'ailleurs sans être accompagnés d'un tintement prononcé de son cœur. Ses parents eurent l'air agréablement surpris et après l'avoir écouté parler de la jeune personne, sujet qui le rendait fort éloquent, s'empressèrent d'acquiescer à sa demande. On convint d'un dîner le week-end suivant et la semaine passa dans une certaine agitation de part et d'autre. Le moment tant attendu arriva. Cédric amena donc Sonia, puisque tel était son nom. Elle était assez jolie ou plutôt mignonne, voilà le terme qui convenait. De taille moyenne, vêtue d'une petite robe qui lui seyait bien sans être prétentieuse, elle avait un comportement plein de naturel et elle fit bonne impression aux parents. On s'installa au salon prendre l'apéritif. Le père ouvrait une bouteille, la mère apportait une assiette d'amuse-gueule, et dans le silence des préparatifs, on entendit dans la poitrine de Cédric le grelot danser de manière pure et cristalline. Sonia tourna un peu la tête vers lui et mit furtivement un doigt sur ses lèvres arrondies (chut !), mais le pèrc et la mère s'en aperçurent, ils échangèrent un bref regard, et finalement tous quatre se prirent à sourire.

Ainsi donc, l'énigme était résolue. L'amour seul permettait d'entendre la musique du cœur.

Le Suédois

Je sortais d'un cancer, guéri me disait-on, mais qui m'avait beaucoup éprouvé physiquement et comme j'allais mieux et que j'étais encore en convalescence, je me décidai à partir me reposer, loin du bruit et de l'agitation urbaine, au bord de la mer, là où autrefois j'avais passé mes vacances étant enfant. On était en plein hiver et l'île où je me réfugiai n'était peuplée à cette saison que de ses autochtones, peu nombreux, pêcheurs et paysans à la fois, de vieilles gens pour la plupart, peu loquaces et pas forcément accueillants, lassés du tourisme d'été. Mais j'avais souvenir d'une petite maison basse que mes parents louaient et la fille de l'ancienne propriétaire consentit à ce que je m'y installe, si toutefois le feu que je pourrais faire dans la cheminée me suffisait comme chauffage. Je m'étais empressé d'acquiescer : cette petite maison, quoiqu'humide, aux murs rongés par le sel et le salpêtre, était presque adossée à la dune et je comptais bien occuper une grande partie de mon temps à faire de longues balades sur la plage ou à l'opposé, du côté de la digue, à parcourir les polders, classés réserve naturelle où nichaient une multitude d'oiseaux propres à ce milieu. J'avais emporté des jumelles, m'étais équipé de bottes et d'une bonne parka fourrée qui me permettrait d'affronter les vents marins.

Les vents marins en effet soufflaient fort quand on était plein ouest et l'île n'avait pas perdu son aspect sauvage à la mauvaise saison : au bord de l'océan quand se déchaînaient les tempêtes, elle ressemblait à une frêle embarcation échouée de guingois. Les hautes herbes des dunes agrippées aux falaises de sable sapées par les vagues ployaient sous la bourrasque, échevelées, et les embruns crépitaient en fin brouillard jaillissant des vagues qui se fracassaient sur le rivage. Mais le temps n'était pas toujours agité et s'il m'arriva de ne pas toujours pouvoir sortir, je passai durant mon séjour beaucoup d'heures au grand air, arpentant la longue plage qui s'étendait sur des kilomètres. Je marchais plus volontiers sur l'estran, la bande de sable mouillé que découvrait la marée basse permettant une marche plus facile que le sable sec.

J'y fis, un après-midi, une surprenante découverte : une magnifique sirène gisait là, croupe bondissante, sculptée en relief dans le sable : sa chevelure était faite de ces longues lanières d'algues brunes dont j'ai oublié le nom. Elle tendait les bras dans un mouvement de nage indienne et son visage offrait un profil dessiné jusque dans les détails : un sourire de déesse retroussait la commissure des lèvres et les paupières à demi entrouvertes laissaient couler un regard énigmatique. Le méplat de la joue conférait une certaine finesse au portrait. De même, la poitrine, petite mais ferme, n'avait pas la générosité de formes stéréotypées auxquelles on eût pu s'attendre. La queue de poisson était plus grossièrement suggérée, comme si l'auteur avait laissé son travail inachevé. Je tournais autour de la sculpture, intrigué, et me promis bien de revenir le lendemain. Mais la marée haute avait effacé toute trace de cette œuvre éphémère et je rentrai bredouille.

Quelques jours plus tard, en descendant sur la plage presque toujours déserte, je ne manquai pas d'apercevoir au loin une silhouette accroupie, fort affairée, presque au bord de la vague mourante. Ce ne pouvait être un pêcheur, et je pensai aussitôt qu'il s'agissait là du sculpteur de la sirène. Je partis donc dans sa direction, sans me presser, ralentissant même mes pas pour ne pas faire une intrusion brutale dans sa solitude et eus tout le loisir, en approchant, de peu à peu le détailler : l'homme était grand, du moins le voyait-on quand il se redressait, plutôt maigre, barbu ; un bonnet enfoncé jusqu'aux yeux maintenait une chevelure longue d'un blond sale, hirsute. Il portait un caban et un pantalon épais retroussé à mi-mollets. Il était pieds nus (une paire de chaussures avait été jetée plus haut sur le sable sec) et de ses longues mains osseuses, il arrachait sur le bord de l'eau, dans la barrière de goémon accumulée sur le sable, des lanières d'algues qu'il disposait en rayons torsadés autour de son œuvre, une sorte de tête de Gorgone grimaçante, autant que je pouvais en juger à la distance où je me tenais. Il avait forcément fini par s'apercevoir de ma présence, mais il n'en laissait rien paraître, et je restai immobile, dans une attitude de muet respect. Je finis par dépasser l'endroit où il se tenait, lui faisant signe par un bref salut du menton quand je fus à sa hauteur, sans qu'il bronchât, et continuai ma promenade. Le soir, j'eus l'occasion de bavarder un peu avec ma logeuse et lui demandai si elle connaissait le personnage.

« Ah oui, dit-elle. C'est le Suédois. Il a un nom imprononçable, alors on l'appelle toujours comme ça. Il vient tous les ans pendant l'hiver et puis à Pâques, quand les touristes arrivent, il disparaît. Il passe son temps à dessiner sur la plage ; à ce qu'on dit, c'est un artiste. Le père Bernard le loge dans une cahute au fond de son jardin. À ce qu'il paraît, il retourne dans son pays quand il n'est pas ici. Il doit bien avoir de l'argent quelque part pour voyager ainsi. »

Ce fut pour moi désormais une distraction quotidienne que d'aller voir si la plage offrait de nouvelles sculptures de sable ou si le Suédois y travaillait. J'en délaissai l'observation des oiseaux dans le marais. Quand je ne trouvais rien, je comptais les jours d'absence, déçu et impatient. Je surveillais les horaires de la marée montante puisque la mer venait lécher les œuvres pour les effacer définitivement. Je me souviens combien, enfant, je me démenais pour protéger mon château de sable en amassant des digues contre la mer qui commençait à le cerner. Notre artiste ne faisait rien de tel pour prolonger la durée de ses œuvres. Il restait même parfois sur place, les regardant se désagréger avec une certaine délectation, semblait-il. Et pourtant, que de beauté perdue ! Peu à peu, nous nous étions tacitement apprivoisés et si nos échanges de paroles étaient on ne peut plus laconiques, je sentais qu'il m'avait octroyé le droit de contempler son travail. Je prenais soin de rester très discret, mais j'étais en admiration devant son talent, ces créations fragiles destinées à disparaître, pourtant si fortes dans leur expressivité. Son thème de prédilection restait tout de même le corps féminin. Il avait par exemple réalisé une dormeuse, couchée sur le ventre, la tête enfouie dans les bras, une jambe légèrement repliée sous l'autre, et il avait obtenu un tel effet d'abandon dans la pose que lorsque la marée montante vint lécher les pieds de la belle endormie, j'avais presque eu envie de la secouer pour qu'elle se réveillât. Il fit une autre fois une Vénus callipyge aux reins cambrés, offrant dans sa nudité une superbe paire de fesses qu'il affina longuement avec sensualité. Il modela un jour une sorte de géante « alma mater », divinité à la poitrine généreuse qui, dans son giron de nourricière, offrait des fruits en abondance. Dans un autre genre, il créa une petite danseuse, bras en vol, aérienne, bondissant dans un élan gracieux. Mais il fit aussi un drakkar élancé à la voile gonflée, dont la proue svelte et élancée fendait allègrement les flots ; un guerrier africain Masaï orné de ses parures, collier, bracelets et tatouages, tenant fièrement sa lance et son bouclier. Il était très habile et avait une patience extrême dans l'exécution des détails ; détails que je regardais parfois mélancoliquement s'estomper à marée montante sous le va-et-vient incessant des vaguelettes, d'abord timides, puis de plus en plus audacieuses, ruisselant sur le relief qui fondait et dont il finissait par ne rester qu'une vague bosse informe. « C'est dommage ! » me risquai-je un jour à dire en le regardant, mais il ne réagit pas.

Un matin, pour ma promenade, je suspendis à mon cou mon appareil photo et vins sur la plage jusqu'à lui, absorbé dans la réalisation de son relief. Je dégageai la courroie de mon appareil et m'apprêtai, en souriant, à faire une mise au point pour prendre un cliché. En un éclair, il bondit sur moi, m'arracha l'appareil et le jeta au loin. Sa colère soudaine lui donnait un regard de dément et ses mâchoires contractées durcissaient son visage dans une expression proche de la haine. Je reculai, surpris et confus, m'excusant comme je pouvais, maladroitement. Mais ses muscles se relâchèrent soudain, ses épaules s'affaissèrent, et il hocha la tête d'un air désespéré. Il me prit par le bras aussi doucement qu'il s'était auparavant montré violent ; il me fit signe d'aller récupérer mon appareil photo – que le sable, soit dit en passant, avait peut-être endommagé irrémédiablement – et il fit quelques pas en remontant sur la plage, m'entraînant et m'invitant à m'asseoir à ses côtés. Alors, il se mit à me parler ; il parla plus qu'il ne m'avait jamais parlé, lui qui se contentait souvent de monosyllabes et, dans un français parfois approximatif, entreprit de me raconter son histoire.

Mais auparavant, il m'asséna ses convictions : « L'art n'est beau que parce qu'il est inutile. » S'il créait ses œuvres sur le sable, c'était pour ça, parce qu'elles s'effaçaient. Il savait sculpter autrement que dans du sable. Il savait travailler la pierre et le bois. Il avait fait une école des Beaux-Arts réputée dans son pays et il avait été un artiste reconnu en Suède. Il avait vécu heureux, libre de façonner ses sculptures au gré de son inspiration, vendant quelques-unes de ses œuvres quand il avait besoin d'argent, mais ce n'était pas son but. Dans son atelier, il gardait d'ailleurs les plus belles, celles qui n'avaient pas de prix à ses yeux. Il vivait d'abord pour son art. Mais voilà, il était tombé fou amoureux d'une femme qui tenait une galerie où on lui avait conseillé d'exposer quelques-unes de ses sculptures. La femme était habile et connaisseuse, elle savait attirer une clientèle choisie de quelques initiés fortunés et elle savait juger réellement du talent des artistes et les flatter en conséquence. Elle avait jeté son dévolu sur lui et il s'était laissé prendre au piège. Il avait fini par l'épouser. Fatale erreur. Sa femme, intéressée par l'argent et le luxe, n'avait eu de cesse de le voir produire, et produire encore, pour vendre et s'enrichir. Ainsi, l'inspiration avait-elle fini par le quitter. Plus sa femme exerçait de pression sur lui, moins il pouvait travailler. Et dans sa cupidité, elle fit une chose ignoble qui lui donna même envie de la tuer : elle vendit à son insu quelques-unes de ses sculptures préférées qu'il conservait dans son atelier après les avoir photographiées sous tous les angles et insérées dans son catalogue sans le lui dire. Il avait alors tout plaqué et s'était juré de ne plus jamais exercer d'art qui ne fût éphémère. L'art n'était pas une vile marchandise et c'était une aberration que de le vouloir éternel. Il était l'expression d'une inspiration passagère et même la gloire qu'on en retirait le ternissait. Il interdisait donc à quiconque de vouloir photographier ses œuvres. Il me regarda du coin de l'œil et bafouilla une excuse à propos de mon appareil.

Ainsi, c'est dans le roulement infini des vagues et le chant incessant de la mer venant mourir sur le sable que le Suédois avait fini par retrouver la sérénité en même temps que son inspiration. Je me risquai à lui demander : « Pourquoi ici, sur cette île ? » Il me répondit qu'on y était tranquille en hiver et que la température y était aussi douce que chez lui au mois d'avril. Ce matin-là où j'avais voulu garder trace de sa sculpture, il avait modelé un nourrisson comme lové encore dans le ventre maternel, et nous retournâmes le contempler. La mer l'encerclait déjà.

Et il laissa tomber ce commentaire : « La vie, c'est comme mon art. Plus elle est fragile, plus elle semble précieuse. » Ce n'est pas moi qui allais lui dire le contraire.

Nicole et le « vieil homme »

Nicole était une adolescente enviée par ses camarades de classe pour plusieurs raisons. En premier, sa beauté était une évidence. À un âge souvent ingrat où les visages sont affligés d'acné et d'imperfections diverses, où les rougeurs soudaines masquent mal les émotions qu'on voudrait enfouir, où les dérèglements alimentaires donnent des joues trop pleines ou trop creuses, où les cernes et les poches sous les yeux trahissent de trop longues heures de veille, des couchers trop tardifs, ou bien des réveils trop matinaux, Nicole offrait aux regards un visage d'un ovale parfait, une grande finesse de traits, un teint uni, clair et lumineux, rehaussé par la couleur auburn des cheveux coupés en une frange épaisse qui soulignait des yeux malicieux. En outre, son intelligence la classait bien au-dessus des autres. En toutes matières scolaires, elle obtenait toujours les meilleures notes et cela, apparemment sans efforts démesurés ; ce n'était pas la bûcheuse toujours le nez dans ses livres, ni le bas-bleu rébarbatif que chacun évite ; elle aimait se distraire autant que les autres et ses camarades lui en savaient gré. Surtout, elles admiraient chez elle son indépendance d'esprit et sa capacité à résister à l'éducation rigide qui était alors la leur dans un établissement tenu par des religieuses qui, soumises elles-mêmes à une vie d'humilité, d'effacement et de renoncement, exigeaient de leurs élèves les mêmes qualités. Or Nicole se moquait de la discipline et se montrait volontiers frondeuse. Tout particulièrement, sans dire une parole, elle avait l'art de se montrer insolente par le vif éclair qui jaillissait de ses yeux avant de les baisser et l'esquisse d'un demi-sourire narquois qui s'attardait sur ses lèvres si un adulte proférait une opinion avec laquelle elle était en désaccord, ce qui exaspérait au plus haut point ses professeurs, et surtout la directrice qui la prenait parfois à part pour la sermonner.

Mais elle était la meilleure élève et quand la mère supérieure se déplaçait jusque dans la classe rendre les résultats des compositions – ainsi disait-on des devoirs faits sous surveillance et comptant pour la fin du trimestre et ainsi était établie la règle –, le nom de Nicole venait immanquablement en premier puisque les résultats étaient rendus publics en ordre de mérite. L'élève, à l'annonce de son nom, devait alors se lever et avait souvent droit à des appréciations supplémentaires. Nicole se mettait donc debout, relevant le menton avec une fierté teintée d'ironie à l'égard de la religieuse et la fixant de manière effrontée tandis que celle-ci lui disait sévèrement, de manière assez sibylline pour l'entourage : « Je vois qu'il nous faut encore tuer le vieil homme. » Chacune comprenait obscurément qu'il était question pour Nicole de corriger son caractère mais bien maligne celle qui aurait su dire à quoi ou à qui faisait allusion cette expression. La mère supérieure se référait en fait à un passage de saint Paul qui écrivait à ses ouailles : « il vous faut abandonner votre premier genre de vie et dépouiller le vieil homme [...] pour vous renouveler par une transformation spirituelle de votre jugement et revêtir l'Homme Nouveau, qui a été créé selon Dieu. » Nicole, quant à elle, savait parfaitement ce que la religieuse voulait lui signifier, puisqu'au cours des entrevues privées où elle était parfois convoquée, on n'avait pas manqué de lui citer la phrase de saint Paul et on lui faisait la morale, lui reprochant son orgueil et son manque d'humilité. Si Nicole avait la chance d'être douée, c'est à Dieu qu'elle devait en rendre grâce. Son mérite personnel comptait pour rien. Elle n'était que l'argile dans la main du potier, et « tuer le vieil homme » consistait pour elle à se dépouiller de son orgueil insolent. La religieuse lui rappelait l'histoire exemplaire de Job couvert de plaies gisant sur son fumier, délaissé par tous après avoir été un homme riche et envié. Job ne blasphéma pas contre Dieu, car il savait que tout nous vient de lui et qu'il peut tout reprendre.

Cet avertissement, hélas, se trouva être quelque peu prémonitoire. Un jour de vacances d'été où il faisait particulièrement chaud, Nicole et son petit frère ne résistèrent pas au plaisir d'aller se baigner dans une mare voisine de leur maison. Ils avaient enfreint l'interdiction de leurs parents, fondée avec raison sur le manque de propreté d'une eau croupissante, non loin d'une ferme. Les conséquences de cette baignade furent dramatiques. Ils contractèrent l'un et l'autre la poliomyélite sous sa forme la plus grave. On était à une époque où la vaccination n'était pas encore obligatoire, elle le devint un ou deux ans après. Le jeune frère resta deux mois sous assistance respiratoire dans un poumon artificiel. Il échappa de peu à la mort. Quant à Nicole, la paralysie toucha ses membres inférieurs et elle dut accepter l'idée qu'elle ne pourrait plus marcher, malgré une rééducation intensive.

À la rentrée scolaire suivante, quand la mère supérieure annonça cette nouvelle à toutes les élèves réunies, il plana un silence de mort dans la salle. Ainsi, voilà ce que le sort réservait à la plus jolie d'entre elles, la plus intelligente, la plus amusante souvent. À la pitié se mêlaient l'incompréhension, l'effroi, une peur égoïste en partie, celle de ne pouvoir échapper soi-même à des fléaux aussi inattendus que cruels. Certaines se remémoraient en outre les avertissements de morale austère que la religieuse prodiguait à leur camarade et elles regardaient la supérieure, bien droite dans sa longue robe noire, hiératique ; elle leur semblait soudain haïssable, oiseau de mauvais augure qui avait précipité le destin. Des chuchotements venimeux commencèrent à circuler d'une oreille à l'autre. Mais la religieuse, frappant dans ses mains, inclinant la tête, invitait déjà chacune à la prière et l'assemblée, docile, retrouva les réflexes des répons aux litanies murmurées. Le recueillement était intense et au bourdonnement apaisant des voix succéda l'émotion résignée ; certains regards luisaient de larmes.

Nicole ne revint jamais dans l'établissement. Elle suivit des cours par correspondance pour passer son baccalauréat auquel elle fut reçue d'ailleurs avec mention Très Bien. Sautons sur ces années, remplies pour elle d'une ardente lutte contre la maladie, d'une volonté farouche de garder le premier rang malgré son handicap.

Nous la retrouvons, jeune étudiante, assise à la bibliothèque. Elle est élégante, maquillée avec soin, et la beauté de son visage, quoique plus émacié, est intacte. Elle est studieuse, concentrée sur son livre ouvert sur la table et son épaisse frange de cheveux fait ressortir le fard vert nacré de ses paupières abaissées. Elle insère une marque à la page où elle est rendue, redresse le torse et s'apprête à bouger. Elle fait une rotation du tronc et agrippe, posées contre le dossier de sa chaise, ses béquilles. Elle les cale sous ses coudes et se lève. Malgré sa tunique ample et froncée, assez longue, qui recouvre son corps, votre regard est inévitablement attiré vers le bas, un pantalon qui cache pourtant mal deux jambes fluettes, toutes maigres, presque des membres de fillette sur un corps de femme, des jambes qui flottent comme celles d'un pantin et des chevilles grêles tenues dans de lourdes chaussures comme pour donner du poids aux pieds afin qu'ils acceptent de se poser au sol. Mais si votre regard, gêné, remonte vers le visage, c'est un sourire moqueur qu'elle vous adresse et les yeux pétillants vous envoient la même lueur ironique qu'autrefois. Elle relève son menton d'un air de défi et se met à déambuler vers le bureau où se tient la bibliothécaire. Elle tend une fiche et attend qu'on lui apporte un nouveau livre. Ce n'est qu'à l'heure de la fermeture qu'elle se décide à quitter la salle. Elle range ses notes dans sa sacoche portée en bandoulière et posément, précautionneusement, faisant porter tout son poids sur les accoudoirs de ses cannes anglaises, descend les marches qui conduisent jusqu'à la cour et jusqu'au parking où est rangée sa voiture. Avec un appui, elle peut tenir debout quelques instants même si ses jambes ne fonctionnent pas pour avancer. Elle peut donc ouvrir sa voiture et s'y glisser tant bien que mal.

Nicole ne voulait pas être plainte. Malgré les réticences de sa famille qui avait tendance à la surprotéger, elle entendait mener une vie normale d'étudiante et avait donc persuadé ses parents de lui louer une chambre en ville. La difficulté avait été d'en avoir une en rez-de-chaussée, mais cela s'était trouvé. Ses repas, elle les prenait au restaurant universitaire, ouvert midi et soir. Quant à ses déplacements, avec des aides financières reçues, elle put s'acheter une « deux chevaux » qui fut aménagée pour son handicap. Les pédales dont elle ne pouvait se servir étaient remplacées par un second volant d'un diamètre un peu moindre, superposé au volant habituel, et tous les mécanismes nécessaires aux fonctions d'embrayage, de débrayage, d'accélération et de frein résidaient dans ce deuxième cercle qu'elle activait avec les pouces. Du coup, Nicole véhiculait volontiers les uns ou les autres et pour un peu, c'est elle qui aurait passé pour chanceuse d'avoir une voiture… Toujours aussi brillante et aussi amusante, elle s'était vite fait pas mal d'amis à l'université. Elle avait toujours quelque camarade prêt à lui porter son porte-document en cours ou son plateau au restaurant. On venait d'autre part volontiers lui demander conseil pour les travaux dirigés, les exposés ou les examens à réviser. Quand il faisait beau et que l'emploi du temps laissait un « trou » de quelques heures, on improvisait des virées avec sa voiture au bord de la rivière qui traversait la ville. On s'installait dans un troquet, sous une tonnelle, on commandait un café ou une bière et l'on discutait, refaisant le monde…

En janvier, fut organisée une soirée de galette des rois. C'est au cours de cette sortie qu'elle retrouva une de ses camarades de classe d'autrefois. Cette camarade ne l'avait pas revue depuis son « malheur », et elle sembla un peu gênée, quoique heureuse de la revoir. C'est Nicole elle-même qui vint la saluer, sourire gentiment moqueur aux lèvres. Elle la mit vite à l'aise en lui proposant d'emblée de venir s'asseoir à côté d'elle pour bavarder du passé. Elles renouèrent facilement en égrenant des souvenirs communs. On tira les rois. C'est Nicole qui eut la fève et on la couronna : certains immortalisèrent la scène grâce à leur appareil photo : elle prenait complaisamment la pose : ses yeux rieurs pétillaient de malice sous la frange épaisse surmontée de la fragile couronne de carton doré et elle gardait un sourire teinté d'ironie à son propre égard. Mais elle était consciente de sa beauté et elle percevait avec fierté l'admiration dans les regards. On la somma de choisir un roi : « un roi ! un roi ! un roi ! » scandait-on en frappant des pieds et des mains. Elle déclara qu'elle ne voulait avantager aucun des garçons de l'assemblée, mais qu'elle accorderait à tous ses sujets masculins le baiser de la reine. Ce fut une ovation : on souleva sa chaise et elle fut portée en triomphe sous les acclamations plus ou moins éméchées de sa « cour ». Eh oui, elle avait toute une cour autour d'elle, et elle faisait tourner les têtes, malgré son handicap. On hissa sa chaise sur une caisse en bois qui traînait dans un coin pour en faire un trône et chacun des garçons vint s'incliner devant elle pour être embrassé. Les attitudes se faisaient théâtrales, et un vocabulaire vaguement médiéval ornementait des formules d'hommages improvisées, plus ou moins habiles. Il y avait beaucoup de rires.

Quand le défilé fut achevé et que Nicole eut demandé à regagner sa place à table, elle se pencha vers sa camarade d'étude d'autrefois et pinçant les narines d'un air sévère tout en imitant le ton de la mère supérieure, elle lui dit : « Je vois qu'il nous faut encore tuer le vieil homme. », ce qui déclencha chez toutes deux un fou rire que leurs voisins de table mirent sur le compte d'une légère ébriété.

L'euphoria

Bien que nos connaissances sur la nature soient grandes à notre époque, nous savons tous qu'il nous faut être très humbles et que nous sommes loin d'en avoir dominé tous les phénomènes et d'avoir compris tous les bienfaits qu'elle pourrait nous apporter si seulement nous avions l'intelligence de ne pas la détruire. Cela vaut, bien sûr, pour tout ce qui vit dans les fonds sous-marins où nous ignorons tout de l'existence des créatures qui évoluent dans les plus grandes profondeurs, mais cela vaut aussi pour les plantes terrestres qui ne cessent de nous étonner. Leur usage est évidemment très ancien et de tous temps, les hommes se sont servis des plantes pour se soigner. Leurs vertus sont innombrables et l'herboristerie, la phytothérapie, l'aromathérapie, la pharmacopée sont là pour en témoigner. Mais les plantes ne servent pas qu'à soigner les corps ; elles préservent aussi notre environnement et l'assainissent de la pollution que nous engendrons. Bienheureuses forêts qui absorbent les tonnes de gaz carbonique ou dioxyde de carbone que nous rejetons dans l'atmosphère ! Mais aussi bénies soient les plantes que vous pouvez installer dans votre maison et qui absorbent nombre de polluants chimiques, comme ceux contenus dans les colles des meubles, des moquettes, les peintures, le plastique. C'est le cas du ficus, du lierre, du chrysanthème, de l'azalée, du cactus, que sais-je encore ! Il y a eu de considérables progrès dans la recherche des vertus végétales. Mon histoire pourra en servir d'illustration.

Un chercheur botaniste a passé des années à vérifier le bien-fondé d'intuitions qu'il avait eues sur les bienfaits d'une plante, assez rare pour avoir attiré sa curiosité et qu'il avait cueillie tout à fait par hasard au gré d'une promenade. Je ne peux vous dire où, car il veut en garder le secret, surtout après ce qui est arrivé comme vous allez le voir. Cette plante, il l'a baptisée lui-même « euphoria », à ne pas confondre avec les nombreuses variétés des euphorbes dont la sève laiteuse est très toxique. Ce qui est tout à fait le contraire de la plante de notre savant, qui, elle, est bénéfique. Le nom grec qu'il lui a choisi signifie qu'on se porte bien en sa présence. Mais laissez-moi vous conter l'histoire en détail.

Au cours d'une de ses promenades, notre botaniste repéra une plante, pas très belle, assez grise, rêche, qui n'aurait pas attiré le regard d'un simple passant, ni son odorat non plus, car si un observateur non attentif pouvait grossièrement la comparer à du thym sauvage, elle n'en avait en aucun cas le parfum. Elle n'avait pas non plus la même forme de feuilles ni ne provenait d'un milieu méditerranéen. Elle aurait pu tout aussi bien évoquer une sorte de lichen, et c'est donc par curiosité que notre homme en arracha une poignée, prenant soin d'extraire les rameaux avec quelques racines pour mieux l'étudier sans détruire toute la touffe. Il la garda dans un peu d'eau et quand il avait le temps (car un autre travail pour lequel il était fort en retard l'occupait beaucoup à cette époque, le préoccupait pour parler franchement), il l'étudiait, consultant toutes sortes d'encyclopédies et de répertoires pour trouver des comparaisons et identifier la famille à laquelle elle appartenait. Mais cette plante résistait à toutes ses connaissances, pourtant pointues, et au lieu de s'en irriter – ce qui était le cas quand il rencontrait un échec – c'est tout juste s'il ne s'en réjouissait pas, comme d'un trésor inestimable que la terre lui aurait offert gratuitement. Il ne laissa pas de remarquer toutefois que sa bonne humeur cessait dès qu'il avait quitté la pièce où il avait déposé la plante et ses soucis reprenaient vite le dessus. Mais entrait-il avec des idées moroses dans cette pièce, il ne pouvait les garder, elles s'envolaient de son esprit bien qu'il ne pût fournir aucune explication à ce changement d'humeur. Un soupçon lui vint : cette plante avait-elle un effet psychotrope ? Pouvait-elle modifier l'humeur de quelqu'un ? Le mieux était de se livrer à des expérimentations pour le découvrir. Il lui fallait retourner en cueillir car elle s'était rabougrie, et les rameaux flétris avaient viré au noir, tombant en poussière quand on les effleurait.

Dieu merci, il en retrouva, mais il prit soin d'étudier tout son environnement, la terre où elle poussait, l'exposition à la lumière, le degré d'hygrométrie de l'air, les autres plantes annexes, bref, son écosystème, pour arriver en laboratoire à le reconstituer, à la faire prospérer et à la reproduire par marcottage. Il y réussit, avec le temps et non sans peine. Parallèlement, il se livrait à des expérimentations sur les effets qu'il avait cru ressentir. Nous n'entrerons pas dans le détail fastidieux de ses nombreux essais : contentons-nous de dire qu'il plaça la plante dans le bureau d'une secrétaire du laboratoire, connue pour son caractère particulièrement revêche, et que celle-ci étonna tout son entourage par ses sourires et son égalité d'humeur tant que la plante ne se flétrit pas, mais notre botaniste remarqua que les rameaux se fanèrent au bout d'une semaine. Il en plaça subrepticement dans la maison de sa belle-mère qui avait la critique rapide et acerbe à son égard et qui ne trouva que des choses agréables à lui dire et des compliments à lui faire. La durée de vie de la plante fut un peu plus longue, mais il est vrai qu'il n'était présent que de temps à autre et que sa belle-mère perdait donc son sujet d'agacement favori. Il en plaça dans la chambre de sa fille, adolescente, qui rechignait à faire ses devoirs et qui était en perpétuelle révolte pour un oui, pour un non, et elle se mit à travailler de bon gré, elle devint douce comme un mouton et docile aux ordres de sa mère. La plante se rabougrit au bout de deux jours. Ainsi donc cette plante à l'apparence insignifiante avait une grande vertu : elle dépolluait les cerveaux de leurs élans négatifs, comme d'autres plantes absorbaient les polluants matériels. Elle semblait avoir un effet incontestable sur l'agressivité. Autre observation : plus la plante devait absorber d'ondes négatives, plus courte était sa durée de vie. Son flétrissement était proportionnel à son activité, comme si elle était munie de capteurs qui s'usaient plus vite s'ils étaient trop fréquemment ou trop intensément sollicités. En outre, elle ne se contentait pas d'annihiler l'agressivité comme le font certaines substances psychotropes bien connues, telles l'opium, qui entraînent une passivité dont on ne peut émerger : elle poussait à agir en bien : en témoignaient la secrétaire qui multipliait les sourires et ses services, sa fille qui se mettait volontiers à son travail, sa belle-mère qui lui faisait des compliments ; notre botaniste poussa la curiosité jusqu'à en mettre à la Poste où ce jour-là, les employés s'activèrent et où les files d'attente diminuèrent de moitié par rapport à d'habitude ; il en porta dans une église, et ce dimanche-là, les offrandes à la quête décuplèrent, les mendiants à la sortie eurent leur sébile pleine.

N'était-ce pas merveilleux ? Vous commencez à rêver, tout comme moi, d'une terre où on aurait fait pousser cette plante en abondance. Ainsi donc, toute agressivité ayant disparu, « le lion habitera[it] avec l'agneau, le léopard se couchera[it] près du chevreau [...]. Le nourrisson s'amusera[it] sur le nid du cobra » comme l'imagine le prophète Isaïe. Oui, mais dans cette vision de paradis terrestre, vous remarquerez qu'il n'est question que d'animaux. Peut-être les hommes sont-ils incapables d'être meilleurs ?

Qu'est-ce qui empêcha en tout cas que cette plante pût se répandre sur tout le globe ? Eh bien, revenons à notre botaniste. Quand il fut sûr de ses conclusions (il avait mené tout ce travail en secret), il s'en ouvrit à un ami, tout bêtement, lors d'un dîner chez ses beaux-parents, naïvement, lequel, commercial dans une entreprise, vit une mine d'or s'entrouvrir à ses pieds. On allait exploiter cette plante à échelle industrielle, on allait créer un marché fantastique, on allait la vendre au monde entier, mais en régulant le flux de la production de sorte à ne pas en faire baisser le cours. Cet homme eut hâte qu'on lui montrât la plante en question. Notre savant, déjà conscient de sa bévue, modéra son enthousiasme, mais comme cet ami était au mieux avec sa belle-mère, il n'osa lui refuser de voir l'« euphoria » puisque tel était le nom qu'il lui avait donné. Il l'emmena donc la semaine suivante jusqu'à son laboratoire où ils entrèrent. Mais à peine son visiteur se fut-il penché sur la merveille que l'intensité d'ondes négatives dont était chargé l'individu grilla sur place immédiatement toute la plante qui se racornit en un hideux fouillis noirâtre sous les yeux effarés du botaniste qui se hâta de creuser la terre et d'arracher la plante pour voir l'état des racines ; trop tard ! elles-mêmes étaient brûlées. Il n'y avait plus aucune vie. Le « commercial » avait perdu toute illusion sur son marché mirobolant, il n'avait même plus envie de faire la moindre tractation. La plante l'avait dégoûté de son métier.

Heureusement, notre savant avait d'autres échantillons, mais il se doutait bien que la même cause produirait les mêmes effets. Il se risqua à une seconde expérience avec un autre cobaye aux aspirations aussi mercantiles que le premier, et la plante grilla à nouveau instantanément. Il s'en réjouit fort. L'euphoria était capable d'apporter un mieux-être aux hommes, d'absorber leurs ondes négatives tant que la question d'argent n'entrait pas en compte, mais elle n'était pas commercialisable. Sinon, elle mourait. Non seulement il s'en réjouit, mais cette constatation le plongea dans un état d'euphorie extraordinaire.

Il continua à la cultiver et à l'offrir en cadeau à certaines personnes de son entourage mais il se gardait bien de leur avouer ouvertement quelles étaient les vertus de la plante. Il la présentait comme une curiosité végétale, et les heureux bénéficiaires qui ne se doutaient pas de leur chance et qui trouvaient la plante plutôt laide souriaient avec indulgence devant un tel cadeau qui prouvait bien l'originalité d'un savant.

Shanoz

C'était une superbe jeune fille qu'on remarquait pour son abondante chevelure noire aux reflets soyeux qui retombait comme un lourd rideau de velours dans son dos et qui, séparée par une raie médiane, encadrait l'ovale de son visage au teint mat. Les arcades de ses sourcils nettement dessinés tout comme ses longs cils soyeux soulignés d'un trait vert d'eau au bord de la paupière mettaient en valeur ses yeux sombres ; l'arête droite du nez s'évasait en narines doucement bombées qui, comme les lèvres brillantes d'un gloss rose nacré de coquillage, conféraient au visage une sensualité tempérant de manière heureuse la fierté farouche du regard. De profil, le menton était un peu lourd, mais une grâce émanait de la manière dont la jeune personne secouait légèrement la tête pour renvoyer ses cheveux en arrière, lesquels revenaient glisser dans son cou, avec des effets de moire sur ses épaules et ses joues. Elle avait une toilette élégante, une robe de voile gris perle aux arabesques en filigranes argentés, froncée sous la poitrine, qui s'évasait gracieusement juste au-dessus du genou.

Je la contemplais discrètement dans cette foule d'invités qui se regroupaient autour d'une longue table garnie de petits fours, de bouteilles et de verres, dressée à l'occasion d'une fête de mariage à laquelle j'avais été convié en tant qu'ami d'études du marié. Je ne connaissais pas grand monde dans cette assemblée et verre à la main, me distrayais en observant les uns et les autres, à défaut de mieux. Mais cette jeune fille retenait mon attention, ce dont s'aperçut sans doute mon ami qui passait dire un mot aimable à chacun. Il la désigna du menton et me dit : « Elle s'appelle Shanoz et est iranienne. C'était une amie de ma femme, à la fac de médecine. Je crois que tu es placé à sa table. » Il me tapota l'épaule avec un sourire amusé et alla saluer d'autres convives. Cette annonce me causa un certain agrément et l'ennui qui commençait à me gagner fit place à une excitation nouvelle. J'avais hâte d'être rendu à l'heure du dîner, afin de faire connaissance avec la jeune fille. Sûr de pouvoir lui parler, je ne cherchai plus comment l'aborder, savourant même le mystère associé à son nom et à son pays, bien que tout à la fois désireux d'en savoir plus. J'allai me promener dans le parc attenant au petit château dont les communs avaient été loués pour cette fête aux alentours de Saint-Germain-en-Laye, admirant les hauts arbres qui conféraient au lieu toute sa majesté. Quand je revins vers la pelouse, le soleil commençait à baisser, la lumière s'atténuait et de légers nuages roses flottaient sur le miroir argenté du bassin central devant lequel on prenait des photos, les mariés posant tour à tour avec divers membres de leur famille ou avec des amis. On me héla pour que je sois aussi de la partie, et je me retrouvai dans le groupe des divers copains de tous horizons, dont Shanoz. Au signal convenu, nous criâmes tous « cheese » et le cliché fut pris. Plus exactement, il y eut une multitude de clichés. Tour à tour chacun sortait du groupe précipitamment et demandait de reprendre la pose, de redire « cheese », à en avoir mal à la mâchoire, tant chacun voulait avoir fixé l'événement avec son appareil. Il y avait des rires et des cris. Une certaine euphorie s'était substituée aux déambulations vaguement compassées de fin d'après-midi. Les invités se dirigèrent joyeusement vers la salle de festin. J'étais juste derrière Shanoz dont les fins talons aiguille s'enfonçaient tant dans la pelouse qu'un de ses escarpins resta planté dans la terre, ce qui lui fit pousser un petit cri, et titubant, elle se raccrocha à mon bras, s'excusant aussitôt dans un mélange de confusion et de rire. J'en profitai pour décliner mon nom, elle de même, et nous continuâmes le chemin jusqu'à la salle en échangeant quelques mots. Elle avait un accent à peine perceptible, mais doux et chantant, qui arrondissait les sonorités et modulait les phrases en volutes où les aigus venaient mourir gracieusement dans les graves. Ce n'était pas le moindre de ses charmes.

Nous nous retrouvâmes assis à une table ronde de huit convives. Nous étions tous des amis d'études des mariés, du même âge à quelques années près, certains filant déjà vers la trentaine. Mais sur les quatre filles présentes à cette table, Shanoz était de loin la plus belle. Elle était juste en face de moi, si bien que nos regards se croisaient fréquemment, et l'une des lampes qui surplombait la table la nimbait d'une fine pellicule d'or, rendant ses yeux encore plus sombres et plus profonds, tandis que le contour de ses lèvres brillantes était comme souligné d'un trait d'ombre. Elle souriait avec grâce, d'un sourire vague et poli dès qu'on lui adressait la parole, mais se montrait plutôt réservée. Les plaisanteries plus ou moins habiles lancées par moments ne la faisaient pas s'esclaffer comme les autres filles. Après les présentations d'usage – prénom, lien avec les mariés –, les conversations roulaient sur les études suivies. Shanoz avait fait médecine, mais il ressortait de ses propos que ce n'était pas ce qu'elle désirait. Elle l'avait fait uniquement pour complaire à ses parents, et maintenant qu'elle avait terminé, elle se consacrait à un projet personnel. On lui demanda lequel. Elle expliqua qu'elle aimait beaucoup les activités artistiques – elle s'animait en parlant de ses goûts et ses yeux brillaient ardemment. Elle s'était tout spécialement consacrée à la décoration sur tissus ; elle avait beaucoup observé, beaucoup travaillé et elle était allée présenter ses cartons à un grand magasin parisien. Ses essais avaient plu, et c'est ainsi qu'elle commençait à gagner convenablement sa vie à présent. L'une des convives qui la connaissait lui demanda : « C'est à ton pays que tu dois l'inspiration ?

– Sans doute, répondit Shanoz avec fierté, l'Iran a une tradition très ancienne et très riche en ce domaine. Mais je crée mes motifs, je ne les copie pas. »

L'attention de tous se concentra sur le mot Iran plus que sur ses précisions, et les questions fusèrent. L'Iran était un pays vaste et mal connu. De quelle ville venait-elle ? Depuis quand était-elle en France ? Elle répondit qu'elle venait de Téhéran, la capitale, qui était une très grande ville, beaucoup plus importante que Paris ou Londres. Elle était venue en France pour ses études supérieures, avec ses parents qui avaient vendu tout ce qu'ils possédaient là-bas pour s'installer ici, afin de la suivre, ce qui représentait pour eux un gros sacrifice et ce dont elle leur était très reconnaissante, d'autant plus qu'ils auraient vraiment voulu qu'elle devînt médecin. Je l'observais tout en l'écoutant. Moi-même aurais aimé qu'elle nous parlât de son pays, mais je la sentais sur la défensive, à d'imperceptibles mouvements du visage : elle contractait légèrement les mâchoires en écoutant les questions et son sourire était un peu figé. Quelqu'un osa la question : « Les filles ne peuvent-elles pas faire des études supérieures, là-bas ? »

Elle réagit vivement.

« Bien sûr que si. Les universités sont très fréquentées, davantage par les filles d'ailleurs que par les garçons. Les Iraniennes sont loin d'être incultes.

– Mais alors, pourquoi ? lança un autre laconiquement.

– Ce n'est pas de faire des études qui pose un problème, dit-elle. C'est d'exercer un métier quand on est une femme. C'est possible, mais c'est beaucoup plus difficile que pour un homme.

– C'est sûr, il vaut mieux ne pas être une femme là-bas, dit une fille d'un air entendu. Devais-tu porter le tchador ?

Shanoz haussa les épaules, agacée.

– Pour ma part, je mettais seulement un foulard de soie sur mes cheveux quand je sortais dans la rue et le long manteau d'usage, mais en dessous j'étais en pantalon si ça me plaisait, et à la maison, les femmes s'habillent comme elles veulent. »

Shanoz prit son verre de vin, le leva ostensiblement en souriant et à son tour posa une question : « Connaissez-vous Omar Khayyam ? C'est un très grand poète persan, philosophe de surcroît, qui a vécu il y a bien des siècles. Voici quelques vers que je connais :

« Au printemps, je vais quelquefois m'asseoir à la lisière d'un champ fleuri.
Lorsqu'une belle jeune fille m'apporte une coupe de vin, je ne pense guère à mon salut.
Si j'avais cette préoccupation,
je vaudrais moins qu'un chien. »

Shanoz, d'un geste large, sembla offrir son verre à chacun de nous, et dans un sourire éclatant, dit « À la vôtre ». Nous levâmes tous notre verre et bûmes à son invitation. J'admirais comment elle avait su couper court à l'atmosphère de désapprobation qui pesait sur elle et sa nationalité. Me revenait en mémoire le fameux passage des « Lettres Persanes » de Montesquieu où l'étranger, après avoir été la proie de la curiosité générale à cause de son vêtement, tombe dans l'indifférence après avoir revêtu un habit à l'européenne et lorsqu'il révèle être Persan se heurte à l'incompréhension des Parisiens qui laissent tomber cette remarque : « Comment peut-on être Persan ? » Deux siècles plus tard, nous étions toujours les mêmes. J'avais honte de notre indélicatesse et me jurai de ne jamais lui poser de questions sur son pays. Mais… étais-je sûr de la revoir en dehors de cette noce ? Oui, me disais-je, plein d'espoir, j'y comptais bien car elle me fascinait : sa beauté, son intelligence, sa fierté, tout me plaisait en elle ; je ne pensais pas avoir éprouvé un tel sentiment d'admiration pour aucune fille rencontrée jusqu'à présent. Revenons pour l'instant à cette journée qui n'était pas encore achevée.

Le repas fut suivi d'une soirée dansante et selon la mode de nos jours, sous une musique assourdissante et sous les lumières vives et colorées des spots, chacun dansait et se trémoussait à sa manière dans la cohue générale. J'aurais aimé des danses en couple pour inviter Shanoz ; à défaut de quoi, je restais près d'elle et la suivais des yeux. Elle ondulait et sa robe légère virevoltait en cadence. Elle balançait la tête et ses cheveux luisants ruisselaient de gauche à droite sur ses épaules. Sous le voile fin de sa robe, je ne pouvais m'empêcher de regarder ses seins qui me faisaient revenir à la mémoire les vers du *Cantique des Cantiques* :

« Tes deux seins sont comme deux faons,
comme les jumeaux d'une gazelle…
bondissant dans une prairie de lys »

J'avais toujours trouvé cette comparaison hasardeuse, mais je la comprenais soudain dans le rythme de la danse. Plus encore, le jeu de séduction de ses mains me subjuguait. Levant les bras, les faisant pivoter autour du poignet avec souplesse, elle leur faisait prendre mille figures précieuses, jouant avec les doigts qu'elle écartait ou repliait avec grâce, et son sourire, quand elle se tournait de mon côté, se faisait doux et narquois tout à la fois. Rien à voir avec les tressautements de la plupart des filles dans cette salle. Je ne voyais plus qu'elle, et moi qui ai tendance aux migraines et supporte difficilement un niveau sonore élevé pendant longtemps, je ne pouvais m'écarter de la piste de danse tant qu'elle y était. Je profitai d'un répit de la musique pour me précipiter au bar et venir lui offrir un verre de jus de fruit qu'elle accepta avec plaisir. Je m'enhardis et lui proposai de faire un tour dans le parc, histoire d'échapper un instant à la chaleur qui régnait dans la salle. Elle alla chercher sa petite veste de lin blanc qu'elle jeta sur ses épaules, dégageant du col sa lourde chevelure qu'elle secoua en riant.

Nous marchâmes en silence jusqu'aux arbres, le gravier crissant sous nos pas, sans quitter les allées à cause de ses hauts talons. C'est elle qui rompit le silence en me demandant quelle était ma profession. « Vous avez écouté, mais vous n'avez pas beaucoup parlé pendant le repas, me dit-elle. Quel est votre job à vous, si ce n'est pas trop indiscret de vous le demander ?

– Nullement, dis-je. Je suis un jeune professeur de lettres, je veux dire par là que j'enseigne depuis deux ans seulement dans un lycée.

Elle eut une petite exclamation joyeuse :

– Oh ! mon père aussi était professeur de littérature à Téhéran. Il aime beaucoup la littérature française. C'est lui qui m'a appris votre langue. Il aurait plaisir à discuter avec quelqu'un comme vous.

– Mais que fait-il alors maintenant en France ? demandai-je.

– Il donne des cours de persan à l'Institut des Langues orientales, il fait des traductions.

– Et votre mère ?

– C'est une question diplomatique ? fit-elle en souriant. Elle m'a d'abord élevée. À Téhéran, elle avait beaucoup d'amies. Les après-midi se passaient à recevoir, boire du thé en échangeant les nouvelles.

Depuis qu'elle est en France, sans beaucoup de relations, il lui a fallu trouver une occupation. Elle fabrique de très jolies roses artificielles qu'elle vend à des fleuristes. Vraiment, elle est très habile de ses mains. Elle fait d'élégants bouquets. J'ai sans doute hérité de ses goûts artistiques.

– Mais pourquoi vos parents voulaient-ils que vous fassiez médecin ?

– Pour le prestige, dit-elle. Puisque je voulais gagner mon égalité avec les hommes, et qu'ils sont venus en France pour cela. La médecine est plus savante ici qu'en Iran. Mais en fait, je crois qu'en France, les médecins ne sont pas si « honorés », dit-elle en cherchant son mot.

Shanoz frissonnait dans l'air humide de la nuit. Nous rebroussâmes chemin. Je lui proposai de la raccompagner à Paris, mais la mariée lui avait retenu une chambre dans le petit château et elle ne partirait donc que le lendemain du lieu de la fête. Je lui demandai si nous pouvions nous revoir. Elle accepta. J'aurais aimé que ce soit au cours de la semaine suivante, mais elle dit qu'elle était trop occupée et proposa une date dans une quinzaine. « Donnons-nous rendez-vous au Louvre, proposa-t-elle. Il me reste tant de choses à y voir, notamment les étoffes d'art. »

Avant de partir, je promis de lui apporter un tirage des quelques clichés que j'avais pris sur la pelouse.

Cette soirée fut pour moi une promesse de bonheur intense. Je vécus dans l'attente de ce rendez-vous en me repassant sans cesse dans la tête le film de cette fête dont Shanoz occupait toujours le devant de la scène. Je revoyais la parfaite symétrie de son visage ovale, la régularité de ses traits, ses grands yeux de velours, son sourire doux et narquois pendant que je la regardais danser, le jeu gracieux de ses poignets et de ses mains, la fierté qui durcissait son regard et sa mâchoire. Au fur et à mesure que les jours passaient, l'inquiétude grandissait en moi : pourquoi m'avoir fixé une date si « lointaine »… ? Comment était-il possible qu'une fille aussi belle n'eût pas un garçon dans sa vie ? Mais si oui, elle n'aurait pas accepté ce rendez-vous ?

Au jour J, j'étais fébrile comme un enfant au matin de Noël, et arrivai bien à l'avance devant la pyramide de verre. En l'attendant, j'admirai le jeu des reflets sur les vitres, et notamment le défilé de gros nuages floconneux que le vent emportait dans sa course. Quand je la reconnus de loin à cause de sa chevelure, je me précipitai à sa rencontre, rayonnant de joie. Elle était plus petite que dans mon souvenir – mais n'avait plus ses talons aiguille – en pantalon noir avec un petit boléro très ajusté, rose beige à broderies ton sur ton. Son maquillage était discret et soigné. Je la trouvai toujours extrêmement séduisante. Nous prîmes des billets et nous allâmes examiner des étoffes précieuses, puisque tel était le désir qu'elle avait formulé. Elle me fit participer à ses découvertes, me faisant admirer la finesse de tel ou tel brocart, l'effet de telle ou telle passementerie et j'avais l'air de l'écouter, mais en réalité je ne retenais d'elle que sa beauté, je la buvais du regard et toutes ses expressions me charmaient. Quand nous eûmes passé une bonne heure et demie au musée, elle me proposa de sortir et je l'invitai à prendre une boisson à une terrasse. En attendant le thé qu'elle avait commandé, elle me regarda avec douceur, poussa un soupir et me dit : « Vraiment, je n'aurais pas dû accepter ton rendez-vous. Ce n'est pas raisonnable de ma part. » Elle me tutoyait ! Mon cœur cognait dans ma poitrine. « Mais pourquoi ? dis-je.

– Je t'ai trouvé sympathique à cette soirée de mariage et tellement touchant. Je n'ai pas eu le courage de refuser. Mais je ne peux que te donner de faux espoirs.

Son regard se durcit.

– Mais pourquoi ? répétai-je, la gorge nouée. Tous mes beaux rêves s'écroulaient.

– Tu ne penses pas que j'ai gagné si durement ma liberté pour la perdre à cause d'un homme ?

– Mais, dis-je, je… je… je ne prendrai pas ta liberté.

J'en balbutiais d'émotion. Elle sourit, sceptique.

– Tu dis cela maintenant, et dans un mois, dans deux mois, ce sera différent. – Elle secoua la tête – Je te ferais inutilement souffrir.

– Mais non ! dis-je.

– Si, reprit-elle fermement. Quand on est amoureux, on souffre si l'autre ne partage pas votre ardeur. Je ne veux pas t'entraîner là-dedans. Pour l'instant, tu n'éprouveras qu'une piqûre d'amour-propre. Nous ne nous connaissons pas. Mais pour te consoler, je peux te dire que si j'envisageais une relation sentimentale sérieuse, tu ne me déplairais pas. Seulement, je n'ai pas l'intention de me lier à qui que ce soit pour l'instant. Ma création de tissus m'absorbe entièrement. Plus tard, sans doute fonderai-je une famille, pour faire plaisir à mes parents qui se sont exilés pour moi. Dans dix ans, mais pas avant.

– C’est horrible de planifier ta vie comme ça, froidement, dis-je.

– Mais non, dit-elle. Vous, les Français, vous êtes très romantiques. Le « grand amour » est toujours votre rêve suprême, la plus haute valeur dans votre vie. Mais nous sommes beaucoup plus réalistes ; les mariages fondés sur la fortune et le rang évitent bien des déboires et… des divorces ; en outre, ils n’excluent pas forcément l’amour. Je ferai confiance en temps voulu à mes parents pour qu’ils me proposent des candidats qui me conviennent. La diaspora iranienne est plus importante qu’on ne le croit. Je peux évidemment me risquer à des aventures de passage, mais j’ai de l’estime pour toi, c’est pourquoi je te dois d’être franche, et je te le répète, je ne suis de toutes façons pas disponible pour une liaison. »

Je compris qu’il était inutile que j’insiste. Elle avait une volonté de fer sous ses sourires charmeurs. Je sortis de ma poche une enveloppe avec le tirage de quelques photos dont une où on la voyait en premier plan à côté de la mariée. Cela lui fit plaisir. Ses yeux brillèrent.

« Ne m’en veux pas, dit-elle. Si tu te sens capable de n’être pour moi qu’un camarade, nous pouvons de temps en temps prendre un pot ensemble. »

J’acquiesçai de la tête mais je ne pouvais dire un mot. Je sentis que je n’aurai pas ce courage de la recontacter. Elle se leva, je me levai, elle m’embrassa sur la joue et s’éloigna en agitant gracieusement la main…

De cette rencontre qui avait fait naître en moi tant d’espoir, je conçus un goût fervent pour le poète persan Omar Khayyam pour lequel elle avait éveillé ma curiosité et dont je recherchai dès le lendemain les recueils de poésies dans les librairies. Il n'était pas si facile à trouver d'ailleurs. J'ai fini, avec le temps, par dénicher une magnifique édition bilingue, ornée de miniatures et d'enluminures persanes très raffinées.

Quinze ans après, il m'arrive encore de l'ouvrir et de le feuilleter. À l'intérieur, il y a un tirage de la photo où Shanoz pose auprès de la mariée. Ma femme me plaisante à ce sujet.

« Le livre des beaux jours, hélas ! finit trop vite.
Déjà le doux printemps d'allégresse nous quitte.
Cet oiseau de gaieté dont Jeunesse est le nom,
Je ne sais quand il vint, ni quand il prit la fuite. »

(Omar Khayyam)

La voix d'Amanda

Il était une fois une voix qui se sentait prisonnière et rêvait de s'évader de la gorge d'Amanda, sa propriétaire, une femme de trente ans, dont la vie n'était centrée que sur sa profession. La voix n'était à son service que pour un usage pratique, elle n'était qu'un outil banal, conventionnel, qu'une commodité. Or la voix rêvait d'être un instrument riche et profond. Elle voulait pouvoir être douce, feutrée, chuchoter, murmurer, susurrer, caresser, cajoler, bercer ; pouvoir charmer, être pleine, ronde, chaleureuse, généreuse ; s'exalter, se déployer comme le linge au vent, s'élever pure à en briser le cristal, pouvoir même être coupante, cinglante, glaciale, mais surtout n'être jamais terne, neutre, sans timbre ; pouvoir moduler, roucouler, être souple, chantante, mélodieuse. Oui, c'est cela, elle aspirait à la musique, au registre le plus vaste possible. Mais comment s'échapper ? L'occasion lui en fut donnée contre toute attente : sa propriétaire, malgré son allure austère, reçut une demande en mariage qui la laissa bouche bée et… sans voix.

Libre ! La voix était libre ! À elle, les grands espaces, les aventures, les rencontres imprévues, multiples et fructueuses. Elle rêvait notamment de s'entrelacer à une voix masculine, elle rêvait de duos harmonieux et sublimes.

Elle commença par se laisser porter par la brise, en montant vers le ciel, haut, toujours plus haut. Elle plana paresseusement sur les airs et sur de légers nuages ; elle s'étirait langoureusement dans une atmosphère bleutée, flottant délicieusement au-dessus de la terre. Elle vogua sur les ondes, glissa sur leurs autoroutes, mais évita de survoler les villes, pour ne pas être happée par une multitude d'appareils radio ou autres, monstres tous plus avides les uns que les autres. Elle chercha la nature, le souffle du vent, le bruissement du feuillage, le murmure des ruisseaux, le bercement des vagues, le chant des oiseaux. Elle voulait d'abord se mettre à leur école, tout connaître de leurs gammes, pour s'enrichir d'innombrables nuances possibles. Elle voletait ici et là, absorbant les sonorités qu'elle percevait, les épousant avec une docilité appliquée ou s'enivrant à les imiter. Le vent lui apprit la puissance et l'énergie, mais aussi l'effleurement discret et suave ; l'eau courante lui apprit à être cristalline, rocailleuse, riante et primesautière. La mer lui apprit l'infini balancement d'amples mélopées et la sourdine des vagues mourantes sur le sable. Les oiseaux lui apprirent les trilles, les roucoulades, la coloration diverse des notes et l'exaltation à grimper dans les aigus.

Dans un premier temps, cet apprentissage l'occupa toute entière. Elle était subjuguée par tout ce qui la dépassait. Mais après avoir longuement voyagé, aérienne et désincarnée, la voix sentit qu'elle s'amenuisait et que l'épaisseur lui manquait. Elle qui s'était nourrie au début de la poésie de la nature et de l'émerveillement qu'elle lui procurait, s'étiolait, s'étant peu à peu focalisée sur la technique et il lui manquait la présence humaine. Au fond, elle qui avait fui la monotonie et la communication banale, avait néanmoins peu à peu oublié que seuls les sentiments lui apporteraient la vibration et le frémissement de la vie, et pourquoi pas de l'art. Toute voix, comme toute âme, doit s'incarner pour remplir son rôle et donner le meilleur d'elle-même. Il lui fallait donc redescendre sur terre, humblement retourner dans une enveloppe charnelle, redevenir un instrument, peut-être plus performant, mais au service des émotions humaines.

Elle retourna chez les hommes. Elle zigzaguait entre les silhouettes féminines, voletait et virevoltait autour des visages comme un papillon de nuit recherche la lumière. Elle observa les sourires, les regards, les expressions, les réactions, les comportements. Elle voulait repérer une sensibilité qui lui conviendrait. Pas une enfant ni une toute jeune fille qui n'exploiteraient que pauvrement les potentialités qu'elle avait acquises ; pas une femme d'âge mûr, aux sentiments déjà émoussés. Non, une femme vers la trentaine, ce serait parfait : une jeunesse s'épanouissant vers la maturité, avec encore assez d'élans pour éprouver des émotions intenses, mais assez de maîtrise pour ne pas s'exprimer de manière intempestive et désordonnée.

C'est alors qu'au tournant d'une rue, elle tomba sur une élégante passante, enveloppée dans un manteau au col soigneusement relevé, aux épaules frileusement recroquevillées ; elle marchait lentement, comme si elle suivait un cortège funèbre.

Elle releva le menton au souffle du vent qui déplaça une mèche de sa frange et la voix reconnut avec étonnement, dans ce visage émacié, Amanda, son ancienne logeuse. Des larmes silencieuses roulaient sur ses joues et elle avait un air de souffrance que ne lui avait jamais connu la voix, mais aussi une beauté saisissante. Elle semblait flamber de l'intérieur et sa peau diaphane palpitait au creux de son cou. La voix, fascinée, tourna en spirale autour d'elle et la femme, prise de vertige, poussa un long soupir qui entrouvrit ses lèvres. La voix s'y engouffra presque inconsciemment et se lova dans la gorge qui lui était tout à la fois familière et nouvelle.

La femme sentit sa voix revenir…

Elle courut de joie, embrassa le premier tronc d'arbre venu, et se mit à chanter avec une énergie et une passion communicative. Les gens se retournaient, souriaient, fredonnaient en l'accompagnant. D'autres sifflotaient et esquissaient des pas de danse. Et la voix, pure, mélodieuse, enchanteresse se déployait sur toute la ville, invoquant l'amour. L'amour qui fait tourner les têtes, l'amour à la portée de tous ceux qui veulent bien le reconnaître, l'amour qui change la vie, l'amour qui éclot dans la nuit.

La voix était heureuse, en quête d'une autre voix qu'elle cherchait et attendait. Quand il revint, fidèle, l'homme fut ébloui par la femme un peu rigide dont il était quand même tombé amoureux un jour. Qui peut sonder ce mystère ? Elle était à présent d'une douceur radieuse et sa voix, souple comme une liane, enlaçait la sienne quand Il entonna un hymne de reconnaissance pour avoir retrouvé l'aimée, l'unique aimée.

Amanda quitta sa triste profession dans laquelle elle ne pouvait s'épanouir et après avoir tant entendu dire autour d'elle qu'elle avait une voix en or – comme si son mutisme avait fini par engendrer ce miracle –, encouragée par son compagnon, elle suivit des cours de chant et sa voix, docile, pleine d'enthousiasme, se prêtait avec aisance au travail qu'on lui demandait, aux exercices de haute voltige qu'on exigeait d'elle. Amanda devint une cantatrice reconnue. La voix avait enfin trouvé sa plénitude. L'émotion et l'art réunis.

Une tête de linotte

Jehan était un enfant singulier, distrait, toujours perdu dans ses rêves. On ne pouvait guère compter sur lui car il oubliait tout et ne savait pas se gouverner lui-même. Il en aurait pourtant eu bien besoin puisqu'il n'avait pas de mère pour veiller sur lui et que son père était un homme fort occupé. Sa mère était partie un beau matin sans crier gare, n'était plus jamais revenue et son père ne lui avait jamais fourni la moindre explication. L'enfant était fort jeune alors, il est vrai, et il avait été depuis lors ballotté de nourrice en nourrice, dont le seul point commun à toutes était de s'exclamer à son propos : « Quelle tête de linotte ! ». C'était à cause de chaussettes dépareillées qu'il avait enfilées, d'un pull qu'il avait mis à l'envers, de livres d'école qu'il ne retrouvait plus, d'une brosse à dents qu'il rangeait avec les brosses à chaussures, d'une course à l'épicerie du coin qu'on l'envoyait chercher et dont il revenait bredouille car il avait oublié en chemin de quoi il s'agissait. Tout lui était distraction, un rien le retenait, et quand ce rien s'emparait de son esprit, l'accaparait, l'enfant était si absorbé que tout s'effaçait autour de lui, sauf ce rien en question.

Un jour où par la énième fois, la domestique du moment s'était exclamée : « Quelle tête de linotte ! » parce que Jehan, après avoir pris son petit déjeuner et rangé ce qu'il y avait sur la table, avait mis la motte de beurre dans le four au lieu de la mettre au réfrigérateur, l'esprit du petit garçon sauta sur le mot « linotte » qu'il avait entendu bien des fois sans y réfléchir et ne le lâcha plus. Bien sûr, quand on lui disait : « Quelle tête de linotte ! », il comprenait parfaitement le sens de l'exclamation ; on lui faisait reproche d'être étourdi, de ne pas faire attention. Mais une linotte ? C'était quoi ? Il se précipita dans sa chambre à la recherche de son dictionnaire, et fouilla partout jusqu'à ce qu'il se souvienne qu'il s'en était servi la veille comme d'un escabeau dans la salle de bains pour prendre un nouveau savon sur une étagère du placard un peu trop haute. Occupé à cette recherche, il en avait oublié qu'il devait aller à l'école et la bonne poussa de hauts cris quand elle le vit encore en pyjama, bien qu'il sortît précisément de la salle de bains, son gros livre sous le bras. Elle le lui confisqua, ne voulant rien entendre à ses protestations. Ce n'était pas le moment de feuilleter le dictionnaire ; Ils allaient être en retard, ce qui n'était pas la première fois. Elle finirait par en avertir son père qui sûrement le punirait, ce qu'il n'aurait pas volé. Et blablabla… Jehan n'entendait pas. Tout en se préparant, il ne cessait de s'interroger : « Qu'est-ce que ça peut être une linotte ? » et son imagination fertile vagabondait. Il arrivait qu'on lui dise : « quelle linotte ! », mais on lui disait surtout « quelle tête de linotte ! » Une tête, ça se rapportait forcément à une créature vivante. Linotte, ça rimait avec sotte. Est-ce qu'on le comparait à une petite sotte ? Les animaux, aussi, avaient une tête. Peut-être le comparait-on à un animal ? Quelle sorte d'animal ? Une linotte, ça sonnait un peu comme licorne. Il en avait vu une image dans un livre de contes. Est-ce que la linotte était un animal fabuleux ? « Tu m'entends ! » cria plus fort la bonne. Jehan la regarda, poussa un soupir de résignation car le gros dictionnaire avait été mis hors de sa portée et il voyait bien qu'il lui faudrait partir sans avoir pu chercher le mot qui lui trottait dans la tête.

Voilà notre petit garçon revenu de l'école où il avait failli se faire punir. Il était si manifestement distrait en classe que le maître l'avait interpellé : « À quoi penses-tu donc, mon garçon, au lieu de travailler ? » et Jehan avait répondu « Monsieur, c'est quoi, une linotte ? » Toute la classe avait ri, et le maître avait rétorqué : « Il est bien question de linotte ! Nous sommes à résoudre un problème de mathématiques, je te signale. Alors, si tu ne veux pas être en retenue, occupe-toi de ta feuille. » Et à la sortie de l'école à midi, plusieurs garnements avaient scandé sur son passage : « Li-notte ! Li-notte ! Li-notte ! » Cela lui était bien égal, à Jehan. La seule chose qui le préoccupait, c'était d'aller vite ouvrir son dictionnaire. Il y arriva enfin ! Li… Lim… Lin… Lino… « Linotte, *n. f.* (XIIIe ; var. *linot,* 1460 ; de *lin,* cet oiseau étant friand de linettes) : 1° Petit passereau siffleur, au plumage brun sur le dos, rouge sur la poitrine. 2° Loc. *Tête de linotte,* personne écervelée, agissant étourdiment et à la légère. » Ainsi donc, c'était un oiseau, « friand de linettes » précisait-on. Il remonta du doigt la colonne : « Linette, *n. f.* (v. 1360 ;

de *lin*) : graine de lin. » Il remonta encore du doigt la page : « Lin, *n. m.* (1170 ; lat. *linum*) : 1° Plante herbacée, à fleurs bleues, à graines oléagineuses, cultivée surtout pour les fibres textiles de sa tige… » Il s'arrêta là, car les fleurs bleues le firent rêver et il était enchanté d'être comparé à un petit oiseau. Il alla quand même encore chercher le mot « passereau » et il apprit donc que la linotte appartenait à un « ordre d'oiseaux comprenant des percheurs et des chanteurs, généralement de petite taille. » Tout cela était passionnant mais il aurait voulu en savoir plus, et surtout voir cet oiseau. Puisqu'il était rouge sur la poitrine, était-il différent d'un rouge-gorge, comme on en voyait dans le jardin ? Puisque passereau veut aussi dire moineau d'après son dictionnaire, était-il différent des moineaux qu'on voyait voleter sur le trottoir de la boulangerie en quête de miettes de pain ? Si la linotte se nourrissait de graines de lin, où poussait cette plante ? Et puisque c'était un oiseau siffleur, comment chantait-il ? Autant de questions auxquelles Jehan aurait voulu avoir des réponses. Cela l'occupa en imagination tout l'après-midi.

Ce n'est que vers le soir qu'il songea soudain à la grosse encyclopédie qui était dans le bureau de son père. Il n'avait pas le droit d'y aller en dehors de la présence paternelle, mais son père n'était pas encore rentré et son impatience l'emporta. Il outrepassa l'interdiction et le cœur un peu battant, tourna doucement la poignée de la lourde porte capitonnée, après s'être assuré que la bonne était occupée à autre chose. Il referma soigneusement derrière lui, et se dirigea droit vers l'étagère où s'alignaient, imposants, les gros volumes de l'encyclopédie. Il n'était pas très sûr de savoir comment chercher. Il examina les lettres dorées sur les tranches et se récitant à voix basse l'alphabet, finit par mettre son doigt sur K-M. « … K-L-M… » Le mot « linotte » doit être là-dedans, se dit-il assez fièrement, mais il lui fallut beaucoup d'efforts pour arriver à sortir le tome K-M, car les livres étaient très serrés les uns contre les autres et quand il l'eut presque extrait, un dernier effort fit tomber par terre le lourd volume avec un tel fracas que Jehan s'immobilisa, craintif, les yeux baissés ; mais le silence se referma, personne ne bougea dans la maison. Il s'accroupit pour consulter le livre, non sans avoir ramassé un papier photo jauni tombé du volume et qu'il retourna. C'était le portrait d'une très jolie jeune femme, souriante. Était-ce sa mère ? Il ne le savait pas, mais il lui plut de croire que c'était elle, dont on ne parlait jamais. Il avait oublié la linotte. Il était perdu dans la contemplation de la jeune femme, admirant tour à tour ses cheveux blonds, vaporeux, ses grands yeux clairs qui le regardaient, lui semblait-il, son nez fin aux narines délicates, sa bouche bien dessinée aux lèvres légèrement entrouvertes. Est-ce qu'il lui ressemblait ? Non, certainement pas, elle était tellement belle. La photographie était trop grande pour entrer dans sa poche, il la glissa sous son pull et ne songea plus qu'à filer dans sa chambre pour trouver une cachette où mettre son précieux butin. S'il la cachait sous son oreiller ou sous son matelas, la bonne la trouverait en faisant son lit. Où la mettre ? Il balayait du regard sa chambre, irrésolu. Il la fourra finalement au fond d'un tiroir qui servait très peu, en dessous d'une pile de dessins et coloriages qui étaient entassés là, un peu oubliés.

L'heure du dîner était arrivée. Jehan avait terminé les devoirs que le maître avait donnés, ayant à cœur d'être irréprochable parce qu'il se sentait justement un peu fautif. Son père l'observait du coin de l'œil. « Comment se fait-il qu'un volume de mon encyclopédie soit par terre dans le bureau ? » dit-il.

Jehan devint cramoisi.

– Je voulais chercher un mot, bredouilla-t-il.

– Tu as un dictionnaire dans ta chambre, dit son père intraitable.

– Oui, dit Jehan, mais ce n'était pas assez complet.

– Quel était donc ce mot ? demanda le père.

– Linotte, murmura l'enfant.

– Linotte ! répéta le père et il se mit à rire. Tu es une belle tête de linotte, ça, on peut le dire. Si j'avais été à ta place, je n'aurais pas oublié de remettre le livre sur le rayon. »

Jehan rougit encore plus.

« Si tu t'intéresses aux oiseaux, continua le père, je peux t'offrir un livre sur le sujet.

– Oh oui ! s'exclama Jehan. Cela me plairait beaucoup. »

La linotte resta donc pour lui un porte-bonheur. Non seulement elle lui avait permis de recueillir une photo de sa mère (il avait décidé que ce ne pouvait être qu'elle), non seulement son père avait ri et plaisanté au lieu de le gronder, mais encore il lui offrit un livre sur « Les oiseaux familiers de nos régions ». Jehan apprit donc à reconnaître ce joli petit oiseau grâce aux illustrations de son livre : il était plus fin, moins tape-à-l'œil que le rouge-gorge au gros ventre orangé, il avait aussi du rouge sur la poitrine – du moins le mâle –, mais un plumage plus discret, et une tache écarlate sur le front ; il était beaucoup moins terne qu'un petit moineau gris, et surtout il s'appelait en fait de manière plus complète « linotte mélodieuse ». Cet oiseau avait une âme de musicien, son chant était varié et vif, se composant de « roulades, de trilles de notes flûtées, de sons délicats purs ou nasaux ». Et il ne chantait pas seulement pendant la période de nidification, mais une grande partie de l'année. Pourquoi la linotte était-elle donc devenue un quolibet ? C'est que, très sociable, expliquait le livre, elle fait son nid dans des endroits très divers, même proches des maisons. D'où sa réputation d'étourdie puisqu'elle ne pense pas assez à protéger ses œufs. Par la suite, Jehan se fit offrir un enregistrement de chants d'oiseaux pour écouter la linotte.

Ainsi commença pour ce petit garçon ce qui devint une passion, car il ne se contenta pas de s'intéresser à la linotte. Tous les oiseaux familiers devinrent objet de ses lectures, de son attention, de ses promenades, puis de ses patientes observations sur le terrain quand il fit des études universitaires de biologie. Il étudia l'environnement. Il devint un ornithologue réputé.

À quoi tient une vocation ! Et enfin, laissons-nous aller à une indiscrétion : si la curiosité vous avait fait ouvrir l'un des gros manuscrits de la thèse de Jehan consacré à la linotte et aux oiseaux de la famille des fringillidés, vous y auriez découvert à la dernière page une photographie jaunie et écornée qui était celle d'une très jolie jeune femme, souriante, aux cheveux blonds vaporeux…

Amélie
et le calendrier républicain

De l'étude de la Révolution française, Amélie n'avait retenu qu'une histoire effroyable de peuple révolté, de nobles terrorisés, de tribuns aux discours enflammés, d'alliances versatiles, et surtout de meurtres et de guillotine, de têtes coupées brandies au bout de piques, de flots de sang. Une seule chose pourtant la faisait rêver : les noms des mois républicains. Elle les avait appris par cœur et les égrenait, laissant chaque nom s'épanouir dans son imagination en tableaux évocateurs :

Vendémiaire (septembre), le temps des vendanges… Des rangées de ceps de vigne s'étirent à l'infini ; les feuilles mordorées, de lourdes grappes noires ; un soleil déclinant, des hottes débordantes sur les dos courbés par la fatigue, l'odeur aigre du pressoir…

Brumaire (octobre), le mois des brumes. Sur la campagne se déroulent de longues écharpes laiteuses, déchirées çà et là par une branche d'arbre, tandis qu'un oiseau isolé pépie tristement…

Frimaire (novembre), le mois des frimas. Les brumes ont laissé place à d'épais brouillards, froids et glacés. Le givre aux fenêtres dessine des arborescences de dentelles... Les squelettes des arbres se parent de poudre d'argent scintillante au soleil qui finit par percer...

Nivôse (décembre), le mois des neiges. L'épais manteau blanc immaculé recouvrant tout le paysage, le silence ouaté, les maisons encapuchonnées ; les visages émerveillés des enfants, leurs mains emmitouflées qui cueillent la neige, leurs rires et leurs jeux... Les flammes crépitent dans la cheminée...

Pluviôse (janvier), les pluies froides de l'hiver tambourinent aux fenêtres, le ciel gris et bas feutre la lumière, le sol est trempé et les flaques giclent sous les roues des voitures...

Ventôse (février), le vent peut encore mordre les joues et gercer les lèvres. Mais il est aussi par moments d'une douceur inattendue, capricieux en somme.

Germinal (mars), le mois de la germination. Les crocus percent la terre de leur pointe d'or et éclatent comme de petits lampions au ras du sol... mais ils se referment frileusement au soir tombé, incertains encore de revoir le soleil...

Floréal (avril), le mois des fleurs. C'est la fête au jardin. La glycine accroche ses lanternes de grappes mauves tout le long de la maison, les tulipes déploient leurs riches atours, les pâquerettes s'éparpillent, les arbres fruitiers sont parés comme des mariées de leur nuageuse floraison et font pleuvoir à la moindre brise de délicats pétales nacrés de rose...

Prairial (mai), le mois des prairies. Un tapis moelleux d'herbe tendre richement brodé de boutons d'or s'étale à perte de vue. Les talus sont festonnés de coquelicots écarlates.

Messidor (juin), le mois des moissons. Les épis commencent à jaunir et gonflent au soleil. La brise fait courir sur les champs de blé une moire chatoyante…

Thermidor (juillet), le mois des chaleurs. Le soleil darde ses rayons de feu et l'air vibre au point que l'horizon danse devant les yeux éblouis… Une carafe d'eau fraîche sur la nappe bleue de la table du jardin se couvre de buée ; des insectes bourdonnent dans la haie toute proche.

Fructidor (août), le mois des fruits. Au verger, les branches des abricotiers ploient sous le poids de leurs fruits d'une éclatante couleur orangée ; les joues veloutées des pêches se colorent de rose et de pourpre, et les poires revêtent une couleur d'or pâle. Une odeur gourmande de fruit mûr embaume l'air. Les compotiers sur le buffet débordent de la récolte du petit matin.

Dans cette époque révolutionnaire de violence et de haine, de feu et de sang, comment était-il possible qu'un calendrier aux noms si plaisants ait pu être inventé, comment la poésie avait-elle pu se faire une place ? se demandait Amélie. Il n'y avait qu'un poète pour avoir pu ainsi baptiser les mois. Qui avait choisi ces noms ? Elle fit des recherches et fut heureuse d'apprendre que l'auteur en était un certain Fabre d'Églantine. Sans doute un pseudonyme. Elle poursuivit ses investigations et apprit que ce poète avait obtenu une récompense, « un lys d'argent », pour un *Sonnet à la Vierge* envoyé au concours des « Jeux floraux » de Toulouse. Cette société littéraire, très ancienne (elle remontait au Moyen Âge) récompensait chaque année les auteurs des meilleures poésies par cinq fleurs d'or ou d'argent : la violette, l'églantine, le souci, l'amarante et le lys. C'est à la suite de ce prix obtenu que notre auteur se fit appeler Fabre d'Eglantine : sans doute la fleur d'églantine lui semblait-elle plus gracieuse que le lys, et sans connotation d'emblème royal.

De toute l'œuvre de ce poète survit encore la charmante chanson devenue si populaire et qu'Amélie avait si souvent fredonnée elle-même, étant enfant :

« Il pleut, il pleut bergère,
Rentre tes blancs moutons,
Allons sous ma chaumière
Bergère, vite, allons.
J'entends sous le feuillage
L'eau qui tombe à grand bruit,
Voici, venir l'orage
Voilà l'éclair qui luit.

Entends-tu le tonnerre ?
Il roule en approchant,
Prends un abri bergère... »

Sans doute la mélodie simple en forme de ritournelle est-elle pour beaucoup dans le succès de cette chanson, mais le tableau pastoral éveille peut-être aussi en chacun de nous l'aspiration passéiste à une vie simple, proche de la nature. En notre XXIe siècle, nos paysages détruits par les exigences industrielles, les abords de nos villes défigurées par les enseignes commerciales, les banlieues de béton nous donnent la nostalgie de temps lointains où la vie à la campagne offrait un équilibre lié au rythme des saisons. C'est bien ce que ressentait Amélie dans son attirance pour le calendrier républicain. Et c'est bien aussi la raison qui, en son temps, poussa la reine Marie-Antoinette à faire construire au Petit Trianon tout un hameau de chaumières agrémentées de potagers, de vergers et même d'une ferme pour produire lait et œufs. Loin des artifices de la cour elle y trouvait certainement un apaisement. Pour revenir à la chanson, d'aucuns n'ont pas manqué de voir dans ses paroles un avertissement, l'orage qui gronde présageant la Révolution qui allait éclater. C'est évidemment une interprétation séduisante, mais rien n'est moins sûr puisque cette chanson est tirée d'un opéra-comique, qu'elle comporte six couplets et que dans un style assez mièvre, cette romance se termine par la demande de mariage du berger à la bergère :

« … Ma mère et moi, demain,
Nous irons chez ton père
Lui demander ta main. »

Quoi qu'il en soit, Amélie fut ravie de la découverte de son poète. Que cet homme qui se faisait appeler joliment Fabre d'Églantine, ait choisi avec autant de goût les noms des mois du calendrier républicain et ait en outre écrit la chanson que tous les enfants connaissent encore de nos jours, le lui rendait fort sympathique.

Hélas, la vérité nous oblige à dire qu'elle déchanta fort à la lecture de la biographie détaillée de cet homme qui se mêla de politique et fut intrigant, dépensier, affairiste, prévaricateur. Il fut l'un des principaux responsables des « massacres de septembre 1792 » par ses appels au meurtre contre tous ceux qui auraient menacé la République naissante. De quoi vous faire descendre quelqu'un du piédestal où vous étiez tenté de le mettre. D'ailleurs, il termina lui-même – comme tant d'autres – sur l'échafaud. Ainsi, se disait Amélie mélancoliquement, la poésie peut côtoyer le sordide et l'horreur. Elle n'est garante ni de candeur, ni de vertu.

L'Histoire nous montre que le calendrier républicain, si poétique, si évocateur du cycle des saisons, ne dura guère plus d'une dizaine d'années, mais dans nos mémoires d'écolier traîne, trop souvent incomplète, la ronde de ses noms : Vendémiaire, Brumaire, Frimaire, Nivôse, Pluviôse, Ventôse, Germinal, Floréal, Prairial, Messidor, Thermidor, Fructidor, et si nous ne savons pas toujours avec exactitude à quel mois ils correspondent, la neige, le vent, la pluie, les fleurs, les fruits… tournent avec la terre dans le manège éternel des saisons.

Les yeux de Lucie

Lucie était une adorable petite fille, aux boucles blondes fines et soyeuses et aux yeux d'un bleu intense ; leur beauté tenait à ce que la couleur azuréenne de l'iris était bordée extérieurement d'un cercle bleu foncé qui faisait ressortir la transparence du regard. On eût dit deux pierres précieuses, deux aigues-marines. Ses parents n'étaient pas peu fiers des compliments reçus et leur fille leur semblait un trésor inestimable. La petite était dorlotée, choyée, autant qu'un petit bout de chou de trois ans peut l'être. Elle vivait dans un cocon de douceur, un nid douillet d'amour et de bien-être.

Si aimants que fussent ses parents, il fallait bien l'éduquer et de temps à autre s'opposer aux risques que prend sans le savoir un jeune enfant dans sa quête de découvertes tous azimuts. Si on lui avait dit non et qu'elle récidivait, ses parents la grondaient, et une ombre alors passait dans ses yeux comme d'un nuage qui voile le beau temps.

Vint le temps de la séparation avec l'entrée en maternelle et de la socialisation dans l'entourage des autres enfants. L'adaptation semblait se passer correctement bien que l'institutrice ait fait remarquer chez cette enfant une certaine mélancolie qui la tenait parfois à l'écart des activités auxquelles s'adonnaient les autres de son âge. Il fallait la solliciter et son visage alors s'animait de nouveau. Lucie se jetait dans les bras de sa mère quand celle-ci venait la chercher, et son regard rayonnait, brillait d'un éclat tel qu'on eût dit un diamant que traversait la lumière.

Une fin d'après-midi, la mère de Lucie arriva un peu en avance et observa les petits dans la cour. Deux d'entre eux trépignaient et se tapaient. Lucie restait figée devant eux et son regard devint vitreux. Sa mère en reçut une impression désagréable.

Par la suite, et les années passant, elle eut bien d'autres occasions d'observer cet étrange regard qui, par intermittence, effaçait toute la beauté des yeux, et même tout le charme de Lucie. À chaque fois, ce changement intervenait quand la petite fille était confrontée à une sorte de violence ou à un acte répréhensible. La mère remarqua aussi que Lucie répétait volontiers cette affirmation : « Je n'ai rien vu », « je ne vois pas », « je ne vois rien », quand bien même on la sollicitait comme témoin oculaire d'une scène. Plus l'enfant grandissait, plus rares devenaient les occasions de contempler la splendeur de ses yeux.

Elle avait dans les douze ans quand éclata un vendredi une vive dispute entre ses parents. Ils étaient dans leur chambre et le ton montait au fur et à mesure que les reproches mutuels pleuvaient. La porte s'entrouvrit légèrement, puis bâilla, plus grande. Dans l'encadrement se tenait Lucie, immobile, silencieuse. Les adultes, tout à leur querelle, en vinrent aux mains : le père, rageur, plaqua la mère sur le lit, puis honteux, se redressa. La mère se releva plus lentement et vit alors sa fille dont les yeux étaient ceux d'un poisson mort. La mère en fut effrayée, d'autant plus que lorsqu'on lui dit de partir, l'enfant se cogna aux murs comme une somnambule. Quand ils eurent repris leur sang-froid, ses parents s'excusèrent auprès d'elle mais elle dit d'une manière sibylline qu'elle ne voyait pas. Le soir, à table, ses yeux avaient une opacité laiteuse de pierre ternie et elle se plaignit de voir flou. Sa mère, pleine d'inquiétude, voulait l'emmener de suite chez un ophtalmologue, mais le père dit avec raison qu'un rendez-vous ne s'obtiendrait pas comme ça sur-le-champ, et pressé de se faire pardonner, leur proposa de les emmener au bord de la mer pour le week-end. Lucie n'avait eu que quatre ou cinq fois l'occasion d'y aller et ces escapades en famille étaient restées si belles en sa mémoire que cette perspective rendit à son regard tout son éclat, sa pureté et sa transparence. D'ailleurs, ce dimanche-là, la promenade fut heureuse, les parents longeaient la vague mourante, se tenant par la taille et riant quand l'un d'eux recevait des embruns ; Lucie semblait avoir retrouvé son acuité visuelle puisqu'elle montrait à l'horizon une voile que ses parents peinaient à remarquer. Son père lui dit qu'elle avait les yeux d'un bleu plus limpide que la mer.

Si nous passons sur l'adolescence et la prise de conscience de la laideur du monde, c'est justement qu'hélas les choses ne s'arrangèrent pas et le regard de Lucie ne fut qu'une alternance d'éclairs fulgurants, de rayonnements passagers et de troubles visuels de plus en plus présents. Sa mère l'emmena en consultation à maintes reprises, mais les spécialistes n'observaient aucune anomalie de rétine ni de cornée, ni quoi que ce soit concernant le fonctionnement optique. Survint le premier chagrin d'amour. Lucie devint aveugle. Les médecins n'avaient pas d'explication.

Ses parents déménagèrent, changèrent de région et s'installèrent sur la côte puisque Lucie disait qu'il n'y avait que le bruit de la mer qui pourrait la consoler. En un sens, ils étaient soulagés de quitter leur ancien lieu de vie, de couper avec leurs anciennes relations. Ils supportaient mal la cécité de leur fille, mais encore plus mal les remarques qu'on ne manquait pas de faire avec compassion en rappelant l'ancienne beauté des yeux de l'enfant. Qui eût en effet regardé les photos d'autrefois, le visage doux, rieur et curieux de la petite fille aux yeux si bleus et si purs, aurait été surpris devant la jeune fille aux paupières mi-closes, aux yeux opaques roulant dans leur orbite comme désaxés. Elle demeurait passive, le plus souvent prostrée, se laissant conduire là où l'on voulait bien l'emmener, touchant de ses mains hésitantes ce qui l'environnait, plus pour se protéger que pour découvrir.

Quand le temps le permettait, s'il n'y avait pas trop de vent ni de pluie, on la conduisait à la plage, déserte hors période estivale, et là, assise sur le sable, elle écoutait la rumeur des vagues, leur chant profond qui roulait des lointains inconnus ou leur murmure infini, au rythme berceur. Elle se pelotonnait sur elle-même, les bras entourant ses jambes repliées, le menton sur ses genoux, et son expression apaisée mettait un baume dans le cœur meurtri de sa mère.

Une après-midi, mère et fille étaient assises côte à côte. La mère jouait distraitement à filtrer le sable entre ses doigts. La jeune fille lui demanda abruptement : « Maman, pourquoi m'avoir prénommée Lucie ? »

La mère s'immobilisa et craintivement répondit : « Ce nom signifie lumière. »

Lucie eut un rire amer : « Quelle ironie ! dit-elle.

– Tu es ma lumière intérieure » murmura la mère humblement, mais avec ferveur, et le ton était si aimant que Lucie appuya sa tête sur l'épaule maternelle dans un geste de tendresse, ce qui ne laissa pas de faire pleurer la mère, mais Lucie ne pouvait voir les larmes rouler sur ses joues. Néanmoins le silence qui suivit lui laissa deviner sa grande émotion. Lucie retournait dans sa tête ces mots de « lumière intérieure » comme une révélation. La lumière qu'elle ne voyait plus de ses yeux, elle pouvait la sentir autrement. Sa mère était aussi sa lumière, parce qu'elle la guidait, bien sûr, mais surtout parce qu'elle l'aimait éperdument, qu'elle se dévouait nuit et jour pour elle et que sans cet amour, elle n'aurait peut-être pas voulu survivre. La noire tentation du suicide l'avait effleurée, mais sa mère avait été là, vigilante, patiente, lumière dans la nuit de son désespoir. Et elle, Lucie, était donc aussi la lumière intérieure de sa mère, sa mère qui avait abandonné toute vie professionnelle, toute vie sociale même, pour être constamment à ses côtés. Si elle donc, Lucie, qui croyait être un fardeau, était malgré tout sa lumière intérieure, quel rôle précieux n'avait-elle pas à tenir ? La vie avait un sens !

La fraîcheur du soir commençait à se faire sentir. Mère et fille se levèrent. « Le ciel n'est-il pas rose ce soir ? Il fera beau demain » dit Lucie. La mère, interdite, ne souffla mot, mais un immense espoir lui fit prendre une longue inspiration d'air salé, vivifiant, avant de rebrousser chemin.

La guérison fut longue. Les yeux laiteux de Lucie retrouvèrent peu à peu leur transparence d'aigue-marine. Quand elle put à nouveau voir distinctement, ses parents avaient des cheveux parsemés de fils blancs. Dans sa chambre, son miroir lui renvoyait l'image d'une jeune femme dont la beauté ne résidait pas tant dans la couleur azuréenne des yeux que dans la douceur du regard.

Les souhaits d'Alain et de Sophie

Alain et Sophie se mirent en couple, l'amour au cœur et des projets plein la tête, mais dont un seul était exclu : celui d'avoir un enfant. En un temps où la contraception est parfaitement au point, éviter une grossesse n'est pas un problème. Ils pensaient qu'il y avait assez d'habitants comme cela sur terre, que la pollution asphyxiait notre univers et que les guerres et autres catastrophes étaient si perpétuelles qu'il fallait être inconscient pour mettre au monde un petit être qui ne l'avait pas demandé. Leurs souhaits étaient donc d'abord de bien gagner leur vie, ensuite de se faire un nid douillet, et enfin en dernier lieu, de garder des amis avec qui se distraire. Ils n'excluaient pas, en surplus, de s'inscrire dans quelque association où ils pourraient se rendre utiles.

Alain travaillait dans une banque, il se révélait un employé appliqué, n'ayant pas son pareil pour retenir le client, lui expliquer clairement quel était son avantage à faire tel ou tel placement, et tout allait fort bien pour lui. Sophie avait un emploi d'archiviste et rien n'aurait pu mieux lui convenir. Leur premier souhait était en fait une réalité acquise.

Quant au second, cela leur prit du temps ; ils voulaient faire le bon choix, sans regret. Une maison à la campagne, loin de la ville, leur semblait la meilleure option. L'air y est plus pur, les tentations de gaspillage sont moindres, on y vit plus sainement. Ils passèrent donc tout leur temps libre à fréquenter les agences immobilières, d'abord les enseignes connues en ville, puis réflexion faite, celles des petits bourgs où les offres étaient en moins grand nombre mais où l'on pouvait tomber sur quelque affaire rare, d'un prix plus abordable. De visite en visite, de villas trop clinquantes ou trop carton-pâte en maisons de village vétustes ou laides, ils tombèrent un jour en extase devant une très ancienne bâtisse, sise au milieu d'une clairière. Il fallait déjà la dénicher car elle était bien cachée : après avoir quitté la départementale qu'indiquait le plan remis par l'agence, il fallait rouler longuement sur un chemin de terre de moins en moins carrossable, qui finissait par s'enfoncer dans les bois où, soudain, s'ouvrait la clairière. Au centre, la bâtisse : ce n'était pas une ferme, non ; une imposante toiture d'ardoises doucement incurvée et d'élégantes fenêtres à meneaux lui conféraient le charme des vieilles demeures de hobereaux ; Alain et Sophie se regardèrent, impressionnés, et en même temps inquiets. Dans quel état allaient-ils trouver l'intérieur ? Ils eurent du mal à faire tourner la clef dans la grosse serrure de fer forgé, et la porte était lourde à pousser. Mais l'impression fut plutôt positive : un rayon de soleil jouait sur le carrelage de terre cuite d'une vaste salle simplement blanchie à la chaux. Le plafond, entre les longues et épaisses poutres de chêne, avait dû être peint, mais il était noirci de fumée. Une large et haute cheminée occupait en effet tout un pan de mur : le foyer en était à ras de sol, les jambages de pierre étaient sculptés et moulurés, tout comme le manteau orné d'un blason. À l'opposé, une porte étroite et basse creusée dans l'épaisseur du mur permettait d'accéder à d'autres pièces, plus petites, plus confinées, pièces de service manifestement. Ils revinrent dans la grande salle et ressortirent pour faire le tour de la bâtisse. Un puits, à l'est, en bonne pierre de taille, semblait avoir servi encore récemment comme en témoignaient le seau posé sur la margelle, la corde et la poulie. Au pignon ouest était accolé un escalier de pierre, sans rambarde. Ils y grimpèrent, essayèrent une autre clef et découvrirent une salle mansardée immense qui faisait toute la superficie du rez-de-chaussée. C'était fabuleux, les potentialités qu'offrait cette demeure. Ils étaient conquis, assez jeunes pour ne pas être effrayés par la quantité de travaux à faire – ils pourraient emprunter facilement –, assez naïfs pour croire que vivre dans ce cadre champêtre leur serait facile, assez enthousiastes pour prendre les problèmes à bras-le-corps. Ils firent donc affaire, après de longs mois d'attente et d'âpres négociations.

En ce qui concerne la remise en état de la demeure, ils se firent aider, du moins pour le gros œuvre, par divers corps de métier. Contrairement à ce qu'on pourrait croire, l'électricité était bien parvenue jusqu'en cet endroit, mais n'était évidemment pas aux normes exigées. L'eau courante aussi avait été amenée – le puits en fait servait pour le jardin et c'était le paysan voisin qui y puisait avant leur arrivée –. Mais d'eau chaude, point ; de chauffage autre que la cheminée, point non plus. Cet inconfort temporaire, ils le supportèrent assez bien car ils avaient ainsi comme l'impression de vivre au plus près de la nature, d'être vertueux à la Rousseau. Leurs fins de semaine, leurs vacances, ils les passaient à restaurer leur demeure, faisant appel aux bons copains pour leur donner un coup de main. Après une bonne dizaine d'années d'efforts et de travaux, ils finirent par avoir un intérieur assez coquet, qui avait incontestablement beaucoup de cachet. Alain était particulièrement fier de la cheminée qu'il avait nettoyée, grattée, poncée, qui fonctionnait bien et qui était le joyau architectural de leur maison ; il était content aussi d'avoir pu installer dans la grande salle une large bibliothèque aux étagères de bois massif, dont les montants de chêne en crémaillère avaient permis un montage facile ; il avait récupéré le tout – qui était destiné à la décharge publique – dans un chantier de démolition des archives municipales fermant pour s'installer ailleurs. Sophie s'était aménagé un jardin potager dans un coin de la clairière, et elle était fière d'y récolter ses légumes sans pesticides. L'originalité de leur mode de vie, si l'on veut bien se souvenir qu'ils étaient quand même assez isolés, suscitait l'étonnement et l'admiration de ceux qui avaient l'occasion de leur rendre visite. On leur faisait des compliments.

Conclure que tout était donc pour le mieux serait un peu vite dit. Il faudrait compter sans les trajets pour aller au travail, ce qui les obligea à l'acquisition de deux voitures ; même achetées d'occasion, leurs voitures leur coûtaient cher car l'essence filait vite. Il fallait aussi s'approvisionner de tout ce dont on a besoin dans la vie courante et le village le plus proche n'était pas à portée de main. Tout cela nous écorne pas mal la conscience écologique qu'ils croyaient avoir si l'on s'en tient au polluant qu'est le carburant. Par ailleurs, si nous tenons compte de leur chemin défoncé où l'on avançait cahin-caha, il en fallait du temps à chaque fois qu'on s'éloignait de la maison ! À la belle saison, passe encore ! Le soleil se couche tard. Mais en hiver, la nuit tombe vite, il fait noir le matin. Qui habite en ville ne peut imaginer ce qu'est l'obscurité complète. Plus d'un, à leur place, aurait eu peur de faire le chemin jusqu'à leur demeure dans un bois dont les arbres, dans le halo des phares, semblaient leur barrer la route de leurs branches crochues et plus d'un aurait eu peur des bruits nocturnes qui remplissaient la clairière : chat-huant en quête de nourriture, s'envolant lourdement, hululement des petits rapaces, frôlement des fouines, glapissement de quelque renard, sans compter même, de manière plus exceptionnelle, l'irruption de sangliers fouisseurs qui dévastaient le potager. Eh bien, rendons hommage au courage de ces anciens citadins : ils s'y firent à la longue, même s'ils eurent quelques frayeurs.

Vous souvient-il de leur troisième souhait ? Garder des amis avec qui se distraire. Des copains, ils en avaient eu, assez dévoués pour venir les aider, passer le week-end à porter des matériaux, gratter les poutres, délayer du ciment, de la chaux, isoler la toiture… Les premiers temps, ils avaient même eu de franches parties de rigolade et des soirées joyeuses, l'été, autour de grillades et d'une bonne bouteille. Mais on ne peut pas trop tirer sur la corde. Les copains, ils en eurent bientôt un peu assez de jouer les maçons, ils trouvèrent de plus en plus de prétextes pour s'esquiver. Ils ne pouvaient pas être toujours disponibles. En outre, il fallait faire la route, ce n'était pas la porte à côté. Bon, ça va un temps, mais il y a des limites. Et puis, quelle idée aussi d'aller s'installer dans ce coin perdu. C'était le choix d'Alain et de Sophie, d'accord, mais à eux d'assumer. Bref, vous l'aurez compris, les amis se firent de plus en plus rares, de plus en plus lointains. D'ailleurs, Alain et Sophie reconnaissaient que la maison n'était pas d'un accès facile et eux-mêmes limitaient leurs déplacements, par économie d'argent et de temps. Si bien que leurs velléités de s'inscrire dans une association pour y être utiles tombèrent à l'eau. Ils n'avaient pas le temps. En dehors du travail, ils ne songeaient plus qu'à rentrer pour profiter un peu de cette belle demeure, cette grande demeure trop vide, qui avait pompé leur énergie, qui les avait usés. Dans certains moments de lucidité, sans se l'avouer l'un à l'autre, ils pensaient : « À quoi bon tout cela ? »

Quand Sophie était à la maison, elle contemplait la clairière qu'elle avait tant aimée et songeait que si l'endroit était beau, il manquait singulièrement d'animation et de vie. Bien sûr, il y avait le chant des oiseaux dans les arbres, mais on ne les voyait guère. Il lui fallait quelque chose de moins discret, plus tapageur. C'est ainsi que lui vint l'idée de monter un poulailler. « Au moins, disait-elle à Alain, nous aurions des œufs frais, ce serait appréciable ; et puis, quelques poules à courir dans la cour, ce serait plus gai. » Alain, d'abord étonné, se laissa convaincre. Il acheta du grillage et construisit un enclos, sur l'avis de leur voisin paysan qui leur conseilla des poules naines, parce que très rustiques et résistantes, bonnes pondeuses. Ces poules aiment bien aussi être à l'extérieur. Sophie ne voulait pas de poules toujours enfermées, ça tombait bien. Ils se documentèrent sur l'élevage des volailles, leur alimentation, les pondoirs, firent les marchés, et un samedi, revinrent avec des caisses grillagées contenant quelques volatiles. La gaieté leur était revenue. Ils riaient à voir leurs petites poules rousses coiffées de plumes ébouriffées caqueter et se précipiter quand Sophie leur jetait du grain. Un jour que leur voisin était venu voir comment ils se débrouillaient, il dit : « Maintenant, il ne vous reste plus qu'à faire un petiot pour courir après vos poules. » Sophie et Alain se regardèrent du coin de l'œil.

Cette nouvelle idée fit aussi son chemin. Balayés les arguments d'avant : la surpopulation de la terre, le monde asphyxié par la pollution (d'ailleurs, dans un tel cadre, il était difficile de croire le danger imminent), les fléaux comme les guerres. N'y en avait-il pas toujours eu ? Les hommes n'avaient-ils pas procréé pour autant ? Les enfants n'étaient-ils pas l'espoir de demain ? Que serait donc un monde sans eux ? Fallait-il que l'humanité précédât elle-même son déclin en refusant la vie ? C'est ainsi que Sophie se retrouva bientôt enceinte. Le projet d'un enfant avait d'ailleurs ranimé leur flamme amoureuse, et tout ce qu'ils avaient construit ensemble prenait désormais un sens.

Thomas et son idéal féminin

Si l'on vous demandait à brûle-pourpoint quelle est la plus belle femme de tous les temps, peut-être auriez-vous une hésitation. Mais Thomas, lui, aurait répondu vivement : Néfertiti. Bien sûr, tout le monde connaît cette reine d'Égypte et convient de son exceptionnelle beauté. Néanmoins il se serait lancé dans un éloge dithyrambique de son idole et rien n'aurait pu l'arrêter. Adulation qui remontait à bien des années.

Il avait quatorze ans quand un vieil ami de la famille, original, à une époque où il se débarrassait de tout ce qu'il avait accumulé dans sa vie, lui fit cadeau d'une reproduction fidèle du fameux buste de Néfertiti. À l'époque, il ne savait rien de cette belle femme, mais il fut subjugué. Il ne chercha pas immédiatement à connaître son histoire. Il se contenta de savoir que c'était l'épouse d'un pharaon. Il la posa sur une étagère face à son lit dans sa chambre, et le soir, quand il allumait sa petite lampe de chevet, elle lui paraissait encore plus mystérieuse et plus belle par le jeu des ombres et de la lumière. Il contemplait la parfaite symétrie du visage, les arcades sourcilières nettement dessinées par les sourcils épais dont la courbe régulière remontait vers les tempes, les lourdes paupières légèrement abaissées sur des yeux maquillés en amande, le nez droit à l'arête douce et aux narines fines, les lèvres épaisses au dessin précis remontant en un imperceptible sourire, les méplats des joues aux pommettes légèrement saillantes, et le fin galbe du menton un peu relevé, le cou long et gracile mis en valeur par le plastron du large collier, comme était mise en valeur la nuque sans cheveux, les oreilles collées, le port royal de la tête, amplifié par la lourde et haute tiare ornée d'un serpent, tout lui était sujet d'admiration. Selon les jours, il changeait un peu la position du buste afin de le voir sous un autre angle, et il lui semblait toujours aussi parfait. Quelques mois plus tard, il se fit offrir à son anniversaire des pains de pâte à modeler. Comme tous les enfants, il avait joué à fabriquer de petits sujets dans son enfance, mais il s'attaquait là à quelque chose d'autrement ambitieux et volumineux. Il voulait parvenir à reproduire ce chef-d'œuvre. Il lui fallut donc travailler et il passa des heures et des heures à copier son modèle. Mais il n'était jamais satisfait du résultat, il y avait toujours un détail qui clochait ; les oreilles surtout lui donnèrent du mal. Néanmoins, il parvint à une certaine habileté et ses proches trouvaient que ce n'était pas mal du tout. Sa sœur lui fit remarquer qu'il ne serait de toutes manières jamais content de lui-même puisque ce qu'il avait réalisé n'était que d'une couleur uniforme, un ocre terre de Sienne, alors que le buste de Néfertiti était peint. Il en convint, suivit ses conseils et fit un essai ; mais soit que sa peinture ne fût pas adaptée au support, soit que le support ne fût pas assez sec, il gâcha le tout. Il fut découragé, jeta son œuvre et continua à contempler sa reine avec toute la vénération d'un sujet intimement persuadé de la supériorité de son idole.

D'autant plus qu'il avait fini par consulter encyclopédies et livres sur l'Égypte, et son admiration n'avait fait que croître. S'il ne savait pas au départ vraiment à quelle époque avait vécu cette reine – l'Égypte ancienne était pour lui une nébuleuse lointaine de plusieurs millénaires où tous les siècles se confondaient ; il avait gardé quelques réminiscences du programme de la classe de sixième où l'on étudiait l'Égypte, mais sans plus – il apprit à la situer dans le temps : au XIVe siècle avant Jésus-Christ. Il apprit qu'elle était la grande épouse royale d'un des derniers rois de la XVIIIe dynastie, le pharaon Akhénaton. Il apprit que le nom même de Néfertiti signifie « la Belle est venue », mais qu'on n'en savait pas plus sur ses origines. Ce mystère lui seyait bien, pensait-il. Tout ce qu'il glana par ailleurs sur Néfertiti lui plut, puisque cette reine, à en croire ses lectures, fut également influente, aussi bien politiquement que religieusement. C'est sous le règne d'Akhénaton et de son épouse en effet que s'imposa le culte monothéiste du disque solaire, et comme le soleil permet à la vie d'éclore, c'est sous son règne aussi que l'art des fresques évolua et que l'on se mit à représenter fleurs et animaux sous les rayons bienfaisants du soleil. On peut voir aussi le jeune couple royal, amoureux, dans des scènes familiales moins conventionnelles, en famille, avec leurs enfants, plusieurs petites princesses. Les portraits des souverains devinrent à cette époque moins stéréotypés, leurs traits de visage furent plus individualisés. C'est tout un art nouveau qui s'épanouit sous leur règne. La beauté n'était donc pas le seul atout de Néfertiti. On peut y ajouter une grande intelligence ainsi qu'une vive sensibilité.

Un jour qu'il contemplait encore et toujours le buste de Néfertiti, il s'étonna soudain de n'avoir pas eu la curiosité de savoir où était conservé l'original de ce chef-d'œuvre, où il avait été découvert et dans quelles circonstances. Oubli qu'il essaya de combler dans les semaines qui suivirent. Il apprit donc que c'est un archéologue allemand qui le découvrit en 1912 à Tell el-Amarna (la ville où résidait le couple royal) dans les ruines de ce qu'on pense être l'atelier du sculpteur Thoutmôsis et qu'il est conservé au musée égyptien de Berlin. Thomas se promit bien que, si un jour l'occasion d'aller à Berlin lui était donnée, il ne manquerait pas d'aller visiter ce musée pour contempler l'original. Mais avoir déjà cette copie pour lui-même, c'était un grand trésor, bien qu'il ait lu quelque part que c'était une des œuvres les plus abondamment copiées.

Thomas était tellement en admiration devant « sa » Néfertiti qu'on peut dire qu'il en fut amoureux toute son adolescence et que ce visage inconsciemment forgeait son goût et son attirance pour les femmes et il lui était donc très difficile a priori de trouver jolie une fille tant les canons de beauté qu'il avait en tête le rendaient aveugle à toute autre sorte de séduction. Au fil des années, devenu un jeune homme, il passait pour assez insensible au charme féminin, surtout celui des blondes nordiques.

Un jour de mai, assis sur un banc dans un jardin public, rêvassant plus qu'étudiant son cours dans un livre de physique ouvert sur ses genoux, il vit passer une jeune fille africaine au port altier et au profil qu'il reconnut immédiatement. En fait, ce fut pour lui un véritable choc. N'eût été la couleur de la peau, plus sombre, c'était le portrait de Néfertiti. La même finesse des traits, la même régularité du visage, les mêmes lèvres sensuelles au contour fermement dessiné, les mêmes joues légèrement creuses, le même galbe du menton. Ses cheveux étaient relevés, dégageant sa nuque gracile et son long cou de gazelle ; au sommet du crâne, une touffe de boucles denses retombait en palmier sur le ruban qui les contenait. Thomas la fixait, immobile, fasciné par cette ressemblance, subjugué par cette beauté, mais déjà la jeune fille était passée, et il la regardait s'éloigner, sans réagir, remarquant pourtant la grâce de sa silhouette, la taille fine et la souplesse de la démarche. Elle franchit le portail du parc. C'est seulement alors qu'il se dit : « Quel idiot ! J'aurais dû trouver quelque chose pour l'aborder. » Trop tard ! Il courut jusqu'à l'entrée du parc, mais elle avait disparu.

Cette rencontre, il ne cessa d'y penser. Dans sa petite chambre d'étudiant, il contempla le buste de Néfertiti qu'il avait emporté ici et il constata qu'il ne s'était pas leurré. La ressemblance était bien là. Le teint de Néfertiti était seulement plus ocre. Il l'imagina plus noir, et il lui sembla comme une évidence que Néfertiti était de type négroïde. L'artiste avait peut-être éclairci la peau, mais face à la réalité, Thomas fut persuadé que c'était son inconnue qui avait le teint allant avec son faciès. Cela le remplit de joie. Néfertiti s'incarnait en cette jeune fille. Il voulait à tout prix la revoir. Quelle solution avait-il, sinon de retourner s'asseoir dans le jardin public, à la même heure en espérant qu'elle y revînt ? Huit jours s'écoulèrent. Il restait vainement plus d'une heure à attendre dans le parc. Mais moins il semblait avoir de chances de la croiser, plus il en était obsédé, et le soir, il regardait Néfertiti avec reproche comme si sa vénération pour elle aurait dû avoir une incidence sur la possibilité d'une nouvelle rencontre. En fait, il en voulait à son idole de n'avoir pas le pouvoir de réaliser ses vœux fervents.

Les examens approchaient. Il dut se concentrer sur son travail. Après les épreuves, des copains organisèrent une soirée de détente chez l'un d'entre eux, et alors que l'heure était déjà bien avancée, un groupe arriva, d'une autre soirée, et parmi eux, ô miracle, la belle inconnue qui souriait en regardant à la ronde. Quelle surprise et quel émerveillement ! C'était pour Thomas un véritable jour de grâce. Il lui semblait soudain que peu lui importait sa réussite aux examens. Son bonheur était là, tangible, dans cette nouvelle rencontre dont il avait pourtant perdu l'espoir. Elle était toujours aussi stupéfiante de beauté. D'ailleurs beaucoup de regards s'attardaient sur elle, admiratifs. Elle avait une petite robe légère, décolletée, en lin blanc, qui révélait discrètement une silhouette sculpturale, mais son visage, c'était surtout son visage que regardait Thomas. Il voyait Néfertiti enfin s'animer, ses lèvres s'entrouvrir, ses yeux briller et balayer l'assemblée. Il s'avança, joua des coudes, lui tendit la main : « Thomas, se présenta-t-il. Vous ne me connaissez pas, mais je vous ai vue, il y a un mois, vous traversiez le jardin public. Je ne pensais pas vous revoir ici. » Elle sourit, se présenta : « Adina » dit-elle, relevant le menton de son air altier quoique plein de douceur. Elle avait des mains fines et de longs doigts aux ongles nacrés. L'intérieur des paumes était plus clair, de la couleur du teint de Néfertiti, mais son visage, plus foncé, était d'une intense et chaude couleur chocolat qui enchâssait ses yeux comme dans un écrin de velours et quand elle riait, ses dents blanches et régulières augmentaient son éclat. Il faisait chaud dans la pièce et ses pommettes un peu rehaussées prenaient une luisance cuivrée à la lumière. Elle portait une parure discrète : une fine chaîne d'argent qui mettait en valeur son long cou flexible et des pendants d'oreille, faits de deux fils d'argent qui allongeaient encore son fin visage. Elle était sublime.

« Je suis de Rennes, dit-il. Et vous ?

– De Paris », dit-elle.

Ils parlèrent un peu de leurs études, de ce que chacun faisait en ce lieu. Il la dévorait du regard. Il lui dit soudain, de manière abrupte : « Vous a-t-on jamais dit que vous ressembliez à Néfertiti ?

– Eh bien, si vous le dites… fit-elle, amusée.

– Je vous assure. Vous l'avez vu, le portrait de Néfertiti ?

– Oui, je connais, dit-elle. Mais je ne suis pas Égyptienne.

Elle rit.

– Bien sûr, dit-il. Mais Néfertiti venait peut-être d'ailleurs. Et vous, vous venez d'où ?

– De Paris, dit-elle, s'amusant.

– Et… – il hésita – votre famille est originaire de… ? demanda-t-il.

– D’Éthiopie, dit-elle, en relevant le menton d’un air altier. Mon père est diplomate. Mais quand on évoque une femme célèbre à mon propos, c’est plutôt la reine de Saba, quoique cela ne soit guère plus juste. En fait, les gens font des amalgames de tout.

– Bien sûr, dit-il. Vous savez, j’ai une copie du buste de Néfertiti chez moi. J’aimerais vous le montrer.

– Pourquoi pas ? » dit-elle.

Elle se tourna à demi, tapa sur l’épaule d’un garçon. « Tenez, dit-elle, voici Jérôme, mon copain. Jérôme, je te présente Thomas. Je vous laisse un instant, j’ai soif, je vais du côté du buffet. »

Thomas encaissa la douche. Il s’en voulait d’avoir été aussi maladroit. De toutes façons, Adina n’était pas pour lui, elle le lui avait bien fait comprendre. Accablé, il ne s’attarda pas à la soirée, et il rentra chez lui, morose…

Le lendemain, au soleil du matin, Thomas se mit à contempler le buste de Néfertiti avec toute la vénération d’un sujet intimement persuadé de la supériorité de son idole. Non, ce n’était plus tout à fait vrai. Néfertiti, si belle fût-elle, était figée pour l’éternité dans son port altier. Il lui manquait la grâce du vivant. Rien ne pouvait rivaliser avec un regard mobile, un sourire qui s’épanouissait, un cou qui ployait gracieusement. Néfertiti n’était qu’une statue. Thomas prit toutefois la décision qui relevait plus d’une vacuité temporaire que d’une ferveur désormais altérée : pour les vacances d’été, il irait à Berlin visiter l’Altes Museum.

C’est ainsi que Thomas délaissa définitivement ses rêves d’adolescent cet été-là et apprit à s’adapter…

Au musée de Berlin, il rencontra une jeune Allemande, grande et blonde, qui lui servit aimablement de guide durant tout son séjour. Son teint de porcelaine et ses yeux d'un bleu limpide n'avaient rien à voir avec le charme de la belle Égyptienne ou de la belle Éthiopienne. Mais elle avait un rire clair, une carnation d'églantine, des joues qui rosissaient au plein air et sur sa tempe palpitait une fine veine bleue qui la rendait émouvante comme la vie.

Annabelle
et les papillons

Annabelle, jeune fille douce et sensible, « papillonnait ». Qu'entendez-vous par là ? me direz-vous. Était-elle légère ? superficielle ? incapable de se fixer ? Passait-elle sans cesse d'une chose à une autre, comme le papillon qui butine et vole de fleur en fleur à la recherche du nectar ? Non, il ne s'agit pas de cela. Je n'emploie pas ce verbe par analogie, j'en fais un usage nouveau comme vous allez le voir pour évoquer le don particulier qu'elle possédait et qui est assurément singulier.

Elle-même ignora longtemps qu'elle possédait ce don, bien qu'elle fût fort attirée, dès son plus jeune âge, par ces délicats insectes, aux ailes frémissantes et diaprées, véritables fleurs volantes, gracieuses, fragiles et vulnérables, qui ornent jardins et prairies aux premières chaleurs du printemps. Ils évoluent sans troubler le silence des lieux, aucun bourdonnement ne venant agacer l'oreille, et leur danse aérienne charme le regard qui les suit de rose en rose sur les pétales où ils se posent. Elle avait une prédilection pour le papillon blanc, pur, diaphane, qu'elle voyait voleter dans le jardin de son père, et pour un petit papillon bleu pervenche qui butinait les chardons des dunes du bord de la mer où elle passait l'été. De l'école primaire, elle se souvenait avec plaisir du poème de Lamartine appris par cœur :

« Naître avec le Printemps, mourir avec les roses,
Sur l'aile du zéphyr nager dans un ciel pur ;

« Se balancer sur le sein des fleurs à peine écloses,
S'enivrer de parfums, de lumière et d'azur ;

« Secouant, jeune encore, la poudre de ses ailes,
S'envoler comme un souffle aux voûtes éternelles ;

« Voilà du papillon le destin enchanté ;
Il ressemble au désir, qui jamais ne se pose,
Et sans se satisfaire, effleurant toute chose,
Retourne enfin au ciel chercher la volupté. »

Elle avait aussi souvenance d'un conte japonais, fort joli, où il était question d'un couple, mari et femme, qui s'aimaient tendrement et qui s'occupaient soigneusement des fleurs de leur jardin. Leur seul chagrin était de n'avoir pas d'enfant. Pourtant, cette joie leur fut accordée sur le tard ; des années après, quand ils moururent de vieillesse à quelques jours d'écart, leur fils était encore jeune, mais il s'occupa consciencieusement du jardin puisque c'était le souci de ses parents de savoir ce qu'il adviendrait de leurs arbustes, plantes et fleurs savamment ordonnées en îlots de verdure et en paliers aux chatoyantes couleurs selon les saisons. Ils y avaient mis tant d'eux-mêmes. Quand vint le printemps suivant, il observa deux papillons frêles et frémissants qui venaient chaque jour au moment où il descendait au jardin. Ils l'accompagnaient aussi longtemps que lui-même s'y attardait, le frôlant presque de leurs ailes diaphanes.

Or, une nuit, il rêva que son père et sa mère se promenaient dans le jardin, regardant les plantes qu'ils avaient soignées si patiemment. Soudain le vieux couple se métamorphosa en une paire de papillons aux ailes fines et translucides, voletant ici et là et se posant sur chaque fleur. Aussi le garçon comprit-il que ces deux papillons qui hantaient le jardin n'étaient pas autre chose que l'âme de ses parents, et il eut encore davantage à cœur de faire prospérer ce jardin qui était leur œuvre.

Vous l'aurez compris, son attirance pour les papillons n'avait rien de la passion d'un entomologiste, il était essentiellement d'ordre poétique et sentimental. D'ailleurs, le geste gracieux du baiser qu'on pose dans la paume de sa main et sur laquelle on souffle pour l'envoyer à celui auquel on le destine, comme s'il s'agissait d'une fleur ou d'un papillon, l'avait tant ravie la première fois où elle en fut témoin – c'était une mère à son petit garçon sur lequel se refermaient les grilles de l'école – qu'elle garda précieusement cet exemple en son cœur. Et c'est ainsi qu'elle prit conscience du don singulier dont je vous ai parlé.

Devenue adulte, Annabelle, gâtée personnellement par la vie, ressentait comme une injustice la douleur des autres, notamment celle des enfants. Pourvue d'un sens aigu de la compassion, elle s'inscrivit dans une association dont le but était de rendre visite aux petits malades à l'hôpital. On croit faussement que tous ces enfants sont très entourés ; c'est, hélas, loin d'être toujours le cas, notamment quand il s'agit d'une maladie longue et que les parents habitent au loin. Même en week-end, certains enfants restent seuls, ce que pourront vous confirmer les infirmières. Annabelle se sentait donc utile. Et un après-midi où elle s'apprêtait à quitter une petite fille souffreteuse, pâle et fatiguée au point de ne pouvoir faire un geste d'au revoir, elle posa un baiser au bout de ses doigts et souffla sur sa main ouverte en direction de l'enfant. Un papillon, orange, sembla s'en échapper ; il voleta à travers la chambre et au-dessus du lit de la petite fille qui le suivit des yeux et se mit enfin à sourire. « Tiens ! se dit Annabelle, comment ce papillon est-il entré ? Je ne l'avais pas vu. » Elle revint sur ses pas pour ouvrir la fenêtre, mais le papillon, après avoir virevolté un moment, sembla s'évanouir. Cependant la petite fille avait un regard moins terne et un peu de couleur ravivait ses joues. Annabelle se réjouit en refermant la porte et en lui jetant un dernier regard. C'était comme un espoir qui palpitait dans la chambre. Le phénomène se reproduisit plusieurs fois dans les mois qui suivirent, si bien qu'Annabelle dut bien se rendre à l'évidence. Quand elle visitait un petit malade et qu'elle choisissait ce geste d'adieu, son souffle pouvait faire naître un papillon. Mais elle s'aperçut qu'il lui fallait un amour réel pour qu'apparût cette créature légère et évanescente. Sinon, rien ne se produisait. Elle s'aperçut même que plus elle mettait de douceur et d'amour dans son geste, plus le papillon qui s'envolait était coloré. Si elle envoyait un baiser un peu machinal, les ailes du papillon qui s'envolait de sa paume étaient pâles et le vol de l'insecte était moins vif. Il disparaissait plus vite. Mais si elle mettait de la ferveur dans son intention et dans son geste, elle pouvait faire éclore un magnifique papillon bigarré qui dansait allègrement, épanouissant la frimousse enfantine qui le regardait avec émerveillement. Elle put même établir un lien entre l'amélioration de la santé des petits malades et la présence éphémère des papillons qui semblaient disparaître, emportant avec eux un peu du mal qu'ils soulageaient. Annabelle ne dit mot à personne de ces observations. Elle prenait même soin, quand elle entrait dans une chambre, d'entrouvrir la fenêtre pour tenter une explication rationnelle à qui l'eût interrogé sur la présence du papillon. Mais les enfants n'avaient pas la méfiance des adultes. Ces petits malades, dont le visage s'égayait à la vue de ces gracieux papillons ne se demandaient pas vraiment comment ils étaient arrivés là, ils se contentaient de suivre des yeux leur vol léger et virevoltant et de s'émerveiller si l'insecte se posait, ailes frémissantes, sur leur drap, l'espace d'un éclair. Ils en rêvaient la nuit, pensaient aux fleurs, aux jardins, au ciel bleu, à la vie en plein air, au beau temps, ils retrouvaient goût à la vie et en guérissaient mieux.

Annabelle, donc, avait beaucoup de succès auprès des enfants qui réclamaient ses visites auprès de leurs parents et auprès des infirmières et médecins eux-mêmes, au point que l'un de ceux-ci, ayant croisé Annabelle un jour à l'heure de ses visites, lui dit en plaisantant : « On vous réclame bien souvent ici et votre influence sur mes petits patients est très bénéfique. Je me demande quel est votre secret.

– Oh ! s'exclama Annabelle, mes visites, ce n'est pas grand-chose » et avec hésitation, elle ajouta « je papillonne. » Le médecin sourit d'un air un peu interrogateur. « Quelle drôle de fille », se dit-il en lui-même, « mais sympathique ».

Si, un jour, il vous arrive de rencontrer un papillon dans une chambre d'hôpital, vous songerez à mon histoire. Peut-être croiserez-vous Annabelle dans le couloir, à moins qu'elle ne soit devenue elle-même papillon.

Damien, culture et nature

Damien avait toujours baigné dans la culture dès son plus jeune âge. Fils unique de parents enseignants à l'Université, il avait passé ses vacances essentiellement à voyager dans des villes d'Europe célèbres et à visiter des musées (Paris et le Louvre, Rome dont il se souvenait surtout du musée du Vatican et de la villa Borghese, Florence et son musée des Offices, Madrid avec le Prado, Londres et le British museum, le musée Van Gogh d'Amsterdam…). Aussi certains domaines lui étaient-ils familiers : en ce qui concerne l'architecture des monuments publics, il avait aimé le château de Versailles et sa galerie des glaces, Chenonceau, Azay-le-Rideau et les autres châteaux de la Loire, le Colisée et le Panthéon à Rome, le Palais des Doges à Venise, la Grand-Place de Bruxelles ; en revanche, les innombrables églises, romanes ou gothiques, l'avaient laissé presque indifférent, et quand ses parents en franchissaient encore un porche, il disait qu'il préférait rester dehors à les attendre ; quant à la peinture, il appréciait les styles plus récents (impressionnisme, fauvisme, cubisme), mais il savait aussi ce qu'avaient apporté de nouveau à leur époque les primitifs flamands, le Quattrocento en Italie, les peintres espagnols comme Le Greco, Velasquez, ou Goya ; en sculpture, il admirait comme tout le monde le classicisme antique, la perfection grecque dans le modelé du corps humain, mais il aimait moins le baroque, mis à part Le Bernin (dont ses parents raffolaient) ; des sculpteurs plus récents à l'immense talent comme Rodin, ou au XXe siècle, Giacometti et ses personnages filiformes lui plaisaient beaucoup aussi. Bref, ce garçon, à l'adolescence, avait une culture dont peu auraient pu se targuer au même âge. Il avait bien de la chance, me direz-vous.

C'est peut-être raisonner en adulte, car même si Damien apprit ainsi un tas de choses, même s'il affina sa sensibilité et son jugement, il n'empêche qu'il aurait aimé parfois avoir des distractions plus enfantines. Il s'ennuya malgré tout bien souvent dans les musées où force lui était de suivre le rythme de ses parents. Aussi trompait-il cet ennui en laissant vagabonder son imagination : il choisissait un personnage et s'amusait à développer toute une histoire à son sujet : il contemplait « le Fifre » de Manet, un garçon de son âge qui était pourtant déjà un petit soldat. Il le plaignait : peut-être était-il fier de savoir jouer de son instrument et même de mener le régiment au rythme de la marche militaire, mais si c'était pour aller se faire tuer à la guerre, son sort n'était guère enviable. Il ne l'avait pas choisi sans doute. Il venait de la campagne et avait dû quitter sa pauvre mère qui était veuve et vivait misérablement. Elle avait pleuré en l'embrassant mais il lui avait promis de revenir. Qui sait cependant si elle l'avait revu ? il contemplait « la Liseuse » de Monet assise à l'ombre d'un arbre, lumineuse dans sa longue robe blanche étalée sur l'herbe où jouaient des taches de soleil, la tête inclinée vers son livre, coiffée de son grand chapeau retenu par un large ruban rose noué sous le menton. Que faisait-elle dans ce pré, vêtue d'une toilette aussi élégante que fragile ? Ne craignait-elle pas de salir sa robe ? Elle avait l'air un peu trop faussement appliquée. Lisait-elle vraiment ? Peut-être attendait-elle le jeune homme qui lui avait donné rendez-vous là, loin de sa maison, parce que ses parents n'agréaient pas leur idylle. Il regardait avec prédilection les paysages, l'atmosphère vaporeuse du plan d'eau et le feuillage frémissant d'un Corot dans « le Souvenir de Mortefontaine », « les Coquelicots » de Monet, où les fleurs éclatantes chantent dans les hautes herbes du champ dont la pente vallonnée semble onduler sous le vent ; dans le lointain, une maison entre les arbres domine la blondeur de la prairie, et le ciel bleu semble animé lui aussi par les nuages qui y flottent. Ce tableau était une magnifique invitation à une promenade d'été. C'est par le biais de la peinture que Damien apprenait à aimer la nature qu'il n'avait que rarement l'occasion de contempler réellement puisque ses parents étaient avant tout des citadins, qu'ils vivaient en appartement et qu'ils ne voyageaient jamais pour voir des paysages, méprisant même vaguement ce genre de tourisme. Les vacances à la plage, un séjour à la campagne les ennuyait profondément, et s'ils ne pouvaient faire autrement dans telle ou telle circonstance, ils ne sortaient guère la tête de leurs livres. Damien qui admirait ses parents avait une vague frustration, mais sans plus, puisque la nature lui était aussi lointaine que les arts lui étaient familiers.

Quand il eut quinze ans, un camarade de classe avec qui il s'entendait particulièrement bien, l'invita à un séjour dans les Alpes dans le chalet familial. La permission lui fut donnée, ses parents ayant conscience qu'il était peut-être temps pour lui de passer des vacances autrement qu'entre eux deux. Damien partit donc chez Lionel. Il n'avait jamais vu la montagne que de loin, par la fenêtre d'un train, toujours couverte de neige, et jamais en été. Ce séjour en juillet fut pour lui une révélation.

La voiture qui vint le chercher n'en finissait pas de monter, et le regard plongeait dans la vallée de plus en plus creuse où les toits ne devenaient plus que des pointillés alors que les sapins d'abord, puis les pentes herbues envahissaient de plus en plus le champ de vision. Les oreilles bourdonnaient et les virages en épingle à cheveux donnaient un peu le tournis. On avait l'air d'espérer atteindre le ciel festonné par les pics enneigés où s'accrochaient les nuages ! La silhouette pourtant bien rustaude du chalet s'imposa soudain. Rustique, certes, mais pittoresque en un sens, ainsi que la vie là-haut. Il fallait s'approvisionner en eau à un torrent qu'une conduite en bois déversait dans un bac. On mangeait de grosses miches de pain rassis car on ne pouvait pas descendre tous les jours au village. Le jambon fumé entier suspendu dans la cheminée était la réserve de viande, et surtout la grosse meule ronde de la tomme était de tous les repas ou en-cas, même au petit déjeuner, où l'on buvait du lait frais qu'on allait chercher au chalet paysan voisin. On s'éclairait à la lampe à gaz. Cette vie simple était aux antipodes de la vie douillettement bourgeoise à laquelle était habitué Damien, mais il y puisait une énergie de pionnier qui découvre un nouveau monde. Cette vie exigeait une foule de tâches quotidiennes dont on ne se soucie plus en ville : laver à la main la vaisselle, le linge, le mettre à sécher, et prédominante, la corvée d'eau : aller remplir les seaux encore et encore, par conséquent, ne pas la gaspiller… La vie en montagne exigeait surtout des efforts physiques, à commencer par la marche.

Lionel l'entraînait dans de longues randonnées qui duraient souvent toute la journée ; ils partaient parfois au petit matin, quand le ciel était rose de l'aurore naissante et l'herbe encore pleine de rosée et ils rentraient quand le soleil disparaissait derrière les sommets et que l'ombre envahissait les versants. En fin de randonnée, Damien avait l'impression d'avoir des boulets aux pieds tant ses chaussures montantes lui semblaient lourdes, il avait mal au dos à cause de son sac et ses mollets étaient durs et douloureux à force d'avoir grimpé. Les premiers jours, il n'en pouvait plus et il se serait jeté sur son lit sans même le défaire ni se déshabiller tellement il était fourbu. Mais en même temps, cette saine fatigue qui le faisait tomber brusquement dans un sommeil lourd comme une pierre, lui fut vite un plaisir : elle lui apportait un bien-être qu'il n'avait jamais connu avant. Il s'éveillait avec une énergie renouvelée, le matin, dans la perspective d'une journée en plein air. Il sentait ses poumons se dilater dans l'atmosphère pure des sommets, il gagnait en force et il lui semblait acquérir une acuité de perception qu'il n'avait jamais connue : dans cet environnement où la majesté des montagnes imposait un silence presque sacré, l'oreille captait le moindre bourdonnement d'insecte, le ruissellement d'un filet d'eau dans l'herbe, le son des clarines d'un troupeau de vaches sur le versant d'en face. L'aspect changeant des sommets selon l'heure du jour, les effets de lumière sur les anfractuosités des roches, la variété des points de vue selon les détours de la marche, tout lui était surprise et émerveillement. Son admiration et en même temps – il faut bien l'avouer – sa frayeur atteignirent le maximum quand se déclencha un jour un orage. Aux nuages qui s'accumulaient, noirs, menaçants, dévorant les sommets s'ajouta bientôt le grondement du tonnerre, et la montagne, faisant caisse de résonance, amplifiait les roulements qui se cognaient contre les parois de pierre pour rebondir, tonitruants et crépitants, comme d'un Titan enragé qui aurait voulu briser ses chaînes. Bientôt les éclairs fusèrent et zébrèrent l'opacité du ciel ; un pan de montagne flamboya soudain sous la lumière phosphorescente et replongea dans l'obscurité, tandis qu'un autre versant fut à son tour balayé, un court instant, par un flash de feu blanc et bleuté. Une pluie drue et forte tambourina sur tout le paysage, noyé sous une avalanche d'eau. Le chalet de bois ressemblait à une arche qui allait rompre l'amarre et se mettre à flotter. La température chuta brutalement, et cette belle journée estivale s'acheva dans un froid automnal, humide et glacial quand la nuit tomba. Damien garda de cet orage une impression très forte, une vénération pour les forces obscures de la nature où l'homme n'est qu'un fétu de paille face aux éléments déchaînés ; le spectacle avait été grandiose et serait pour lui inoubliable.

La découverte de la flore alpine fut aussi pour lui une autre source de plaisir. Comme son ami Lionel s'y connaissait un peu, il l'entraîna découvrir maintes espèces de fleurs, variant d'ailleurs selon l'altitude.

Cette étude donnait un but à leurs randonnées et il se prit vite au jeu de pouvoir reconnaître les différentes fleurs : les gentianes champêtres, les grappes des digitales jaunes, les campanules barbues ainsi nommées en raison de leurs pétales duveteux, l'hélianthème alpestre d'un jaune de bouton d'or, la crépide dorée ressemblant à un soleil encore plus éclatant, l'oreille d'ours qui doit son nom à la forme douce et arrondie de ses feuilles, la renoncule des Alpes qui pousse en touffes blanches, le chardon bleu… Damien prit vite l'habitude d'emporter son appareil photo afin de faire des clichés de ces espèces sauvages, des merveilles que la nature offrait gracieusement aux promeneurs attentifs et aux grimpeurs courageux, car on ne pouvait dénicher certaines que dans les anfractuosités des roches, comme un trésor un peu caché, qu'il faut mériter. Il ne cueillait pas les fleurs de ce riche patrimoine naturel, le respectant comme le patrimoine artistique qu'on lui avait appris à connaître.

Quand Damien revint chez lui après ce séjour, ses parents le trouvèrent changé : il était hâlé, semblait avoir grandi et surtout manifestait un enthousiasme qu'ils ne lui avaient jamais connu, lui qui était plutôt un adolescent sage et renfermé. Il vantait les beautés de la montagne, l'esprit sportif qu'elle exige, le bon air, les bienfaits sur la santé, la communion avec une nature sauvage qu'on ne se lassait pas de contempler, l'élévation même de l'esprit puisque, face à la majesté des monts, on se sent soudain tout petit et on est amené à se remettre à sa juste place dans un univers qui s'est formé il y a des millions d'années. Lui qui n'avait pas été sensible à l'atmosphère sacrée des églises était touché par le mystère de la création du monde.

Non seulement, il continua, les années suivantes, à partir en vacances dans les Alpes, mais l'effort physique que lui avaient appris les randonnées et l'air vivifiant de la montagne lui devinrent si nécessaires qu'il s'inscrivit à un club d'escalade et il partait le week-end avec un groupe dont il appréciait, tout en grimpant une falaise, la ténacité. Cette pratique de l'escalade lui permettait l'été des excursions plus audacieuses et il songea sérieusement à choisir un métier en rapport avec la vie en montagne. Loin du choix de ses parents qui étaient avant tout des amateurs d'art éclairés individualistes, il aimait la compagnie de ces sportifs aux mains calleuses et aux muscles saillants, qui ne trouvaient leur plaisir qu'en plein air, dans une nature souvent magnifique, et avaient un esprit d'équipe et de solidarité développé. « Ainsi donc, se disaient entre eux ses parents, quel paradoxe ! C'est la nature contre la culture. Et nous qui jugeons la seconde supérieure à la première, sommes déboutés de nos certitudes par notre propre fils qui met à présent la nature en premier dans son rapport au monde. »

Nous ne pourrons trancher dans ce débat presque aussi vieux que l'humanité…

Cathy
et le souvenir involontaire

Cathy fut, dans sa petite enfance, une enfant couvée, choyée, dorlotée. Le moment qu'elle préférait dans la journée, c'était l'heure du petit déjeuner, où ses parents étaient encore tous deux présents et où la journée n'était pas encore vraiment commencée. Du moins le réveil se faisait en douceur. Ils étaient en pyjama, la cuisine sentait bon le pain grillé et on lui servait un grand bol de chocolat chaud. Quand elle y avait trempé sa tartine, un peu, pas de trop – le pain devait garder un peu de son craquant mais n'être pas trop dur à croquer – et l'avait mangée par petites bouchées gourmandes, elle prenait alors à pleines mains le bol encore tiède pour le boire à longs traits. Le dimanche, parce qu'on avait le temps de flâner, au lieu d'utiliser du chocolat en poudre, facile à diluer, son père lui offrait un « vrai » chocolat, faisant fondre doucement des morceaux de chocolat à cuire, le délayant peu à peu au lait chaud auquel il ajoutait une pointe de vanille. Jamais Cathy, de toute sa vie, ne but de chocolat aussi savoureux et aussi onctueux que celui qu'on lui préparait alors. Quand elle reposait son bol, son père la taquinait en lui faisant remarquer qu'elle avait des moustaches de chat, elle se léchait alors les babines et cela les faisait rire tous les trois. C'était le temps du bonheur.

Mais le destin peut se révéler cruel : Cathy avait seulement huit ans quand sonna pour elle la fin de l'insouciance et que s'éloignèrent à jamais les rives fleuries de son enfance. Ses parents eurent un grave accident de voiture, ils y trouvèrent tous deux la mort, et elle resta seule, orpheline, sans grands-parents ni proche famille pour la recueillir. Elle fut confiée à un organisme public et ne connut plus que la vie grise, austère et monotone d'une institution où l'on ne prodiguait ni tendresse, ni même une quelconque affection. On attendait surtout des pensionnaires obéissance et docilité, ponctualité, discipline et sagesse. Elle mit tous ses efforts à oublier ses parents et à se conformer scrupuleusement à ce qu'on lui ordonnait. Cela lui évitait de penser et de se souvenir. Elle avait été une petite fille éveillée, gaie, souriante, remuante ; elle devint une enfant morose, terne, renfermée. Le climat entre les enfants eux-mêmes soumis au même sort était plus de méfiance que de confiance. Chacun n'aspirait qu'à s'évader des bâtiments aux vastes salles communes, froides et laides, aux chambres impersonnelles divisées en étroits compartiments où tout était calculé de manière fonctionnelle, à l'économie, pour deux ou trois lits inconfortables. Elle était, à l'école, une élève dont on n'avait rien à dire, sinon qu'elle était un peu trop réservée. Ainsi passèrent les années, dans un environnement morne où vivre était insipide.

Nous la retrouvons jeune fille, libre, indépendante, pas plus gaie pour autant. Solitaire dans son petit studio en ville, avec un rythme de vie assez proche de la fameuse formule « métro, boulot, dodo » ; Rien donc de très épanouissant. Il fallait bien se distraire quand même. Un samedi après-midi, elle partit faire des emplettes puisqu'on approchait de la période de Noël, et elle poussa la porte d'une grande enseigne de parfumerie. C'est le genre d'endroits qu'elle évitait de fréquenter, les produits de luxe n'étant pas à la portée de son modeste budget. Mais bon, elle se sentait d'humeur à faire une exception. Une vendeuse, très élégante, très soignée de sa personne, lui proposa de la guider dans son choix et lui décrivant plusieurs parfums dans un vocabulaire dont Cathy ne comprenait pas toujours le sens, lui tendait des languettes de papier qu'elle trempait dans des échantillons pour qu'elle jugeât elle-même des senteurs. Un peu perdue, Cathy s'efforçait surtout de se renseigner sur les prix des flacons présentés, les trouvant exorbitants. Elle était un peu découragée, songeait à partir ; elle huma une dernière languette et fit un saut brutal dans le temps, inattendu, instantané : elle se retrouva dans la cuisine de ses parents, devant son bol de chocolat chaud du dimanche matin et elle fut envahie de bonheur. Tout autour d'elle s'effaça, plus de magasin, plus de vendeuse, seulement l'odeur lourde et voluptueuse, douce et veloutée du chocolat vanillé qui l'enveloppait délicieusement. Son père, joyeux, la taquinait et lui disait qu'elle avait des moustaches de chat. Sa mère, en face d'elle, levait des yeux rieurs. Des larmes perlèrent dans son regard, bien que son visage rayonnât de joie, et la vendeuse, un peu décontenancée, se taisait. Cathy se secoua, fit un effort pour revenir à la réalité, acheta l'eau de toilette vanille-chocolat et sortit comme flottant sur une sorte de nuage. Elle restait sous l'effet de ce retour si inattendu du passé. Cette expérience olfactive lui semblait un miracle. Elle n'avait rien fait pour susciter ce souvenir. Son enfance qu'elle avait enfouie volontairement rejaillissait comme une grâce, et elle en était radieuse. Ce qui lui était arrivé là avait été un tel bonheur qu'elle n'en resta pas là ; s'amorça pour elle une longue réflexion qui la mena beaucoup plus loin que vous pourriez le penser.

Ses deux expériences conjointes, l'une, sur le long terme, d'enfermement dans un orphelinat triste, l'autre, soudaine, fugace mais intense, d'évasion et de pur bonheur vers un passé disparu, se conjuguèrent dans un singulier projet, qui exigea d'elle une grande ténacité. La triste condition dans laquelle elle avait vécu, cette institution où elle s'était sentie étouffer, lui avaient forgé une compassion pour plus malheureux qu'elle, spécialement pour ceux qui vivaient réellement en milieu carcéral et cette compassion s'était muée en un engagement discret au sein d'une association caritative : elle était devenue visiteuse de prison, au rythme d'une fois par quinzaine. L'idée qui germa dans son esprit, c'est qu'un simple arôme pouvait être une merveilleuse fenêtre ouverte pour ceux qui n'avaient pour horizon que les grands murs de la prison. Le parfum était un moyen puissant d'évasion, pour peu que ce parfum renvoyât à des moments heureux vécus hors les murs. Cela pourrait apporter un certain apaisement ou mieux-être à ces prisonniers. Dans son association, elle rencontrait des gens beaucoup plus expérimentés qu'elle, des gens à multiples compétences, des gens d'action, à la foi chevillée au corps, foi dans leur action, foi dans l'homme, foi en Dieu aussi, très souvent, et puis tout simplement des bénévoles au grand cœur, riches en humanité. Au cours d'une de leurs séances de paroles, elle s'en ouvrit à eux timidement, pas sûre que son idée ne semblât pas extravagante. Mais on lui prêta une oreille attentive. Toute suggestion pouvant améliorer la condition des détenus était bienvenue. Il fallait d'abord qu'elle-même étudiât plus à fond son projet, qu'elle réfléchît aux modalités pratiques de sa mise en œuvre. Après quoi, la proposition pourrait être soumise à des commissions compétentes, on dégagerait des crédits, on pourrait tenter des essais, voir si cela marchait.

Cathy qui n'avait pas grand but dans son existence si ce n'est celle, légitime, de subvenir à ses besoins, s'investit à fond dans cette démarche. Elle lut beaucoup d'ouvrages spécialisés sur les arômes, les senteurs, les parfums, les huiles essentielles, suivit des cours de phytologie, d'aromathérapie, et trois ans plus tard, démarches faites et permissions obtenues, elle ouvrit en prison son premier atelier d'odeurs. Elle arrivait avec une valise remplie de petits flacons et d'étroites languettes de papier. Les essences qu'elle avait sélectionnées n'étaient pas sophistiquées, elles n'étaient jamais mélangées et n'étaient nullement sélectionnées pour leur originalité, mais c'était de multiples odeurs agréables, de la vie quotidienne ou familière, qui renvoyaient à des aliments (odeur de pain frais, de gâteau, de beurre, de caramel, de chocolat bien sûr, de café), à des fruits (odeur d'orange, de citron, de fraise, de banane, de poire, de pomme…), à des herbes aromatiques et épices (odeur de thym, de romarin, de persil, de menthe, de cannelle, du curry, du poivre…), à la nature (odeur de l'herbe fraîche, du foin, du bois, de la terre après la pluie…), aux arbres (odeur du sapin, du tilleul, du figuier, de la résine…), aux fleurs des jardins (odeur des roses, du lilas, des œillets, des violettes, du jasmin, de la glycine, du chèvrefeuille…), à la mer (odeur des coquillages, des algues…). Son but n'était pas de soigner les corps en utilisant les vertus thérapeutiques des plantes, son but était seulement d'apporter de la douceur prise au monde extérieur, pour faire oublier aux détenus, l'espace d'un instant, les murs de la prison, pour peut-être ressusciter en eux magiquement, comme elle-même en avait fait l'expérience, un pan de passé disparu. Son atelier fonctionna au ralenti les premiers mois. C'était une activité libre – il fallait simplement s'inscrire auprès des gardiens –, et les quelques-uns qui s'y risquèrent, au départ, venaient surtout pour avoir une occasion de sortir de leur cellule. Mais l'affluence augmenta peu à peu. Elle leur proposait successivement plusieurs languettes imprégnées de senteurs différentes sans les guider aucunement, douce et patiente, attentive ; souvent, ce n'était pour eux qu'un jeu, des devinettes en somme, car l'odorat n'est pas toujours si sûr ; mais quand une lueur s'allumait dans leur regard, quand un semblant de sourire s'esquissait sur leurs lèvres, la partie était gagnée. Cathy avait ouvert une fenêtre avec une simple senteur. Parfois ils restaient silencieux, perdus dans cette odeur et leurs souvenirs. Cathy respectait leur silence. Ou bien ils parlaient, certains laconiques, d'autres plus volubiles. Et ces hommes à l'écorce rude, à la carapace épaisse, au passé glauque, retrouvaient, pour raconter leurs souvenirs, l'âme enfouie de leur enfance. L'un évoquait l'énorme figuier qui emplissait la cour de son grand-père, les grosses figues en haut des branches, celles qu'on ne pouvait cueillir à bout de bras, et pourtant les meilleures, car gorgées de soleil, qu'on cueillait à l'aide d'une boîte de conserve dentelée attachée au bout d'une perche, des figues qui se fendaient au soleil, dont la pulpe rouge était si sucrée que souvent les guêpes en avaient fait leur festin alors qu'elles étaient encore dans l'arbre, et de la figue ne restait plus qu'une poche de peau noire, vide. Un autre racontait combien l'odeur des algues lui rappelait les rochers de la côte où il allait, enfant, à marée basse, pêcher les crabes qu'il fallait déloger de leur cachette avec un crochet. Un autre parlait de l'odeur de rose, comme le goût des loukoums dans la petite épicerie orientale au coin de sa rue. Il en chapardait un ou deux parfois, pour les offrir à sa mère… Cathy n'en finirait plus de vous raconter tout ce qu'elle entendait, mais ce qu'elle peut vous assurer, c'est que ces confidences étaient toujours liées à un bonheur passé, et ces hommes, par la grâce d'une odeur, retrouvaient pour un moment, un peu de leur innocence perdue.

Cathy, pour sa part, avait retrouvé le goût de la vie et elle se disait que ses parents devaient être fiers d'elle.

La chevelure de Morgane

La grâce de Morgane résidait dans la splendeur de sa chevelure qui ruisselait presque jusqu'à la taille. Elle était d'un blond pâle, aux reflets lumineux selon les ondulations des mèches souples qui ne bouclaient pas, mais tombaient sans raideur. Quand elle inclinait la tête, un fin rideau soyeux glissait sur son épaule, ou lorsqu'elle riait en se penchant en avant, un pan de son visage était voilé par un réseau de fils d'or. À la regarder, des légendes celtes revenaient en mémoire, surtout avec un tel prénom. Si les jeunes filles aiment souvent avoir les cheveux longs, peu de ses amies auraient prétendu rivaliser avec elle. Le charme d'une coiffure et d'un visage ne résidant pas forcément dans la longueur des cheveux, certaines filles de son entourage préféraient miser sur une coupe courte, ce qui écartait toute comparaison. Il n'empêche que Morgane recevait beaucoup de compliments qui la faisaient alors sourire, d'une manière un peu mystérieuse puisqu'on ne pouvait déterminer si c'était plaisir, politesse ou même ironie.

C'est que Morgane gardait en effet pour elle un secret qui l'aurait sans doute fait passer pour affabulatrice. Bien sûr, comme toute jeune fille coquette et désireuse d'obtenir de beaux cheveux sans se ruiner en champoings, baumes ou produits cosmétiques, elle aurait pu donner des recettes du genre : pour la brillance, vinaigre dans l'eau de rinçage, pour la souplesse et la force, masque à l'huile d'olive pendant douze heures, jaune d'œuf… Non, non, c'était d'un tout autre secret dont il s'agissait. Le phénomène se manifestait depuis plusieurs années, à bien y repenser, depuis l'adolescence ; auparavant, quand elle était petite fille, elle n'avait rien remarqué, mais elle était plus occupée à jouer, et elle ne se regardait pas dans la glace avant de se coucher ; tout au plus se lavait-elle les dents et se fourrait-elle bien vite dans les draps pour dormir. Quand le soin de la toilette lui fut venu avec l'âge, non seulement elle avait eu le désir de laisser s'allonger les cheveux, mais aussi lui était venu le souci de mieux les entretenir et donc de les brosser avant de se mettre au lit. Et alors, un soir où elle passait la brosse et la repassait rêveusement, en chantonnant légèrement, devant sa coiffeuse – un petit meuble très féminin que ses parents avaient trouvé si joli qu'ils lui en avaient fait la surprise à l'un de ses anniversaires –, elle eut l'impression dans le miroir que ses cheveux étaient de plus en plus lumineux, que certaines mèches avaient des reflets phosphorescents et qu'un halo auréolait sa tête. « C'est un effet de la lumière », se dit-elle, et elle se coucha sans plus y penser. Le soir suivant, à la séance de brossage, même impression. Morgane éteignit le plafonnier, changea sa lampe de chevet de place, et se dit : « On verra bien demain. » Mais elle eut beau placer son abat-jour aux quatre angles de la chambre, le halo était là, épousant tête et épaules, plus ou moins large, mais bien visible et la phosphorescence des mèches que venait de toucher la brosse aussi. Toute la semaine, elle observa cette luminosité qui n'était pas toujours de même intensité. Plus elle accélérait le rythme du brossage, plus la lumière se faisait vive. Quand elle allait lentement, la lumière faiblissait, comme d'une lampe animée par une dynamo. Un soir où la journée avait été particulièrement fatigante, elle sauta au lit sans passer par la coiffeuse. Elle eut bien sûr plus de mal le lendemain à démêler ses cheveux qui, d'ailleurs, étaient plus ternes. Elle dut les brosser longuement pour qu'ils se remettent à luire. Un autre jour, pour en avoir le cœur net, elle se brossa les cheveux à midi, en pleine lumière du jour : ses cheveux n'émettaient aucun reflet ; s'ils brillaient, c'est que le soleil les traversait. Je n'ai toutefois pas encore révélé le plus étrange : les caresses de la brosse dans ses cheveux s'accompagnaient d'une douce musique, ténue comme un fil, qu'elle n'entendit pas dans les premiers temps, car elle avait pris l'habitude de fredonner en se coiffant. Mais un jour où elle était plus silencieuse, plus attentive, elle perçut ces légères vibrations, comme d'une brise qui caresse et murmure, comme d'un instrument qui balbutie. Chaque coup de brosse était comme un lointain coup d'archet, plus vif quand elle accentuait le rythme, comme se mourant au vent quand elle ralentissait.

Morgane est une jeune fille de notre siècle incrédule sans aucune piété et quiconque serait tenté de faire d'elle une mystique qui se prendrait pour une sainte entendant une musique céleste se fourvoierait. Dans des temps reculés, elle aurait pu aussi passer pour sorcière. En notre XXIe siècle, personne ne songerait sans doute à la brûler, mais des soupçons sur sa santé mentale ne manqueraient pas de naître. C'est pourquoi notre jeune personne, fort sensée, n'en souffla mot à quiconque. Elle s'habitua d'ailleurs à ce phénomène. La luminosité intérieure de sa chevelure égalait celle d'une veilleuse. Par la suite, elle tira même un parti lucratif de ce don particulier. Elle était étudiante, et comme beaucoup de jeunes gens, même si ses parents l'aidaient financièrement, elle avait un budget si étriqué qu'elle se décida à trouver de petits jobs pour arrondir ses fins de mois. Elle eut recours à ce que les filles de son âge trouvent le plus facilement : du baby-sitting. Elle intervenait plus spécialement lors des sorties en soirée de jeunes parents : quand donc les bambins commençaient à bâiller et qu'elle les couchait, paupières plus ou moins vacillantes, elle s'asseyait au bord du lit, sortait de son sac sa broche à cheveux et se les lissait lentement, régulièrement, dans un mouvement plein de douceur. Ses mèches commençaient à luire faiblement, un halo de lumière autour d'elle atténuait un peu l'obscurité, et une musique ténue s'élevait dans le silence, comme une psalmodie, une berceuse venue de loin. Le résultat était efficace, les bambins dormaient, paisibles, détendus, sans se réveiller de la nuit. Les parents étaient très contents du rapport qu'elle leur faisait au retour : le coucher s'était bien passé, les enfants s'étaient endormis facilement, de bonne heure, sans protester. Le « bouche à oreille » fonctionna. On fit appel à elle de plus en plus souvent, et elle était de loin la baby-sitter la plus demandée. Quelques bambins remarquaient peut-être en s'endormant cette douce lumière qui ne leur était pas familière, mais ils croyaient déjà être dans leurs rêves.

Néanmoins, ce secret si bien gardé faillit s'éventer. Au cours d'une de ses séances de garde d'enfant, alors que Morgane était en train d'endormir un petit garçon de deux ans, sa sœur, nettement plus âgée, d'une dizaine d'années, qui était censée être dans sa chambre, sortit, pieds nus, jusqu'à la cuisine pour aller boire. Morgane avait commis l'imprudence de fermer la porte de la chambre du petit sans enclencher la poignée, si bien que la fillette, poussant légèrement cette porte, ne vit d'abord qu'une longue chevelure brillante, un peu phosphorescente. Cela lui fit peur, elle lâcha le verre qu'elle tenait à la main et qui se brisa avec bruit sur le carrelage du couloir. Morgane lâcha elle aussi la brosse en sursautant et bondit vers la fillette qui commença à pleurer. Elle souleva la fillette à pleins bras, la déposa un peu plus loin et lui interdit de bouger. Puis elle enleva soigneusement tous les morceaux de verre, dut prendre ensuite éponge et serpillière pour réparer les dégâts.

« Qu'est-ce qui t'a pris ? dit-elle à l'enfant.

– Je ne sais pas, dit la fillette recommençant à pleurer. J'avais soif.

– Pourquoi ne m'as-tu pas appelée ? Je t'aurais apporté à boire. »

La petite fille la regardait craintivement, et Morgane eut recours à toute sa douceur et sa patience pour la consoler, la rassurer et la remettre au lit. Elle lui raconta une histoire de fée.

Quand les parents rentrèrent, Morgane se crut obligée d'indiquer qu'il y avait eu un léger incident et qu'un verre avait été cassé, mais qu'elle avait fait le nécessaire pour tout nettoyer. La fillette s'était rendormie, d'un sommeil agité, mais elle entendit ses parents et se leva, craignant d'être grondée.

« Tu ne dors pas ? Comment as-tu fait pour casser ce verre ? dit sa mère, sur un ton de reproche. Tu aurais pu te blesser.

– J'ai eu peur des cheveux de Morgane », dit l'enfant.

La mère se mit à rire : « Qu'est-ce que tu me racontes ! dit-elle, c'est vraiment n'importe quoi. Allez, retourne vite te coucher. » Elle l'embrassa et l'incident fut clos. Morgane avait les joues légèrement rouges.

Le lendemain, dans la chambre du petit, la mère trouva une brosse à cheveux tombée sous le lit. Un long cheveu blond était accroché à la moquette. « Bizarre » se dit-elle, les paroles de sa fille lui revenant à l'esprit. Elle mit la brosse de côté pour la redonner à la baby-sitter la prochaine fois qu'elle ferait appel à ses services. Mais finalement, la fois suivante, elle se ravisa et prit quelqu'un d'autre. La brosse resta dans un tiroir.

Quant à Morgane, quelle ne fut pas sa confusion quand, voulant se servir de sa brosse, elle s'aperçut qu'elle avait oublié de la ramasser. L'épisode l'avait perturbée, inquiétée, et elle prit la brutale décision de se faire couper les cheveux. Quand elle se rendit chez le coiffeur et formula son souhait, celui-ci la regarda avec étonnement et lui répéta à plusieurs reprises tout en l'installant dans un fauteuil : « Vous êtes sûre ? Vous n'aurez pas de regret ? Il est encore temps de réfléchir. Votre chevelure est magnifique.

– Ce n'est plus la mode, dit-elle.

– Si vous le dites ! » fit-il.

Il coupa les cheveux tout en la regardant souvent dans la glace, d'un œil inquisiteur. Il lui faisait la conversation pour la consoler, lui racontant des blagues anodines, histoire de la faire sourire. « Je vous fais le plus gros maintenant, mais ce n'est qu'après le shampoing qu'on fera vraiment la coupe que vous aurez choisie. Feuilletez ce catalogue, dit-il en le lui remettant entre les mains, et dites-moi ce qui vous plairait. On va vous faire une nouvelle tête. Vous verrez, vous vous sentirez une autre personne en sortant.

– C'est justement ce que je veux », dit Morgane, laconique.

Après le shampoing, il frictionna vigoureusement les cheveux à la serviette pour bien les aérer puis lui fit, selon ce qu'elle avait choisi, une coupe à la garçonne avant de finir son œuvre au sèche-cheveux. Il rebroussait les mèches et les cheveux crépitaient au passage du peigne. « Dites donc, s'exclama-t-il, vous avez vraiment les cheveux électriques. À ce point, c'est rare !

– Ah bon ? fit-elle, comme surprise. Je n'avais jamais remarqué. »

Quand Morgane revit ses amies à l'université, les exclamations fusèrent. « Au fond, commenta l'une d'elles en riant, ça te va bien. Avant, tu faisais, comment dire ? trop médiévale, avec ton prénom en plus ! Trop genre fée ensorceleuse… » Morgane eut encore une fois son sourire un peu mystérieux.

Les flèches de Cupidon

Mélanie ne se connaissait pas d'ascendance noire ; elle était pourtant sûrement la résurgence d'un lointain ancêtre venu de Martinique ou de Guadeloupe, ainsi qu'en témoignaient son teint brun, ses lèvres épaisses et ses cheveux crépus. Elle aimait les vêtements de couleurs vives et sa sveltesse, ses manières primesautières, folles et gaies lui conféraient un charme piquant, irrésistible. Au jeu du portrait chinois, elle aurait pu être un oiseau de paradis, un colibri, une clarinette, une samba.

Gontran, long et filiforme, toujours de noir ou de gris vêtu, au visage osseux et décharné que venait adoucir la longue mèche qui retombait jusqu'à ses sourcils broussailleux, laissait errer son regard d'un bleu délavé dans des lointains brumeux inaccessibles. Il avait une politesse désuète, des manières cérémonieuses empruntées aux siècles passés. On l'aurait volontiers vu en Don Quichotte ou en troubadour courtois.

Mélanie était coquette. Être admirée était son plus grand plaisir ; elle cultivait volontiers l'originalité, mais n'importe quel chiffon lui allait à merveille. Sa grâce naturelle et son long cou flexible en faisaient une princesse de haut rang. Elle coulait des regards rapides sous ses longs cils noirs et leur éclat frappait sa cible comme l'éclair. Aguicher les garçons était pour elle un jeu superficiel, où entrait plus de candeur que de rouerie. Elle adorait les mettre dans l'embarras, elle les regardait d'un air mutin et s'esclaffait d'un rire cristallin, dévoilant de jolies dents régulières comme un rang de perles nacrées. Elle affectionnait les plaisanteries, elle appréciait l'humour, même cynique. Elle était gaie et avait du mal à garder longtemps son sérieux. Elle aimait sortir, Il lui fallait toute une cour autour d'elle, une bande d'étudiants joyeux prêts à la suivre où l'humeur du moment l'entraînerait.

Gontran tomba fou amoureux de Mélanie.

Comme elle aimait plaire, les avances de Gontran ne lui furent pas indifférentes, elle l'encouragea par ses sourires, ses attitudes, et répondit volontiers à certaines de ses attentions, mais elle n'y voyait rien de plus qu'un flirt agréable, qui passerait avec la saison. Gontran qui ne concevait pas les choses de la même manière se croyait déjà l'élu de son cœur. Il multiplia les prévenances. Gontran était « vieille France » et c'est toujours avec beaucoup de respect qu'il lui témoignait ses sentiments. Mélanie avait connu des soupirants bien différents et l'attitude de Gontran l'amusait, elle en riait avec ses amis, bien qu'au fond d'elle-même cela la troublât plus qu'un baiser. Elle finit par être agacée de son air adorant. Qu'il la suivît partout et fût de toutes ses sorties lui sembla être une entrave insupportable à sa liberté. Elle le lui fit sentir, mais elle n'obtint qu'un regard implorant de chien battu qui ne comprenait pas ce qui lui arrivait. Mélanie n'était pas cruelle, seulement superficielle : par un sourire caressant, elle essaya de réparer sa mauvaise humeur. Ce ne fut qu'une première fois, mais non pas la dernière. Quand Mélanie était trop agacée de son « chien fidèle », elle lui tournait délibérément le dos, le rejetait sans ménagement, aux yeux de tous, et Gontran allait noyer son chagrin dans la solitude, mais le jour suivant, il venait la revoir, prévenant et soumis, et Mélanie lui souriait avec indulgence, voire avec joie. Alors Gontran rejetait la longue mèche qui lui tombait dans les yeux et le bleu pâle de son regard avait la clarté d'un ciel d'été d'où tout nuage était chassé. Parfois la disgrâce de Gontran durait plus longtemps. « J'ai besoin d'air », disait Mélanie à ses amis. « Sa présence m'étouffe. » Et elle l'évitait, jouant à cache-cache avec ce soupirant encombrant. Gontran n'était pas assez stupide pour ne pas se rendre compte qu'elle le fuyait, mais il persévérait néanmoins, persuadé que sa constance serait un jour payée de retour. Il suivait Mélanie dans l'amphithéâtre où elle avait cours et où lui-même n'avait rien à faire, seulement pour le plaisir de s'asseoir à côté d'elle et de la contempler, occupée à prendre des notes. Quand Mélanie que cela énervait arrivait à déjouer sa surveillance et à se placer à l'écart de lui, il lui écrivait de petits mots qu'il lui faisait passer par ses voisins de table. Elle les lisait mais les déchirait ostensiblement ensuite. Ce petit manège amusait leurs camarades qui se raillaient d'eux. Gontran n'en avait cure. Il observait Mélanie, et ce qu'il retenait surtout, c'est qu'elle les lisait. Il ne se contentait pas de ces petits messages. Quotidiennement, il se mit à lui envoyer une lettre où il lui déclarait sa flamme de la façon la plus romantique, empruntant à maints poètes des formules d'amour passionné :

« Qui pourrait d'elle se lasser ?
Toujours sa beauté renouvelle.
Dieu, qu'il la fait bon regarder
La gracieuse, bonne et belle… »
(Charles d'Orléans)

« J`aurais aimé ma belle
T'écrire une chanson
Rien qu'au point de dentelle
Rien qu`au point d`Alençon
J`aurais aimé ma belle
T'écrire un long poème
T'écrire un long « je t`aime »
(Jacques Brel)

« Mon enfant, ma sœur,
Songe à la douceur
D'aller là-bas vivre ensemble !
Aimer à loisir
Aimer et mourir
Au pays qui te ressemble ! »
(Charles Baudelaire)

« En toi je vis où que tu sois absente :
En moi je meurs, où que je sois présent.
Tant loin sois-tu, toujours tu es présente :
Pour près que sois, encore suis-je absent. »
(Maurice Scève)

« Ma vie pour tes yeux lentement s'empoisonne… »
(Guillaume Apollinaire)

« Mon bel amour mon cher amour ma déchirure
Je te porte en moi comme un oiseau blessé... »
(Louis Aragon)

Cette correspondance finit par constituer un véritable florilège que Mélanie faisait lire à sa meilleure amie, Laure, laquelle prenait Gontran en pitié et plaidait sa cause auprès de Mélanie. Cette dernière, à défaut d'être éprise, éprouvait une certaine curiosité à l'égard de cet amour et elle se demandait jusqu'où il pourrait ainsi aller. Elle était flattée de cette assiduité et elle se demandait parfois si ce chevalier servant qui devançait tous ses désirs ne lui manquerait pas le jour où elle se déciderait à le rejeter pour de bon.

La rupture se produisit au cours d'une soirée entre amis. Peut-être étaient-ils tous deux à ce point d'exaspération que nulle indulgence n'était plus possible, ni pour l'un, ni pour l'autre. Gontran, d'humeur sombre parce que Mélanie feignait de ne pas le voir et avait l'air de beaucoup s'amuser avec le garçon auprès duquel elle s'était placée, s'approcha d'eux verre à la main, et se permit de dire à Mélanie que ses nouveaux bas – en résille noire – ne lui allaient pas. Mélanie devint rouge comme un petit coq en colère et montant sur ses ergots, lui rétorqua qu'elle n'avait que faire de ses conseils ; elle se demandait vraiment de quel droit il osait se montrer aussi goujat. Il ne lui était rien et elle en avait marre de le voir toujours rôder autour d'elle. Elle se leva, invita l'autre garçon à danser et profitant d'un slow langoureux, provocante, se mit à embrasser son partenaire. Gontran, qui avait sans doute un peu bu, s'en vint la tirer par le bras. Mélanie se retourna et le gifla. Pendant une fraction de seconde, on se serait cru dans un film avec arrêt sur l'image. Puis le mouvement reprit. Laure s'empressa et entraîna Gontran hors de la pièce. Mélanie se remit à danser et à flirter. Une fois dehors, Gontran, effondré, se mit à pleurer. il voulait partir. Laure lui demanda ses clefs de voiture et prit le volant ; elle resta très tard dans son studio à bavarder avec lui et s'assura qu'il allait se coucher et dormir avant de partir. Il avait pris un somnifère. Laure se débrouilla pour subtiliser le reste de la boîte dans sa poche.

Qu'advint-il ensuite ? L'année scolaire était bien avancée. La période des examens approchait. Chacun s'enferma chez soi pour réviser. Lors des épreuves, quand Mélanie et Laure croisaient Gontran dans les couloirs, il passait furtivement, l'air funèbre, rasant les murs sans les regarder. Ni Laure ni Mélanie n'en parlaient entre elles. Les résultats tombèrent : les filles furent reçues. Gontran fut collé. Il lui faudrait repasser en septembre. Avant de partir en vacances, Mélanie demanda enfin à Laure, d'un ton léger, si elle revoyait Gontran : « Comment va notre sombre héros romantique ? Le vois-tu de temps à autre ?

– Je l'ai vu plusieurs fois, dit Laure. Il m'appelle parce qu'il sait que je suis ton amie. On va boire un café en ville. Il me demande comment tu vas, ce que tu fais. Lui, ne va pas bien. Tu vois, il a raté ses examens et il me dit qu'il s'en fout. Tout lui est indifférent, sauf toi. Il dit que sa vie n'a pas de sens sans toi. »

Mélanie haussa les épaules. « Qu'y puis-je ? dit-elle. Il finira bien par se faire une raison.

– J’espère, répondit Laure. N’empêche, c’est un garçon attachant ; et beaucoup de filles le trouvent séduisant. »

Mélanie eut un petit rire. « Tu le trouves séduisant », dit-elle avec ironie en appuyant sur le « tu ».

L’été dispersa les uns et les autres.

À la fin du mois de septembre, Laure reçut une lettre dont elle reconnut l’écriture fine et élancée. Elle ouvrit l’enveloppe avec une certaine fébrilité. Gontran lui annonçait d’une manière très officielle, presque guindée, ses fiançailles avec Mélanie qui, à la fin de la lettre, avait griffonné elle-même une formule d’amitié. Laure fut surprise, un peu peinée au tréfonds d’elle-même. Elle trouvait cette annonce cavalière à son égard ; elle qui avait été par moments la confidente et de l’un et de l’autre, n’aurait-elle pas mérité mieux que cette lettre ? N’auraient-ils pas pu lui rendre visite ? Elle songeait en outre que Cupidon était un dieu écervelé… Mais elle était une chic fille, elle se ressaisit et se réjouit pour eux deux.

Le vieux couple et les poupées

Il était une fois au Japon un vieux couple de retraités, assez aisés, tout à fait courtois et charmants. L'homme était petit et maigre, il avait un visage fin, une peau parcheminée, des joues creuses, mais il souriait souvent, ne serait-ce que par politesse, et son sourire découvrant une dentition légèrement proéminente, il avait toujours l'air très joyeux tandis que ses yeux plissés brillaient d'un éclat vif et comme malicieux. Sa femme était tout aussi petite, mais au visage tout en rondeurs, ce qu'accentuait sa coiffure aux cheveux tirés en un petit chignon. Un air tout à la fois de bonté candide et de résignation imprégnait ses traits. Leur appartement était assez exigu, sobre, mais élégant et soigneusement entretenu. Des cloisons coulissantes permettaient une gestion de l'espace fonctionnelle, de sorte que la vie privée n'était guère livrée au regard des visiteurs. À l'entrée toutefois, on pouvait remarquer l'autel dédié aux ancêtres, une étagère portant la tablette où étaient inscrits les noms des défunts de la famille et les trois vases où chaque jour, avant le déjeuner, la vieille dame faisait scrupuleusement son offrande de riz, de sel et d'eau. Elle parlait du fond de son cœur à son père et sa mère, à son grand-père et sa grand-mère, aux parents de son mari et elle leur demandait protection et harmonie de leur vie.

Un autre rite avant le déjeuner occupait le temps de ce vieux couple, rite de conception très personnelle et qu'ils cachaient soigneusement, même à leurs enfants, quand ils venaient les voir, ce qui était très rare puisque leur fils comme leur fille vivaient très loin d'eux, l'un aux États-Unis, brillant ingénieur ayant épousé une Américaine lors d'un stage au cours de ses études, l'autre, violoniste, admise dans un orchestre international et parcourant la planète au gré des concerts donnés. Les parents étaient très heureux de la réussite de leurs enfants, bien sûr, et c'était leur immense fierté, mais la solitude leur pesait beaucoup. Le mari voyait souvent que sa femme, après son rituel d'offrandes et prières, essuyait furtivement une larme au coin de sa paupière, et il en était affligé. Mais comme il n'était pas de nature à s'attrister, il se creusa la cervelle pour trouver quelque chose qui vînt compenser l'absence cruelle des enfants. Il fit des démarches auprès de nombreux marchands, et finalement, revint un jour triomphalement avec un présent pour sa femme. Il avait acquis deux poupées, de taille assez grande, coquettement habillées, souples, qu'on pouvait asseoir et à qui on pouvait faire prendre quelques poses naturelles. Il les avait payées très cher, car ces poupées en outre parlaient ; une télécommande permettait d'actionner à distance le dispositif électronique : certes elles disposaient d'un vocabulaire restreint, elles s'exprimaient en petites phrases stéréotypées, comme « bonjour, papa », « bonjour, maman », « que le soleil levant vous offre lumière et joie » « s'il vous plaît », « merci », « bonsoir, que la nuit vous soit douce », mais en outre, elles chantaient, deux ou trois mélodies enfantines courtes et simples. Le mari était si content d'avoir eu cette idée que sa femme, plus touchée de son geste que convaincue, joua le jeu ; ils donnèrent un nom aux poupées, ils les couchaient le soir, les réveillaient en les embrassant, et avant chaque déjeuner, outre le rite en hommage aux ancêtres, établirent la coutume suivante : ils asseyaient les poupées face à eux et les faisaient chanter, ils chantaient avec elles une de leurs petites ritournelles :

« Cueillons l'astragale, cueillons les fleurs
Cette année, l'astragale a bien fleuri
Enroulée dans la main, pon ! pon !
Encore dans la main, pon ! pon !
Enroulée autour de l'oreille, pon ! pon !
Encore autour de l'oreille, pon ! pon !... »

Ensuite, ils leur offraient un peu de riz en guise de repas ; après quoi pouvait commencer leur propre repas. Tous deux se prirent vraiment au jeu et ces poupées apportèrent à leur foyer une sorte de gaieté.

Vous trouvez cette histoire choquante ? Tout comme moi, vous connaissez pourtant beaucoup de gens qui remplacent leurs enfants devenus grands par des chats ou des chiens. Il n'y a guère de différence. Vous ne trouvez pas non plus choquant les enfants qui jouent à la poupée, les câlinent et leur portent de l'affection. Ah ! me direz-vous, ces deux vieux étaient retombés en enfance ! Non, contrairement à ce que vous pensez, nouer relation avec des poupées n'était pas pour eux une marque de sénilité galopante ; c'était plutôt une sorte d'exercice volontaire auquel ils s'adonnèrent parce que leur meilleure entente datait du temps où ils élevaient leurs enfants, et donc par un instinct normal de bonheur et parce qu'ils n'avaient plus la force ni la santé suffisante pour s'occuper de vrais enfants, ils recréèrent les conditions qui les avaient rendus heureux ; ils retrouvèrent ainsi une vraie complicité, un secret rien qu'à eux. Cette harmonie de vie que la femme demandait à ses ancêtres, elle l'obtenait ainsi.

En choyant leurs poupées, ils leur parlaient beaucoup (c'était d'autant plus facile qu'elles étaient toujours attentives) et ils en venaient à leur confier des choses l'un sur l'autre qu'ils n'auraient peut-être pas osé se dire aussi sincèrement par le passé. Comme ils s'adressaient aux poupées en présence l'un de l'autre, l'homme écoutait sa femme, avec plaisir ou avec surprise, parfois avec regret ou remords, et la femme écoutait son mari dans la même diversité de sentiments. Ainsi défilaient leurs souvenirs et toute leur vie commune, leurs peines et leurs joies s'égrenant dans une douceur nostalgique… « Le jour de notre mariage, comme elle était belle, disait l'homme. J'étais déjà allé dans sa famille lui offrir le saké, comme le veut la tradition, et elle me plaisait beaucoup ; mais le jour des noces, je suis vraiment tombé amoureux d'elle. Elle avait à la fois tant d'éclat et de modestie dans son kimono blanc orné de lys. On se mariait alors dans la tenue traditionnelle.

– Il était élégant dans son kimono bleu nuit, reprenait la femme en écho, mais ce sont nos familles qui avaient arrangé le mariage, je ne le connaissais pas vraiment et j'avais peur de lui quand nous nous sommes retrouvés seuls après la cérémonie, je n'osais pas le regarder, je l'ai supplié de me donner le temps de m'habituer à lui. Cela lui a pris trois mois pour m'apprivoiser. C'est long, je le reconnais. Il m'apportait des fleurs en revenant de son travail et il me les offrait avec un regard suppliant. La première nuit où je me suis rapprochée de lui, il m'a seulement caressé les seins très doucement, et c'est toujours resté ma plus belle nuit d'amour.

– Comme elle m'a fait souffrir ces premiers mois-là ! Je n'osais même plus l'embrasser de peur de l'effaroucher, et plus je la sentais craintive, plus j'avais envie de la serrer contre moi. J'ai pleuré bien des nuits, en cachette. Je me faisais l'effet d'un monstre, et pourtant je la respectais et je ne demandais qu'à l'aimer.

– Moi aussi, je pleurais, disait la femme, Je n'avais personne à qui parler de cela, personne pour me guider. J'avais peur qu'il me renvoie dans ma famille, et il ne l'a pas fait.

– Je n'avais pas du tout envie de la renvoyer dans sa famille. Mais je me disais : « Combien de temps cela va-t-il durer ? Vais-je toujours supporter de n'être qu'un semblant de mari ? »

– « Ah, c'est loin, tout ça ! reprenait la femme. Les jeunes se choisissent eux-mêmes maintenant, ils sont moins ignorants, mais sont-ils plus heureux pour autant ? Leur mariage est-il plus solide que le nôtre ? »…

Ils parlaient aux poupées de leurs enfants. « Notre fille aura une vie différente de la mienne, disait la mère. Elle a pu choisir ce qu'elle voulait faire. Elle a un métier. Moi, je dépendais de mon mari. Il fallait toujours que je lui demande de l'argent et cela m'humiliait. Et puis je devais toujours être à la maison. La femme était la servante de l'homme ; au début j'en étais fière, j'avais à cœur d'être bonne ménagère, de faire la cuisine, et de le voir se régaler des petits plats que je lui préparais quand il rentrait, mais plus tard, cela m'a pesé. Je me suis sentie prisonnière.

– Moi, disait l'homme, j'étais fier d'apporter à ma femme de quoi la faire vivre. J'étais content quand elle me demandait de l'argent car je pouvais lui en donner. J'économisais pour moi mais je ne comptais pas pour elle. J'aimais la voir contente. J'ai ensuite été très heureux de pouvoir lui donner des enfants ; je lui étais très reconnaissant de me donner une descendance et elle a eu beaucoup de bonheur d'avoir un fils et une fille ; elle était contente d'être à la maison pour les élever. Pour ma part, il m'arrivait de l'envier car mon travail était très prenant et je les voyais beaucoup moins. Leur éducation, c'est elle qui l'a faite et elle a été une bonne mère, attentive, douce et ferme en même temps. S'ils ont réussi, c'est grâce à elle. »…

Ou encore : « Nos enfants, disait la mère, ont maintenant laissé de côté notre culture et nos traditions. Nos petits-enfants, si un jour nous en avons, ne comprendront rien à nos fêtes et à nos symboles.

– Maman (l'homme l'appelait ainsi en parlant aux poupées) revendique la culture de notre pays et ses traditions, mais elle les trouvait souvent trop contraignantes quand elle était jeune. À présent, elle voudrait que ses enfants les suivent. Les femmes sont inconséquentes. » Il hochait la tête avec un petit rire tendre et elle riait aussi de l'entendre.

« Mais à notre mort qui s'occupera du culte de nos ancêtres ? » disait-elle, redevenant mélancolique. Et elle soupirait en prenant les poupées dans ses bras et en les berçant.

Quelle ne fut pas sa surprise au petit jour d'entendre l'une d'elles l'appeler par son prénom : « Kimiko ! » Elle était encore au lit et se redressa brutalement, se frottant les yeux. Les poupées avaient l'air tout à fait éveillées et s'agitaient d'un air complice ; elles étaient assises et lui souriaient. « Le culte des ancêtres n'est pas perdu ; il se perpétue seulement d'une autre manière. Quand votre fille est en tournée, la première chose qu'elle fait en arrivant dans sa chambre d'hôtel, c'est de déposer sur la table de nuit le cadre que vous lui avez offert et où vous êtes tous deux en portrait ; et elle ouvre souvent l'album photo où elle regarde les clichés de ses grands-parents et ceux de son enfance, au moment de la fête du hanami, quand vous vous retrouviez tous ensemble pour aller admirer les cerisiers en fleurs ; dans son portefeuille, votre fils a toujours votre photo. Leur pensée va souvent vers vous et à votre mort, il en sera de même. » La vieille femme se rendormit tout à fait, détendue et heureuse.

Quand Naoki, son mari, vint lui dire que le thé du matin était servi, Kimiko lui sourit et lui dit : « J'ai fait un rêve merveilleux. » et elle regarda du coin de l'œil les poupées qui étaient sagement allongées et dormaient.

Le dessin de Louna

Louna était une adorable petite fille de huit ans, aux grands yeux noirs très expressifs, au sourire éclatant, d'autant plus éclatant que ses dents blanches ressortaient davantage dans sa frimousse ronde, toute noire. Une auréole dense de cheveux crépus couronnait son grand front bombé et lisse et des frisottis ornaient sa nuque, aussi gracile que ses chevilles qui lui donnaient l'air d'une gazelle échappée de sa lointaine Afrique. Elle mordait dans la vie à pleines dents et était toujours prête à de nouveaux jeux ; dans les cours de récréation, elle drainait dans son sillage de nombreux enfants par sa gaieté et sa sociabilité. Elle faisait le bonheur de ses parents, un couple de Français qui l'avaient adoptée alors qu'elle n'était encore qu'un bébé de six mois, anémique, souffrant de malnutrition, mais son extraordinaire vitalité avait sans doute assuré sa survie. Elle était affectueuse, câline, et semblait parfaitement équilibrée, au sein d'une famille qui comptait deux autres enfants, eux-mêmes adoptés, un garçon de douze ans, d'origine asiatique, et une pré-adolescente de dix ans, du même pays que la petite dernière, Louna.

Au fond, parents et enfants se sentaient une famille tout à fait ordinaire, comme il y en a tant, mais c'est le regard des autres à l'extérieur qui leur rappelait leur singularité. Les enfants adoptés font souvent l'objet de sourires bienveillants, trop appuyés, quand ce ne sont pas des remarques qui se veulent des compliments et qui ramènent brusquement ces enfants à leur différence : par exemple, aux parents : « Comme c'est bien à vous ! » ou aux petits « Quelle chance vous avez ». Ces petites phrases mettaient très mal à l'aise les parents et les enfants, et Marie, leur mère, tout en essayant très vite de passer à autre chose, observait du coin de l'œil leurs réactions « maîtrisées ». L'aînée, très secrète, souriait avec douceur, mais son teint devenait légèrement gris ; le garçon faisait l'indifférent, celui qui n'a rien entendu, mais son air trop impassible le trahissait. Quant à Louna, un éclair de colère jaillissait de ses grands yeux avant qu'elle ne baissât les paupières. Non pas que le sujet fût tabou entre eux, d'ailleurs comment aurait-il pu l'être, puisque les enfants étaient clairement d'une autre origine que leurs parents, mais ces derniers ne prenaient jamais l'initiative, ils attendaient les questions de leurs enfants, et quand elles étaient posées, ils y répondaient le plus simplement possible, sans les esquiver, sans les reporter à plus tard, essayant d'adapter leur réponse à l'âge et ayant toujours le souci de la plus grande honnêteté, n'hésitant pas à dire : « Je ne sais pas ». D'ailleurs, ces interrogations venaient vite, dès l'âge de trois ans, ou dès l'entrée à la maternelle. Marie avait beaucoup lu sur le sujet pour éviter les erreurs : ainsi n'utilisait-elle jamais le mot « abandonné », mais « donné ». Elle pensait que ses propos avaient assez bien passé auprès des deux plus grands et elle avait donc eu les mêmes discours pour Louna, mais les réactions de la petite étaient parfois imprévues et un jour par exemple, elle s'était bouchée les oreilles, refusant d'écouter des explications qu'elle avait pourtant demandées ; elle avait crié en s'enfuyant : « C'est dégueulasse d'abandonner son enfant ! ». Marie avait été consternée, car elle essayait toujours de ne pas dévaloriser la mère biologique, disant qu'elle lui avait fait cadeau de la vie et qu'elle l'avait « donnée » à des religieuses qui s'étaient ensuite chargées de trouver des parents d'adoption pour que sa petite fille ne connaisse pas la faim et ait une meilleure vie qu'elle. Le vocabulaire même employé par l'enfant avait surpris Marie. « Dégueulasse » n'était pas le genre de mots que la famille employait ; quant à « abandonner », Marie était bien obligée d'admettre que ses précautions oratoires étaient inutiles. Les enfants ne se masquaient pas la réalité de leur condition première. Marie d'ailleurs, à ce sujet, trouvait qu'elle n'était pas aidée par la littérature enfantine. Avant d'adopter, elle n'avait pas spécialement remarqué que le ressort dramatique le plus utilisé dans les histoires était l'abandon, à commencer par le conte du « Petit Poucet » ; ou bien que le héros des livres d'enfant était très souvent un pauvre orphelin comme Oliver Twist, Rémi dans « Sans famille »… Ainsi, comment ses propres enfants auraient-ils pu ignorer combien était grand leur malheur ? Cependant, avec tout l'amour qu'elle leur portait, Marie pensait naïvement pouvoir réussir à faire cicatriser leur plaie originelle.

Un matin où les enfants étant à l'école, elle avait entrepris de faire le ménage dans leurs chambres, une grande feuille de papier posée sur la table de Louna attira inévitablement son regard par le rouge intense qui la recouvrait presque entièrement : quand elle la considéra de plus près, elle en reçut un tel choc qu'elle s'assit, le souffle coupé. L'agressivité du rouge écarlate colorié avec un gros feutre était accentuée par les traits de crayon rageurs qui avaient couvert et recouvert presque toute la surface au point que le papier en était presque percé par endroits. Au centre de la feuille avait été laissé un trou blanc, et dans ce trou blanc était dessiné de manière sommaire, par quelques traits, un petit bonhomme jambes écartées et bras en croix, tête en bas, mais pas à la verticale, plutôt en oblique. L'effet était saisissant : on aurait dit un puits profond où tombait le personnage. Tout en haut de la feuille, était écrite en majuscules cahotantes la phrase : « Mon Dieu, pourquoi m'as-tu abandonné ? » À gauche de la feuille, une paire d'yeux d'où coulaient de grosses larmes qui tombaient dans une mare bleue grossièrement ovale ; on lisait en minuscules, juste en dessous : « ce sont leurs larmes qui forment les océans ». À droite de la feuille, il y avait encore un message en lettres alignées à la verticale : « Tu ne m'as rien laissé. Pourquoi ? » La douleur de Louna étreignait Marie qui dévorait du regard ce dessin incandescent sans pouvoir s'en détacher. La violence du cri la poignardait. Elle réalisait la profondeur de la souffrance et elle eut honte de ne pas l'avoir éprouvée, comme elle le faisait en ce moment, au diapason de sa petite fille. Marie sut que désormais elle la porterait toujours en elle sans jamais l'oublier, comme son enfant ne l'oublierait jamais, si joyeuse semblât-elle la plupart du temps. Louna avait huit ans, elle était élevée et choyée par sa famille adoptive depuis l'âge de six mois, et pourtant… la blessure pouvait se rouvrir et saigner à tout moment. Marie restait prostrée, assise sur le lit. Elle attendait que les battements de son cœur se calment, et en contemplant ce dessin, une autre réflexion émergeait subrepticement : ce dessin avait la force d'un « Guernica » ; il avait la même puissance d'expression que le célèbre tableau. À huit ans, Louna était une petite fille extrêmement douée, se disait sa mère, et elle en était curieusement fière, comme si elle y était pour quelque chose. Mais elle éprouva aussitôt une sorte de remords de ce fugace contentement superficiel. Elle avait mieux à réfléchir, car ce dessin, il existait. Alors, quel parti prendre ? L'ignorer ? Louna ne le lui avait pas montré, c'est sûr, et Louna était assez secrète, de manière générale. D'un autre côté, Louna ne l'avait pas caché. Il était posé bien en évidence sur la table. Louna ne l'avait-elle pas mis là intentionnellement ? À qui adressait-elle ce cri ? À Dieu ? Il se pouvait que les séances de catéchisme auxquelles elle assistait lui avaient indirectement donné ce sentiment de révolte qui se reflétait dans cette phrase du Christ sur la croix qu'elle s'était appropriée et qu'elle avait dû entendre à la messe lors de la lecture de l'évangile de la Passion. À huit ans ! Quelle étonnante maturité était la sienne. Marie en était abasourdie. Ce cri, elle l'adressait aussi à sa mère biologique évidemment, comme en témoignait la phrase à la verticale sur le côté droit. Et adressait-elle aussi son cri à sa mère adoptive ? Marie, perdue dans ses réflexions, se promit d'être circonspecte et vigilante. Elle laissa la feuille là où elle l'avait trouvée, la remettant soigneusement en place.

Quand les enfants revinrent de l'école, l'atmosphère était plutôt joyeuse. Une sortie scolaire prévue au musée de Sciences Naturelles pour découvrir des œufs de dinosaure les occupait fort et Louna, d'esprit curieux, était même assez excitée par cette perspective. L'heure du coucher arriva. Marie vint leur faire le câlin du soir ; elle mit beaucoup de tendresse dans ses gestes en embrassant Louna et elle jeta au passage un discret coup d'œil sur le bureau, mais le dessin n'y était plus. Le lendemain, quand Marie vint faire le lit après le départ des enfants, elle aperçut la feuille chiffonnée et déchirée dans la corbeille à papier. Elle garda donc ces choses en son cœur.

Quelques années plus tard, Louna lui offrit l'occasion d'une autre surprise. Elle écrivait volontiers des poèmes qu'elle ne montrait d'ailleurs pas à sa mère mais plutôt à ses camarades de classe. Pourtant, un jour, elle lui raconta avec un demi-sourire, mi-confuse, mi-flattée, qu'elle avait lu un poème à sa meilleure amie et que cela l'avait fait pleurer, et elle ajouta rapidement : « c'est sur ma mère. Je te le ferai lire un jour. » Marie, vigilance en éveil, répondit aussi naturellement que possible : « Oui ? ça me ferait très plaisir. » Mais Louna s'en tint là, par pudeur sans doute. Avouerons-nous que Marie, forte de cette promesse de partage, s'autorisa à ouvrir le carnet où elle savait que Louna écrivait ? Elle découvrit un long texte en rimes libres, intitulé « À ma mère », une lettre en quelque sorte où Louna, pour commencer, parlait d'abandon, mais disait à sa mère qu'elle ne lui en voulait pas, qu'elle l'aimait, lui pardonnait ; surtout elle la consolait, et lui disait qu'elle serait fière de sa fille un jour ; elle ne savait pas si elle était vivante ou déjà morte, mais peu importait, parce qu'elle la rejoignait en pensée là où elle était. Elle parlait du vent qui lui porterait son message, de la mer qui la bercerait, du soleil de son amour qui la réchaufferait. Le texte était poignant et Marie pleurait aussi en parcourant les lignes. En même temps, elle éprouvait un grand soulagement, car elle comprenait qu'à la révolte avait succédé, chez Louna, l'apaisement. Marie garda également ces paroles en son cœur.

Le « nez » de Paul Floréal

C'était un brillant jeune homme à l'avenir assuré. Héritier d'une grande maison de parfumerie, il avait tout appris de son grand-père qui s'était chargé de lui, ses parents étant trop occupés pour lui consacrer vraiment du temps. Dès son plus jeune âge, il trottait donc derrière son grand-père dont le laboratoire était sa salle de jeu. Ce vieillard, énergique et passionné, n'entendait pas servir de nounou. Il était plutôt du genre à dresser. Pour occuper son petit-fils, il ne trouva donc rien de mieux que de lui apprendre son talent de parfumeur au plus tôt. Comme au piano on fait répéter ses gammes à un enfant, chaque jour, il mettait sous le nez du petit garçon des senteurs de base et il lui en répétait le nom jusqu'à ce qu'il sût les reconnaître. Il procédait par petit nombre de cinq, les lui présentait dans un certain ordre plusieurs jours de suite, puis en changeait le classement, et tant que l'enfant avait quelque hésitation, recommençait patiemment. Il passa peu à peu à dix, toujours selon la même méthode ; après quoi, il lui présenta des mélanges simples, de deux essences, puis de trois, puis des dosages de plus en plus complexes. Il fit de lui un « nez » sûr et expérimenté. Quand il eut terminé l'éducation du jeune homme, celui-ci disait être en mesure de reconnaître une centaine de parfums différents. Mais si apprendre les gammes conduit à être musicien, il reste à devenir artiste. Le nom de parfumeur implique que l'on est capable de créer des parfums et non seulement de les vendre. C'était bien ce à quoi aspirait le jeune homme et ce que désirait son grand-père, fort doué en la matière, puisqu'il avait assuré à sa maison une renommée internationale et avait amassé une grande fortune.

Tout art exige technique et inspiration. Cette dernière, le jeune homme la trouvait dans l'élégance des femmes. Il fréquentait assidûment les grandes soirées. Dès son entrée dans les salons, il balayait l'assemblée du regard, repérant les silhouettes qui l'attiraient ; il allait ensuite saluer les personnes de sa connaissance, échanger les politesses d'usage ; beaucoup de femmes du monde le connaissaient et papillonnaient autour de lui ou se faisaient présenter, espérant secrètement l'inspirer ou le séduire ; quelques-unes portaient des parfums de la maison Floréal et il savait leur en faire compliment, mais courtois et charmant au demeurant, il ne se laissait accaparer par aucune ; au bout d'un moment, quand il estimait avoir rempli ses obligations mondaines, coupe de champagne à la main, il se mettait un peu en recul et observait la potentielle égérie d'un soir. La coupe sublime d'une robe, un galbe de déesse, la richesse d'un tissu, la beauté d'un visage, la perfection d'une coiffure ne suffisaient pas à l'inspirer. Ce monde de luxe lui était nécessaire, mais la femme ne devait pas être seulement un mannequin. Il lui fallait y déceler une personnalité qui s'associerait dans son esprit à de subtiles odeurs dont lui seul saurait doser l'amalgame de sorte que le parfum créé semblât inhérent à celle à laquelle il le dédierait. Quand il avait une femme dans son point de mire, il s'en tenait éloigné, craignant que le parfum qu'elle pouvait avoir choisi pour cette soirée ne vînt parasiter sa propre inspiration. Aussi passait-il pour assez distant auprès de femmes qui pourtant l'obsédaient assez pour qu'il leur fît l'honneur d'une de ses créations. Il lui arrivait même, en fin de la soirée, de retourner s'enfermer dans son laboratoire avec ses souvenirs, et sous l'emprise d'une impression vive, d'apposer quelques touches de senteurs qu'il lui faudrait ensuite les jours suivants travailler et retravailler en composant ses notes comme un peintre ses couleurs ou un musicien ses accords.

Cet homme jeune avait tout d'un grand maître et semblait béni des dieux. Pourtant, son grand-père sembla lui jouer un vilain tour. Cet aïeul si renommé et si vénéré mourut et son petit-fils, bien qu'adulte, fut si affecté de la disparition de celui qui l'avait aimé et formé qu'il en perdit l'odorat. Lors de la cérémonie des obsèques, il ne sentit même pas l'encens qui s'exhalait pourtant en nuage bien fourni devant l'autel – ce dont il avait horreur, tant cet encens frelaté bon marché qu'utilisait le clergé était lourd et manquait de finesse –. Pour lui qui avait un nez si aiguisé, cette insensibilité était une expérience étrange, nouvelle. Il mit cela sur le compte d'un rhume qu'il lui avait été facile de contracter par ce froid hivernal en se rendant à l'église. Dans les circonstances ordinaires, il faisait très attention à ne pas attraper le moindre refroidissement, comme une diva protège sa voix.

Mais le chagrin l'avait rendu moins vigilant et il n'avait donc plus qu'à se soigner. Ce qu'il fit consciencieusement. Son odorat ne revint pas. Il consulta des sommités médicales. Il prétexta même un voyage pour entrer en clinique subir un curage des sinus. En vain.

Il choisit de feindre auprès de son entourage un retour à la normale. Il rassura ses proches et continua à occuper le laboratoire de son grand-père. Il y avait tant de choses à faire, de fioles à ranger, d'essences étiquetées à renouveler, de formules de parfums à classer que cela lui prit bien des semaines. Il trouva même tout un carton de planches de dessins à main levée représentant diverses sortes de flacons, à l'état d'ébauches surtout, mais qui témoignaient d'une recherche assez originale. La signature était celle du grand-père. Parfois on venait le déranger pour lui demander conseil ; la technique et l'habitude aidant, il pouvait répondre sans commettre d'erreur. Au fond de lui-même, il avait pourtant une certitude : il ne pourrait plus créer, et cela l'angoissait au point de le déprimer. Il restait parfois dans la demi-pénombre du jour tombant sans songer à allumer les lampes. Il pensait à son aïeul qui avait si bien réussi. « Que diable, mon garçon ! secoue-toi » dit la voix qu'il avait tant entendue résonner dans ce laboratoire. « Crois-tu que je sois né avec une petite cuiller d'argent dans la bouche ? Crois-tu que cette entreprise dont je ne connais même plus le nombre d'employés se soit développée en claquant seulement dans les doigts ? Maintenant, tout est démultiplié en spécialités de ceci, de cela ; il faut des femmes de ménage, des manutentionnaires, des décorateurs, des hôtesses d'accueil, des vendeurs bilingues, des caissières, des secrétaires, des comptables, des chimistes, des designers, que sais-je encore ? Moi, il y a bien longtemps, j'étais plus jeune que toi, j'ai tout fait au départ, aidé de ta seule grand-mère, morte trop tôt, et j'ai rempli tous les rôles. J'ai même passé la serpillière, le soir, après la fermeture de la boutique. Toi, tu te conduis en aristocrate dont le monde s'écroule, parce que tu ne sais pas t'adapter. Mon garçon, sors donc du laboratoire et confronte-toi à des tâches que tu n'as pas apprises. Tu y gagneras forcément de l'énergie et du ressort. »

Il fallut bien de l'humilité au jeune homme pour descendre les étages et demander à ce qu'on lui confiât un poste somme toute subalterne, lui qui se considérait comme artiste au sommet de l'échelle, mais il lui semblait que son grand-père lui insufflait sa propre volonté. Il avoua même l'impensable, la perte bel et bien définitive de son « nez ». Le directeur des ressources humaines, très surpris, après consultations secrètes, lui proposa un poste de conseil à une clientèle choisie, pensant que si le petit-fils de la maison Floréal lui-même proposait les parfums, cela flatterait les acheteurs les plus sélects et les plus exigeants et cela ne pourrait qu'augmenter le chiffre d'affaires de la maison. Le jeune homme disposa d'un salon de vente particulier où son nom, gravé sur une plaque de cuivre, ornait la porte et où seuls les grands de ce monde étaient reçus. Pour lui qui connaissait par cœur les formules des parfums de la maison, l'absence d'odorat n'était pas un problème et il jonglait abstraitement avec les essences, décrivant chaque parfum présenté avec une aisance de langage, une délicatesse et un enthousiasme qui se communiquait aisément. Il se révéla excellent dans son nouveau rôle.

Il reprit le goût d'aller en soirée, mais son rapport aux femmes fut différent. Il n'était plus obsédé par la quête de l'égérie qui l'isolait et le rendait distant. Il parut plus naturel, et on lui fit des confidences plus spontanées. Une toute jeune inconnue qui l'avait inspirée un soir et à qui il avait fait parvenir plus tard, par l'entremise de l'organisatrice de cette réception, le parfum qu'il avait créé vint lui confier qu'elle adorait le parfum que la maison Floréal lui avait offert, mais qu'elle avait été déçue par le flacon. Il la toisa, choqué, sourcilleux ; qui était cette écervelée snob ? Valait-elle le parfum à la légèreté mousseuse, fraîche, légèrement fruitée qu'il lui avait dédié ? Mais ses yeux ne rencontrèrent qu'un regard candide, plutôt confus ; un soupçon de rougeur colora les joues de son interlocutrice quand il la dévisagea et on eût dit une enfant prise en faute. Elle remonta gauchement l'étroite bretelle de sa robe de voile subtilement transparente qui laissait deviner une silhouette gracile, et il la trouva touchante. Le carton d'esquisses de son grand-père lui revint en mémoire. Il lui proposa de le lui montrer et sa bouche fit un oh ! émerveillé. Décidément il succombait à son charme. Il lui fixa rendez-vous le lendemain.

Quand ils grimpèrent les escaliers jusqu'au laboratoire, elle fut tout à la fois impressionnée et excitée comme une jeune collégienne. Il sortit le carton. Elle s'exclama devant certains croquis, observa, tourna et retourna les pages, un léger froncement entre ses fins sourcils, studieuse et appliquée. Elle plissait aussi imperceptiblement les yeux pour mieux voir, et ce défaut de myopie même la rendait plus charmante. Quand un croquis lui plaisait, elle tournait vers lui un regard brillant et son sourire creusait de petites fossettes sur ses joues de pêche. Elle penchait son long cou en avant, et il ne put s'empêcher d'y déposer ses lèvres. Elle eut un imperceptible frémissement, se retourna et lui posa gravement l'index sur les lèvres d'un doux air de reproche qui n'en était pas un. Il crut voir alors son grand-père sur la photographie épinglée au mur lui faire un clin d'œil.

À la stupeur des designers de la maison, les croquis du grand-père sortirent du carton, et sur l'ordre du petit-fils, la nouvelle collection de flacons s'en inspira directement. C'était délicieusement rétro, mais l'audace de ce parti pris eut un incroyable succès et créa la mode.

Le petit-fils s'imposa vite comme le patron, digne successeur du fondateur de la maison et il eut bientôt à ses côtés une épouse charmante que sa candeur de femme-enfant rendait souvent irrésistible.

Élodie et la justice

« C'est pas juste ! »

Qui n'a pas entendu cette exclamation dans la bouche d'un enfant. Nous faisons tous très tôt l'apprentissage de l'inégalité. La plupart se résignent, quelques-uns acquièrent un esprit de résistance qu'ils gardent toute la vie.

Ce fut le cas d'Élodie qui, toute son enfance et adolescence, fut révoltée par l'injustice faite à sa mère dont l'histoire pourrait pourtant paraître banale.

Sa mère, Françoise, avait épousé, alors qu'elle venait juste d'obtenir son diplôme d'infirmière, un jeune et bel homme, à la situation prometteuse. Il était cadre dans une grosse société d'import-export. Ce mariage avait été fort encouragé par sa famille qui voyait là un beau parti, un peu inespéré pour leur fille. Non pas que Françoise n'eût pas de grandes qualités, elle était patiente et douce, mais un peu terne et, en toutes occasions, se comportait avec une si grande discrétion qu'il fallait la connaître pour apprécier son tact. Luc, son mari, était à l'opposé : séduisant et le sachant, il jouait facilement de ses atouts : un physique avantageux, un coup d'œil rapide et sûr pour apprécier ses interlocuteurs, une parole facile, du « bagou » pourrions-nous dire familièrement, et pour conquérir un auditoire sur la réserve, un humour irrésistible. Il avait toujours la formule qui fait mouche, et comme le prestidigitateur, sortait de quoi surprendre et éblouir. Il est facile de comprendre que Françoise pût tomber amoureuse d'un tel homme qui avait toute l'aisance dont elle était dépourvue. Quant à lui, il avait trouvé en Françoise son faire-valoir puisqu'elle ne lui volait pas la vedette, et il éprouvait son talent et son art de séduire dans le regard émerveillé de sa jeune fiancée, devenue son épouse.

Les premières années de leur mariage passèrent comme le vent, légères et virevoltantes : Françoise prit de l'assurance, le bonheur la rendait jolie. Son mari était tendre. Ils s'offrirent des vacances paradisiaques dans des îles lointaines, puisqu'ils bénéficiaient de billets d'avion à bas prix, vu le métier de Luc. Deux grossesses se succédèrent à un an d'intervalle et Françoise pouponna avec bonheur, heureuse des congés de maternité qui faisaient un break dans son travail harassant d'infirmière au bloc des urgences.

Mais il fallut ensuite reprendre le collier de l'emploi, gérer la petite famille, s'organiser, et Françoise fit le maximum pour jongler avec les emplois du temps, les horaires de crèche, et le manque de disponibilité ou les absences de Luc. Ses patrons l'envoyaient de plus en plus souvent à l'extérieur. Françoise changea plusieurs fois de service, obtint finalement un poste plus adapté à ses possibilités, mais elle était fatiguée quand elle rentrait chez elle, et le soir, après sa double journée (travail à l'hôpital, tâches ménagères et maternelles), elle se couchait, harassée. heureuse même parfois que son mari fût absent pour pouvoir mieux dormir.

Une semaine où Luc avait dû s'absenter pour deux jours, elle se trouva en peine à qui confier les deux petites pendant son travail, car elles étaient toutes deux malades, avaient de la fièvre et elle appela donc au secours l'une de ses sœurs qui lui dit d'amener les enfants chez elle. Françoise prépara leurs affaires, sortit la voiture, y enfourna les enfants et partit. Il lui fallait traverser la ville. Elle roulait lentement car il y avait un embouteillage sur le boulevard extérieur, et soudain, elle vit sur le trottoir un couple qui retint son attention : l'homme avait le bras passé autour des épaules d'une seyante jeune femme, et de dos, il avait la silhouette de Luc. « Je divague », se dit-elle, elle arriva à leur hauteur, mais alors le doute ne lui fut plus possible. Elle était dans un tel état de choc qu'elle freina brutalement ; la voiture qui la suivait se mit à klaxonner. Elle regarda, hébétée, dans le rétroviseur, et machinalement, se remit à rouler, mais on n'avançait pas vite dans la file, et elle eut tout le temps d'observer le couple qui, occupé de lui-même, se moquait bien de la circulation. L'homme se penchait tendrement, disait quelque chose, et la jeune femme souriait, courbant la tête contre lui. Françoise dévorait la scène des yeux, incrédule malgré l'évidence. Son visage était en feu, et sa vue finit par se brouiller. Elle ne sait comment elle arriva sans accident chez sa sœur, mais devant le portail, elle coupa le contact, et resta là, sans bouger, le temps de se reprendre un peu. Les petites à l'arrière s'impatientaient. Françoise décrocha son esprit du mauvais scénario qu'elle se passait en boucle et s'occupa des enfants. Sa sœur la trouva bizarre, mit ça sur le compte de la fatigue et l'embrassa affectueusement quand elle repartit en lui disant de ne pas s'inquiéter ainsi pour les petites. Elle saurait bien s'en occuper et ferait venir le médecin si besoin était.

Françoise était effondrée. Elle pleura beaucoup sans que cela la soulageât vraiment. Elle se demandait surtout comment aborder son mari quand il reviendrait. Elle ne cessait de tourner et retourner ce problème dans sa tête et quand vint le soir où il fit cliqueter la clef en ouvrant la porte, son cœur se mit à cogner et s'emballa. Elle se sentait devenir blême, mais Luc lança un joyeux bonsoir, lui sourit et la prit joyeusement dans ses bras. Elle ne pouvait décrocher un mot tant elle avait la gorge nouée, et elle se mit à pleurer. Luc marquait son étonnement. Elle finit par balbutier : « Tu n'étais pas en voyage. Je t'ai vu, avec une autre femme. » Il rit : « Qu'est-ce que tu racontes ? Où vas-tu chercher ça ? » Elle argumenta, décrivit la tenue de la femme. Il laissa dire, parla d'illusion, de sosie, blagua en déclamant : « Si ce n'est toi, c'est donc ton frère. » Il jura qu'il était bien à Londres. D'ailleurs, il lui avait rapporté du thé de Tea Palace. Et il alla aussitôt chercher sa valise pour lui offrir ce thé. Françoise aurait bien voulu le croire, mais elle savait pertinemment qu'il mentait. Il était trop enjoué. Il se mit à remplir le silence d'anecdotes toutes plus amusantes les unes que les autres sur son voyage, et Françoise le laissait accumuler les mensonges. Elle se savait vaincue par son aplomb. Cette nuit-là, Luc s'endormit, lassé de son voyage, dit-il, mais elle, resta longtemps, les yeux grand ouverts.

Ce ne fut qu'une première fois. Françoise, aux aguets, eut par la suite, hélas, plusieurs occasions de se rendre compte du caractère volage de son mari. S'il n'avait sans doute pas de maîtresse attitrée, il avait des « aventures ». Toutefois, à cause des deux petites qui, d'ailleurs, adoraient leur père – il n'avait pas son pareil pour les faire rire et il leur apportait toujours de menus cadeaux quand il revenait de ses « voyages » – elle se résigna à faire comme si elle ne voyait rien, ses quelques tentatives d'explication se heurtant toujours à la mauvaise foi de Luc et leur vie de famille suivit son cours, bien que leurs relations conjugales fussent distendues. Mais l'homme était un charmeur né et il réussissait à cajoler assez Françoise pour qu'elle cédât à ses avances, tout en se sachant trompée, avec l'espoir secret de le faire renoncer à ses liaisons passagères.

Quelques années passèrent. Les deux enfants devinrent des fillettes, et Élodie, l'aînée, très attachée à sa mère, intuitive mais aussi raisonneuse, perçut assez vite que l'organisation familiale souffrait d'un déséquilibre patent. C'est à sa mère que revenaient toutes les tâches domestiques. « C'est pas juste, disait-elle, papa devrait t'aider. Il est bien trop souvent absent. » Françoise répondait que c'était à cause de son travail, mais Élodie répondait : « Il n'a qu'à changer de métier. » Et un jour, Élodie qui en voulait à son père bien qu'elle le trouvât drôle, découvrit que les adultes sont des menteurs. Une de ses petites amies de classe lui dit innocemment qu'elle avait vu son père et sa mère la veille au soir dans le restaurant de son oncle. Élodie lui dit qu'elle se trompait, puisque sa mère était avec elle et sa sœur à la maison. « En tout cas, je suis sûre que c'était ton père, dit l'autre. Je l'ai vu une fois l'année dernière quand il était venu te chercher. »

Élodie haussa les épaules. « Ce que tu es bête, dit-elle. Puisque je te dis que c'est impossible. » Mais en disant cela, elle pensait que son père n'était rentré que lorsqu'elles étaient déjà couchées depuis longtemps et sur le chemin de retour de l'école, elle martelait dans sa tête : « C'est pas juste ! c'est pas juste ! » Elle ne dit rien à sa mère, mais elle observa attentivement ses parents dans les semaines qui suivirent. Elle recoupa certains éléments. Elle se souvenait d'un relent de parfum inconnu sur le costume de son père, et mille petits détails de ce genre. Elle vit qu'à chaque absence un peu prolongée de son père, sa mère était triste. Quand Françoise ne se sentait pas observée, un pli douloureux marquait la commissure de ses lèvres. « C'est pas juste, c'est pas juste », martelait Élodie intérieurement. Elle cessa d'être une enfant insouciante, se comporta en vraie petite fille modèle, aidant sa mère autant qu'elle le pouvait, débarrassant la table, mettant le linge à sécher, passant l'aspirateur, houspillant sa sœur pour qu'elle rangeât ses jouets. Françoise en était agréablement surprise. Mais parallèlement, les notes d'Élodie en classe se mirent à décliner, au point que l'institutrice, sur le bulletin trimestriel, mit un avertissement, écrivant qu'elle ne s'expliquait pas ce relâchement alors qu'Élodie s'était montrée bonne élève jusque là. En fait, au lieu d'écouter en classe, Élodie passait son temps à imaginer comment confondre son père à coup sûr, rêvant naïvement que si elle pouvait lui prouver ce qu'elle savait, il se repentirait et demanderait pardon à sa mère. En attendant, son père regarda le carnet de notes et reprocha vivement à Élodie sa paresse. La petite fille, rouge comme un coq, le fusillait du regard pendant qu'il la réprimandait et elle se mit à crier : « C'est de ta faute ! c'est de ta faute ! Pourquoi tu trompes maman ? » et elle s'enfuit dans sa chambre, secouée de sanglots. Le père comme la mère restèrent figés, surpris de cette explosion qui faisait éclater la vérité et Françoise se reprocha sa lâcheté. Luc, sans vraiment de remords, cherchait, embarrassé pour une fois, comment se sortir de ce guêpier. Sa fille l'avait désarçonné.

Suite à cette scène, les parents eurent de longs entretiens. Françoise qui tolérait les écarts de Luc par égard pour les enfants comprit que cette situation fausse générait pour Élodie une souffrance aussi grande que la sienne. Elle l'avait clairement exprimé et son bulletin scolaire en témoignait. Il était temps pour elle de réagir. Luc admit enfin ses infidélités. Les deux parents entamèrent une procédure de divorce. Avocats consultés, ils optèrent pour le « divorce par consentement mutuel », afin d'abréger les démarches. Françoise ne se voyait pas fournir des preuves d'adultère pour un divorce en sa faveur. En échange, elle voulait la garde des enfants. Luc obtempéra. Il verrait ses filles en week-end ou pendant des périodes de vacances. Au vu du dossier, il fut demandé une pension alimentaire au père dont la situation était nettement supérieure à celle de la mère. L'affaire se régla dans l'année. Élodie était à l'affût des explications des grandes personnes ; ses parents évitaient de parler en la présence de leurs filles, mais elle glanait quelques phrases, par-ci, par-là, et surtout elle ne perdait pas une miette de ce qu'elle entendait sa grand-mère maternelle raconter à ce sujet à l'une de ses tantes. Les petites filles pleurèrent au moment de la séparation, mais Élodie, tout en embrassant son père qui déménageait ses affaires, ne put s'empêcher de murmurer : « C'est de ta faute ! ».

La vie reprit son cours. Françoise dut encore mieux s'organiser et planifier davantage son budget. Elle ne partait plus en vacances, mais elle n'en privait pas ses filles que leur père alors emmenait en voyage. Il réservait des séjours dans des clubs de vacances luxueux et leur faisait mener une vie de petites princesses. Il était d'une libéralité royale. Alors que sa sœur se réjouissait sans arrière-pensée de ce confort inhabituel, Élodie ne pouvait s'empêcher de penser à sa mère qui regardait aux dépenses et avait toujours le souci d'économiser. En son for intérieur, elle se répétait sans cesse : « C'est injuste ». Leur père les inscrivait à des activités qu'elles pouvaient choisir et qui les occupaient, mais Élodie savait que c'était pour avoir ses propres loisirs pendant ce temps et qu'il se livrait à son activité favorite de séducteur, nouant des liaisons sans lendemain. Le soir, à table, devant un buffet copieux, elle le voyait rire et plaisanter de manière complice avec de jeunes et jolies femmes. Elle le détestait pour cela. Quand Élodie et sa sœur revenaient de leurs vacances, avec une mine superbe et un bronzage de grand air, leur mère se réjouissait, elle qui avait un teint pâle et des yeux cernés. « C'est injuste », se disait Élodie.

Elles devinrent de grandes adolescentes. Les dépenses pesaient plus lourd pour leur mère qui, un jour où elle était exaspérée par des factures qu'elle ne voyait pas comment régler, finit par se plaindre ouvertement devant elles que leur père ne payait pas la pension qu'il aurait dû leur verser. « Pourquoi ne la lui réclames-tu pas ? C'est injuste ! » s'exclama Élodie. Sa mère eut un pauvre sourire désabusé, et se contenta de dire : « Cela fait belle lurette qu'il fait la sourde oreille. Je n'ai jamais trop compté sur ses versements. La première année, il s'en est acquitté ; après, c'est devenu épisodique, et maintenant je préfère me débrouiller comme je peux. » Élodie, révoltée, se jura qu'un jour, justice serait rendue à sa mère.

Après avoir obtenu son baccalauréat, Élodie s'inscrivit à la faculté de Droit. Elle était assidue au travail, toujours plongée dans le code civil et les volumineux manuels de la bibliothèque universitaire. Elle fut reçue haut la main à ses examens, se spécialisa dans le « droit de la famille », passa le concours du barreau, fut reçue major de sa promotion. Ses parents étaient fiers d'elle. Mais quand son père vint la féliciter, Élodie, tout en l'embrassant, lui dit avec un léger sourire narquois : « Maintenant, papa, tu vas devoir payer. Je n'ai pas fait mes études en vain. »

Anémone
et le langage des fleurs

Anémone avait reçu un don unique en son genre, qui l'occupa toute sa vie : elle comprenait le langage des fleurs. Rien n'est plus commun, allez-vous me dire ! La violette symbolise la timidité, la rose l'amour, le lys l'orgueil… Oui, oui, je vous entends, mais vous me parlez là de symbolisme, qui peut d'ailleurs varier d'un pays à l'autre : par exemple, au Japon, le chrysanthème est une fleur qui est source de rire et de joie, alors qu'en France, elle est devenue la fleur des défunts et n'est plus guère utilisée que dans les cimetières. Le don d'Anémone, bien plus singulier, lui était venu de ce qu'elle écoutait les fleurs et qu'elle les entendait. Ses parents avaient-ils eu une prescience en lui donnant ce prénom ? Ou bien portant ce prénom, Anémone avait-elle développé une sympathie pour les fleurs qui avait aiguisé en elle cette sensibilité particulière ? Je ne saurais vous le dire. Le fait est qu'elle avait toujours beaucoup aimé les fleurs et qu'enfant, elle avait passé des heures dans le jardin à les contempler. Si bien qu'elle s'était mise peu à peu à les comprendre : leur éclosion progressive ou rapide, le frisson des pétales, leur coloration qui se modifiait au gré des heures, le balancement de leur tige, leur épanouissement, leur flétrissement, tout cela lui était familier. Mais elle reçut d'elles davantage.

Ce sont des pâquerettes qui, les premières, se manifestèrent. Elles foisonnaient dans un coin de pelouse, un vent printanier soufflait, et Anémone les entendit rire comme de petites folles, ébouriffant leur fraise blanche. Un peu plus loin, des clochettes bleues répondirent en écho et se mirent à sonner en oscillant sur leur tige, suivies par les narcisses du poète, étoiles blanches au cœur jaune. Les primevères, sagement disposées en touffes rondes, se dissipèrent comme des écolières et babillèrent entre elles. Devant ce spectacle, Anémone toussota, comme gênée d'avoir surpris un secret, et toutes les fleurs se tinrent coites. Mais le lendemain, quand elle les arrosa, les tulipes penchèrent la tête pour boire, l'une d'entre elles étira les longs bras gracieux de ses feuilles et lui chuchota : « Comme c'est agréable ». Les myosotis murmuraient en litanies : « merci, merci, merci ». La rose, à peine ouverte, frileuse, lui confia : « J'ai un peu froid ». La violette se hissa un peu de sous la feuille et lui dit, confuse : « Tu m'as vue ? » De mois en mois, le jardin se montrait plus bavard, et à peine de nouvelles fleurs étaient-elles nées qu'Anémone leur parlait pour les mettre en confiance, tout en binant et sarclant, ajoutant un peu d'engrais ici ou là, arrachant les mauvaises herbes qui les étouffaient, plantant un tuteur quand le besoin s'en faisait sentir. Plus elle leur parlait, plus les fleurs étaient belles ; en premier lui rendaient hommage, bien sûr, les anémones, aux couleurs tendres, aux corolles roses, bleues, blanches, ou contrastées, rouge vermillon, avec un cœur cerclé d'étamines noires ; les capucines se faisaient joyeuses, éclatantes, dansant comme des gitanes dans leur robe orange ; les arums balançaient majestueusement leur calice blanc, immaculé, aux courbes sculpturales ; les dahlias gonflaient la rondeur tuyautée de leurs pompons jaune d'or brodés de rouge ; les iris offraient l'intense couleur violette de leurs pétales en volutes écartant les dards de leurs feuilles. Et toutes ces fleurs lui donnaient un concert d'orgue, dont les notes se mêlaient en riches accords, légers ou profonds, s'épousant en arabesques qui montaient dans l'air du soir, vibrant de leur parfum enivrant.

Quand on cultive des fleurs dans son jardin, c'est souvent pour en cueillir et faire des bouquets afin d'en orner sa maison ou d'en offrir. Anémone avait fait comme tout le monde autrefois. Elle prenait même beaucoup de goût à créer des compositions. Mais quand elle fut dans une relation d'intimité telle qu'elle se mit à entendre et comprendre les fleurs, elle ne voulut plus les couper pour son seul plaisir égoïste. Comme celle des papillons, leur vie était déjà si courte ! Pourquoi les priver de l'air pur, du soleil, de la brise, des oiseaux et des abeilles qui les butinaient ? La verdure du jardin était leur écrin et les en sortir était pour elles un triste exil, si précieux fût le vase où on les mettait, si raffiné fût le décor où on les transplantait. Bien sûr, elles ne se fanaient peut-être pas plus vite si on prenait soin de les abreuver d'eau fraîche ou mieux, si à l'aide d'un brumisateur, on les rafraîchissait d'une fine bruine, mais elles se languissaient ; leurs pétales perdaient de leur éclat et ternissaient imperceptiblement, inexorablement.

Ce n'est que lorsque des bourrasques survenaient ou qu'un grand vent dévastateur s'annonçait, menaçant de tout briser au jardin qu'Anémone s'autorisait à couper les fleurs pour épargner leur saccage, mais alors prenait-elle soin, avant de les couper, de leur expliquer qu'elle allait les mettre à l'abri et qu'elle s'efforcerait de rendre douce leur prison. Elle les disposait dans de grands vases qu'elle plaçait auprès de larges fenêtres afin qu'elles bénéficient au mieux de la lumière du jour et qu'elles puissent regarder le jardin, leur univers familier où elles avaient éclos. Les fleurs lui en étaient reconnaissantes puisqu'elles vivaient et que leur durée de vie était souvent aussi grande qu'elle l'eût été en plein air. Lorsqu'elles inclinaient la tête parce qu'elles étaient parvenues à leur terme naturel et que leurs pétales commençaient à se détacher, Anémone choisissait le plus beau et en souvenir d'elles, le faisait sécher entre deux buvards. Elle avait ainsi toute une collection de pétales diaphanes, aux teintes passées, dont s'exhalait parfois encore un songe de parfum, ténus vestiges de leur existence et de leur beauté.

Une chose en tout cas est sûre : la vie des fleurs lui était sacrée, comme celle de n'importe quel autre être vivant et pour elle, leur place était surtout dans la nature, et non pas dans un vase. Encore moins dans des gerbes ou dans des couronnes jonchant les cercueils ou les dalles funéraires, et se flétrissant très vite, se desséchant sous le soleil ou la froidure, pourrissant dans de tristes cimetières. Dans cette manière d'honorer les morts, elle ne voyait qu'une sorte de survivance de rites barbares, remontant à la nuit des temps, où lorsqu'un personnage de haut rang mourait, on sacrifiait cruellement sur sa tombe jeunes gens ou jeunes filles de son entourage, lourd tribut payé à la loyauté et fidélité envers le défunt. Elle fut, je crois, l'instigatrice d'une nouvelle coutume qui a du mal à s'imposer mais qu'on rencontre dans les avis de décès : « ni fleurs ni couronnes ».

Gaëlle et l’archéologie

Gaëlle se voyait bien devenir archéologue. Elle ne savait plus à quand remontait ce désir, mais la séduction qu’exerçait sur elle cette discipline, elle la devait à ses parents qui l’avaient incitée à lire, assez jeune, de grands récits mythiques, tels *L’Épopée de Gilgamesh* en Mésopotamie où il est question du déluge bien avant *La Bible*, *L’Iliade* relatant la légendaire guerre de Troie, *L’Odyssée* et le périple d’Ulysse autour de la Méditerranée ; ils lui avaient offert des livres sur les civilisations anciennes : sur l’Égypte des pharaons, ses pyramides, ses hiéroglyphes et ses superbes fresques religieuses et funéraires ; sur la Grèce antique, ses temples et la beauté plastique de ses sculptures, ses théâtres où se déclamait la terrible fatalité des tragédies ; sur l’Empire romain, ses arcs de triomphe, ses aqueducs, ses immenses villas somptueuses avec leurs thermes, leurs mosaïques, leurs peintures murales… Quand elle était adolescente, ses parents l’avaient également abonnée à une revue archéologique grand public très soignée, sur papier glacé, offrant de nombreuses illustrations, plans et photographies. Cette revue faisait la part belle aux sites du Proche-Orient, mais pas uniquement, et c'est ainsi qu'elle apprit l'existence de magnifiques découvertes faites aussi en France.

Par exemple, elle lut qu'en Côte-d'Or, près du petit village de Vix, on avait découvert, en 1953, une sépulture princière de la fin du VIe siècle avant Jésus-Christ : dans une chambre funéraire à l'intérieur d'un tumulus détruit (tertre de pierres et de terre), reposait, sur le caisson d'un char à côté duquel les quatre roues avaient été déposées, une femme richement parée de bijoux : le plus remarquable était un torque en or fin, orné, près de ses extrémités en boules, de chevaux ailés (figurant le mythique Pégase des Grecs) ; il y avait aussi un torque en bronze, un collier de perles d'ambre, trois bracelets de schiste à chaque bras de la défunte, à ses chevilles des anneaux en bronze ; des fibules de fer et de bronze, rehaussées d'ambre et de corail. Cette sépulture renfermait en outre une riche vaisselle d'apparat : des coupes en céramique attique, dont une représentant un combat d'amazones, une coupe en argent, une cruche et trois bassins étrusques en bronze. Toutefois, la célébrité de cette tombe était surtout due à la présence d'un vase de bronze, exceptionnel par ses dimensions, puisqu'il mesurait un mètre soixante cinq de haut – c'est exactement ma taille, s'était dit Gaëlle impressionnée –, d'une contenance de plus de mille litres, rehaussé d'ornements décoratifs : sur le pied du récipient, des motifs végétaux stylisés ; sur les anses en forme de volutes, des gorgones grimaçantes, et sur le col, une large frise symbolisant un départ à la guerre, des quadriges conduits par un aurige alternant avec des hoplites à pied en armes. Ce cratère où se faisait le mélange de vin et d'eau, était fermé par un couvercle-passoire au centre duquel avait été placée une statuette féminine vêtue d'une tunique, au style grec archaïque. Ce vase avait sans doute été importé d'un atelier grec d'Italie du Sud. L'article concluait que cette tombe était une des manifestations les plus insignes du développement des relations entre la Gaule et la Méditerranée dès cette époque. Cette « tombe de Vix » faisait rêver Gaëlle et la renforçait dans son désir de devenir archéologue. Même en France, et il y a moins de soixante ans, on pouvait donc encore faire de telles découvertes ? Certes, elle avait conscience, malgré sa naïveté, que ce devait un coup de chance rarissime, mais c'était bien arrivé à l'inventeur de cette tombe, qui ne s'attendait pas à dénicher de telles merveilles !

Le temps des études supérieures venues, Gaëlle s'inscrivit tout naturellement à l'Université en histoire ancienne avec des options en histoire de l'art et archéologie, et dès qu'elle le put, pendant les mois d'été, elle participa à des stages de fouilles. Si le métier d'archéologue avait été pour elle entouré d'une aura de prestige, l'apprentissage sur le terrain lui apprit une grande humilité et les dures conditions de ce travail. Tout d'abord, il lui fallut se faire à la fatigue physique : porter des seaux remplis de terre, décharger des brouettes, déplacer de lourdes pierres ; elle eut vite l'impression d'avoir des mains de maçon, avec des ampoules et des doigts gonflés le soir ; elle avait des courbatures et mal au dos ; elle travaillait aussi souvent accroupie ou à genoux, avançant centimètre par centimètre des heures entières, grattant minutieusement la terre ou brossant un vestige précautionneusement, et cela en pleine chaleur, ce qu'elle préférait quand même aux quelques journées de pluie qu'elle connut et où il lui fallut patauger dans la bouc. Les nuits passées sous la tente n'étaient pas forcément réparatrices et pourtant, il n'y avait pas moyen de traîner au lit le matin… Le premier chantier de fouilles auquel elle participa consista à dégager un hypocauste, système de chauffage romain par le sol, bien connu et somme toute très banal : on observait encore en place quelques briques des petits piliers entre lesquels circulait l'air chaud et qui avaient soutenu le sol suspendu entièrement effondré ; à côté, on dégagea aussi une piscine dans un coin de laquelle il restait quelques morceaux du placage de marbre qui la recouvrait. Certes, elle apprit des choses, surtout une méthode d'ailleurs : comment consigner toutes les observations, quadriller le site, prendre des mesures, recueillir le moindre petit fragment pour le laver et le répertorier, en attendant de montrer tout cela au directeur des fouilles quand il passait. Mais les connaissances acquises au cours de ce stage restaient bien limitées par rapport à ce qu'on apprenait dans les livres.

L'été suivant, le chantier auquel elle s'inscrivit fut très différent : on fouillait un cimetière de l'Antiquité tardive : ce fut plus enrichissant, puisque les tombes recèlent souvent des offrandes funéraires, et donc, outre le travail d'observation sur le dégagement de la fosse funéraire qui permettait de repérer le mode de sépulture (cercueil en bois par exemple, dont il ne restait plus rien, mais révélé par des clous et leur emplacement aux quatre coins), il y avait la surprise de découvrir autre chose : des vases en céramique, des fioles en verre, une monnaie, placée dans la bouche du défunt pour qu'il puisse payer sa contribution à Charon, le passeur des morts pour l'au-delà. Bien sûr, on dégageait minutieusement mobilier et squelette, les os qu'on laissait soigneusement en place avant d'y couler de la paraffine pour pouvoir les prélever sans qu'ils s'effritent, et on faisait un relevé de leur position en même temps qu'on prenait des photos ; c'est justement au cours de la fouille d'une des tombes, un après-midi, que Gaëlle eut comme un sentiment de profond malaise : devant un crâne et une mâchoire qu'elle nettoyait à l'aide d'une brosse, elle se mit à songer à l'individu qui avait été enseveli là, et cette confrontation concrète avec ce qui restait d'un être humain qui avait pensé, aimé, vécu, souffert, l'ébranla. On l'avait déposé avec soin dans sa dernière demeure. Peut-être l'avait-on beaucoup pleuré en l'ensevelissant. Alors, de quel droit dérangeait-on ces morts ? Quelle était la frontière entre un violeur sacrilège de tombes et un fouilleur ? Gaëlle était trop novice pour connaître la législation à ce sujet. Et d'ailleurs, pensa-t-elle, même si des lois existaient, il n'en restait pas moins vrai que le respect dû à tout homme s'appliquait même aux morts des temps les plus éloignés. Les recherches à visée scientifique donnaient-elles le droit de détruire à tout jamais cette sépulture ? Détruire, oui, le terme est bien celui-là, que Gaëlle l'employât sentimentalement ou scientifiquement d'ailleurs.

Car l'archéologue, au fur et à mesure qu'il fouille, détruit en effet irrémédiablement l'objet même de son étude et l'archéologie est la seule science dans ce cas. Gaëlle l'avait assez entendu répéter par l'un de ses professeurs qui martelait qu'une fouille mal menée était un document perdu. Beaucoup de contemporains méprisent de ce fait les fouilles du XIXe siècle parce qu'en ce temps, on n'avait pas forcément les mêmes objectifs qu'actuellement, on cherchait seulement parfois à constituer des « collections » d'antiquités et dans bien des cas, des données avaient été négligées, ce qui est effectivement irréparable. Mais de la même façon, leur professeur fulminait contre certains archéologues en activité, bien de notre époque, qui, trop pris sur le terrain, négligeaient ou remettaient à date ultérieure – parfois aux calendes grecques ! – la rédaction de leurs rapports de fouille… Le professeur concluait donc que l'archéologie était soumise à bien des aléas et que cette science était fragile aussi bien dans sa démarche que dans ses résultats.

Cette fragilité, Gaëlle en prit conscience par d'autres exemples. Elle savait que les datations sur un site étaient établies le plus souvent grâce aux morceaux de vaisselle (vases, bols, assiettes, etc.) qu'on y avait retrouvés, ou autrement dit grâce aux fragments de céramique, dont des classements avaient été établis depuis longtemps dans de gros catalogues. Elle avait même participé à des séances de travaux pratiques assez fastidieuses sur le sujet, pour apprendre à reconnaître à quel genre de céramique et donc à quelle époque appartenait tel ou tel tesson, morceau réduit souvent à deux ou trois centimètres, voire moins. On lui fit prendre conscience également un jour que ces datations (pourtant parfois très précises, ne jouant que sur quelques décennies) ne sont que relatives : elles ont été établies par comparaison et sont donc toutes dépendantes les unes des autres, si bien qu'il suffit qu'un doute survienne sur la datation d'un des chaînons pour que toute l'échelle s'écroule en cascade et soit à revoir. De même, des lieux de production avaient été établis pour les céramiques. Elle avait lu des articles très impressionnants sur les échanges commerciaux dans le monde antique, fondés sur la présence dans telle ou telle région de vaisselle provenant d'autres pays. Or d'autres hypothèses suggéraient que cette vaisselle avait été produite localement, dans des ateliers qui imitaient ces centres de production étrangers connus de ceux qui les imitaient ; ainsi donc sur la question de la période, de la fréquence et de l'intensité des échanges, tout le raisonnement pouvait se révéler faux. Au final, pouvait-on se fier à l'archéologie pour établir l'histoire ? Voilà à quoi aboutissait la réflexion. L'archéologie n'était pas une science exacte, elle relevait en partie de pures constructions intellectuelles, spécieuses. Il lui semblait que c'était un serpent qui se mordait la queue, en ce sens que l'archéologie véhiculait du faux dans le vrai et du vrai dans le faux, et ceci dans un enchevêtrement indémaillable des causes et des conséquences.

Gaëlle en vint à être assez désabusée. Allait-elle vraiment s'orienter dans cette voie après les déceptions de tous ordres qu'elle avait ressenties ?

Après ce constat et un temps de découragement, Gaëlle retourna à l'origine de sa passion qui n'avait d'autre moteur que l'imagination. L'archéologie l'avait d'abord fait rêver ; et alors ? Pourquoi ne pas continuer dans cette voie ? Le romanesque et l'archéologie avaient toujours fait bon ménage : il suffisait de songer à Théophile Gautier et à son *Roman de la momie*, qui fait revivre, du temps des pharaons, les amours d'une jeune Égyptienne dont un jeune lord anglais, accompagné d'un savant égyptologue, découvre la tombe. L'Égypte, tout particulièrement, avait toujours fasciné les Européens.

La « malédiction du pharaon » est un thème privilégié dans l'imaginaire collectif. Cette légende était née d'une phrase inscrite dans le tombeau de Toutânkhamon : « Ma mort abattra de ses ailes quiconque dérangera le repos du pharaon. » Plusieurs membres de l'équipe qui avait fouillé la tombe étant morts peu après, on donna vite à leur mort une cause surnaturelle. De nombreuses fictions, livres et films, furent inventées sur cette « malédiction de la momie », fantasme persistant. Gaëlle songeait par ailleurs à un roman d'Agatha Christie qu'elle avait lu étant jeune : *La mort n'est pas une fin* ; la célèbre romancière était la femme d'un des plus grands archéologues britanniques et elle l'avait suivi sur divers champs de fouilles du Moyen-Orient : d'où son idée d'un roman situé dans l'Égypte ancienne. Gaëlle avait beaucoup aimé l'évocation de cette brillante civilisation mêlée au suspense d'une intrigue policière. Elle songeait encore à Mérimée, inspecteur des Monuments Historiques et Antiquités nationales, qui avait écrit *La Vénus d'Ille,* nouvelle fantastique mettant en scène un archéologue confronté au mystère d'une statue meurtrière. Gaëlle, forte de ces exemples et de bien d'autres, se mit à écrire des livres pour la jeunesse, brodant une intrigue sur un fond de toile archéologique ; elle essaya de garder la fraîcheur d'émerveillement qu'elle avait eue elle-même autrefois en découvrant cette « science humaine », et elle connut un certain succès de librairie.

Les deux vieilles filles

Ce nom de « vieille fille » qu'on donnait autrefois aux femmes célibataires avait un tour méprisant ou ironique, mais la société ayant évolué, il est fort heureusement tombé en désuétude. Dès que les femmes avaient passé la trentaine sans être mariées, elles tombaient dans cette catégorie, et c'était plutôt humiliant car leur état sous-entendait qu'elles n'étaient ni assez jolies ni assez attirantes pour avoir été choisies par un homme qui leur aurait donné un vrai statut social. Elles menaient une vie plus ou moins recluse et quand elles se retrouvaient seules après avoir soigné leurs parents jusqu'à leur mort, elles vivaient dans la solitude, ou parfois à deux, sœurs qui étaient liées par la même déveine, ou cousines qui, par commodité, avaient choisi de cohabiter sans qu'aucun autre lien ne fasse d'elles un couple.

Marthe et Adrienne étaient de celles-là, toutes menues, toutes grises, flétries comme des pommes reinette qu'on laisse au grenier. Elles se distinguaient à peine l'une de l'autre, du moins seulement pour ceux qui ne les connaissaient que de vue, car à la vérité, malgré la ressemblance de leur allure qui s'était accentuée avec l'âge – car qui peut ressembler plus à une petite vieille qu'une autre petite vieille ? –, elles étaient bien différentes. Marthe, l'aînée, avait été brune autrefois ; c'était elle qui détenait l'autorité sur sa sœur cadette, prérogative qu'elle n'aurait jamais eu l'idée d'abandonner. C'est elle qui gérait les comptes, qui s'occupait des papiers administratifs, qui allait au marché et décidait du ménage à faire tel ou tel jour. Adrienne, quant à elle, avait été blonde ; elle avait un visage plus allongé que celui de sa sœur, des pommettes hautes, des yeux bleus et indéniablement la comparaison dans leur jeunesse avait été à son avantage. Elle faisait la cuisine, repassait le linge, s'occupait des fleurs sur le balcon, changeait la litière du chat et lui donnait à manger.

Il y a belle lurette maintenant qu'elles étaient en retraite, mais à une époque donnée, elles avaient bien dû exercer un métier puisqu'elles n'avaient pas de mari pour les entretenir. Marthe, l'aînée, avait trouvé un travail d'institutrice dans un établissement privé ; Adrienne avait été embauchée par le médecin du village pour ouvrir la porte aux patients, prendre les rendez-vous et faire diverses tâches relevant d'un rôle de gouvernante. Ainsi, paradoxalement, à une époque où beaucoup de femmes vivaient au foyer, elles avaient gagné leur vie, ce qui leur conférait une certaine modernité, mais elles avaient continué à vivre toutes deux chez leurs parents, sans gagner aucune indépendance, comme les deux petites filles qu'elles avaient été et qui partageaient tout. Elles avaient surtout vécu à trois avec leur mère car leur père, capitaine au long cours, avait été finalement peu présent dans leur quotidien. Quand il revenait de ses longs voyages, c'était le monde entier qu'il semblait ramener avec lui dans ses récits et par le truchement des cadeaux exotiques qu'il leur rapportait : des poupées de tous les continents, des masques africains, des chinoiseries. L'objet qui les avait notamment enchantées et qu'elles avaient gardé précieusement tout au long de leur existence était un coffret laqué, d'un noir brillant tout piqueté de fleurs dorées aux tiges tournicotées, et doublé d'un rouge intense à l'intérieur du couvercle, mais surtout il y avait plein de tiroirs secrets, très ingénieusement dissimulés, et il fallait vraiment être initié aux mécanismes de leur fonctionnement pour les ouvrir ; leur père, leur dévoilant les cachettes, avait tout d'un magicien en manipulant les boîtes et elles le regardaient, éblouies. Comment avait-il fait pour dénicher de telles merveilles ? Chacune avait reçu le sien, et ces coffrets étaient encore disposés sur la commode de leur chambre.

Ce père qui avait tant voyagé mourut vers la cinquantaine, mais il leur laissa en héritage le goût des voyages qui les avait tant fait rêver, et quand leur mère les eut quittées à son tour, elles s'offrirent chaque année le luxe de partir pendant leurs vacances. Elles s'inscrivaient à des voyages organisés, le choix de leur destination les occupait de longs mois pendant les soirées d'hiver, et une fois leur décision prise pour tel ou tel pays, elles se documentaient consciencieusement sur la géographie, l'histoire, la culture du pays en question. Leurs choix se limitaient à des pays proches, européens, en partie pour des questions de budget, mais aussi parce qu'elles avaient vécu de manière assez étriquée, couvées par une mère timorée et que l'inconnu effrayait. Si leur père n'avait pas vécu plus vieux, c'est que sa vie de marin l'avait peut-être fatigué, mais c'est aussi parce qu'il avait contracté, au cours d'une escale, le paludisme qui déclenchait chez lui certaines crises épuisantes de temps à autre. En tout cas, ces voyages annuels étaient leur grande distraction et quand elles étaient de retour, elles confectionnaient avec beaucoup de soin un cahier de souvenirs où elles collaient leurs photos et écrivaient des commentaires. Plus précisément, c'était Marthe qui prenait les clichés et c'était Adrienne qui rédigeait. Comme pour beaucoup de projets communs, elles se répartissaient les rôles et si Marthe avait tendance à imposer sa manière de faire, Adrienne finissait par se ranger à son avis.

Elles avaient en réalité assez peu de sujets de discorde, seulement quelques chamailleries anodines : sur la couleur des rideaux du séjour qu'il fallait changer, sur les traces de pas dans l'entrée – dus à la négligence de l'une qui n'avait pas essuyé ses pieds sur le paillasson, mais laquelle ? Elles se défendaient l'une et l'autre d'être la coupable –, sur le tube de dentifrice qui n'avait pas été refermé et dont la pâte avait coulé sur le lavabo. Mais ces petites tracasseries du quotidien ne les empêchaient pas d'être tout l'une pour l'autre : elles étaient attentionnées entre elles : Marthe rapportait du marché une religieuse, le gâteau préféré d'Adrienne, et cette dernière cuisinait pour Marthe des endives braisées au jambon, bien qu'elle n'aimât que médiocrement ce plat. Marthe achetait à la librairie un roman d'amour nouvellement paru pour Adrienne, bien qu'elle jugeât un peu vain de s'intéresser à des fictions, surtout sentimentales, et quand Adrienne lui demandait, pour sa part, quel livre lui ferait plaisir, Marthe ne manquait pas de choisir un récit d'aventure, mais elles se passaient leurs livres mutuellement, et il leur arrivait même de se faire la lecture à haute voix, le soir : assises dans leur salon, pendant que l'une tricotait, l'autre lisait, et elles échangeaient leur rôle au bout d'une demi-heure. Quand elles finirent par décider l'achat d'une télévision – parce qu'elles tinrent longtemps en mépris ce genre de distraction – Marthe argua des documentaires qu'elles pourraient regarder et Adrienne du cinéma qui serait à domicile, sans avoir besoin de sortir. Car elles étaient à présent bien vieilles, et si Marthe attrapait facilement la bronchite dès qu'elle sortait par le froid, Adrienne pour sa part avait souvent des palpitations et elle se plaignait d'avoir un cœur qui défaillait.

Et en effet, le cœur d'Adrienne lâcha. Elle fut hospitalisée en urgence. Marthe se tint à son chevet nuit et jour tant qu'elle eut un souffle de vie. Le soir, les infirmières lui dépliaient un lit dans la chambre de sa sœur et Marthe, regardant Adrienne assoupie, récitait les prières de son enfance, heureuse le lendemain matin d'entendre sa sœur encore bouger un peu sous ses draps. Adrienne dont les paroles se faisaient rares comme si cela lui demandait trop d'efforts, fit cependant signe à Marthe de s'approcher et lui demanda le petit coffret laqué posé sur la commode de sa chambre. Marthe trouva ce souhait un peu incongru, puéril, mais elle promit à Adrienne de le lui apporter, ce qui fit naître un faible sourire tremblant sur les lèvres de la malade. Quand le lendemain, Marthe posa sur le lit l'objet désiré, Adrienne lui dit de l'ouvrir. Marthe s'exécuta, Adrienne lui faisant signe de poursuivre dès qu'elle s'arrêtait pour la regarder, interrogative. Marthe se mit donc à actionner maladroitement les mécanismes pour accéder aux petits tiroirs secrets, sans bien y arriver d'ailleurs car il y avait si longtemps que les coffrets n'avaient pas été déplacés du meuble qu'ils ornaient. Adrienne acquiesçait de la tête chaque fois que Marthe, un peu perplexe, tâtonnait. Il y avait une paroi qui, en principe, coulissait si on la pressait à un endroit précis. Marthe tâtonnait, s'énervait, le mécanisme avait l'air coincé, mais Adrienne restait les yeux fixés sur elle, et ce n'est que lorsque la paroi eut cédé qu'Adrienne referma les yeux, épuisée. Quelques feuillets jaunis étaient pliés dans la cachette. Très étonnée, Marthe les déplia, et commença à déchiffrer l'écriture pâlie, des lignes en pattes de mouche, avec un en-tête explicite : « Mon cher amour ». Marthe se sentit pâlir sous le coup de cette découverte, et silencieuse, se mit à dévorer la page, puis la seconde. C'était une lettre de rupture, déchirante, où l'auteur s'accusait d'avoir entraîné celle qu'il aimait éperdument dans une relation qui était impossible et qui ne pouvait être pour eux deux que source de remords puisqu'il était marié. Marthe était interdite, bouleversée, choquée ; elle poursuivait sa lecture dans une sorte de brouillard et les pensées se bousculaient dans sa tête : qui était cet homme ? La lettre n'était même pas signée ; la destinataire n'en avait en effet pas besoin. Pourquoi, pourquoi sa sœur ne lui avait-elle rien dit, sa petite sœur dont elle s'était toujours sentie responsable, qu'elle avait toujours essayé de protéger ? Comment avait-elle pu tenir ces amours secrètes ? Marthe était envahie par un sentiment de trahison, ce qui la choquait beaucoup plus que cette liaison coupable. Elle releva la tête pour regarder sa sœur, mais la tête d'Adrienne avait roulé de côté, elle était livide et avait rendu le dernier souffle. Marthe se mit à sangloter, pressant la main posée sur le drap et la mouillant de larmes. C'est l'infirmière qui vint doucement la prendre par les épaules et lui remit les feuillets qui avaient glissé à terre.

Marthe se retrouva seule, blessée profondément, se jurant de garder tout cela pour elle, heureuse que ses parents soient morts sans en avoir rien su et il lui fallut bien du temps avant de se résigner et de pardonner. Elle se sentait doublement trahie : Adrienne n'était pas la petite sœur innocente qu'elle avait toujours vue et Adrienne avait vécu toute sa vie en gardant ce secret comme si rien ne s'était jamais passé. Comment avait-elle pu à ce point jouer la comédie ? Comment peut-on à ce point donner le change à quelqu'un qui vit continuellement à vos côtés, avec qui on partage tant de moments communs ? À quelle époque avait eu lieu cette liaison ? Sûrement du temps où elle travaillait. Était-ce le médecin, son employeur ? Était-ce un patient ayant souvent fréquenté la salle d'attente ? Interrogations vaines, sans réponse et sans intérêt finalement. À cette peine profonde succéda le remords d'en vouloir à sa sœur qui n'était plus là et qui l'avait assez aimée pour le lui avoir révélé sur son lit de mort. N'était-ce pas un dernier et magnifique geste d'amour que d'avoir tenu à le lui avouer enfin ? N'avoir rien divulgué avant, n'était-ce pas s'épargner à elles deux maintes discussions aigres et âpres ? Sa sœur n'avait-elle pas droit à son jardin secret ? Elle-même, Marthe, n'avait-elle pas parfois souffert de cette promiscuité et transparence familiale que les circonstances de la vie leur avaient imposées à toutes deux ? Se souvenait-elle encore elle-même de ce flirt de jeunesse passager qui avait un moment bercé ses rêves de jeune fille ? Avait-elle soufflé à sa sœur quoi que ce soit de ses aspirations d'alors ? Marthe se mit à éprouver de la compassion pour Adrienne et son lourd secret. Comme elle avait dû souffrir !

Le petit coffret trônait encore sur la commode où Marthe l'avait replacé, ayant enfoui à nouveau dans sa cachette la lettre qu'elle avait eu la tentation de brûler. Mais elle s'était ravisée. Il était le sanctuaire du secret d'Adrienne et personne d'autre qu'elle ne saurait faire jouer le mécanisme donnant accès à ce tiroir indécelable.

Personne, sauf moi, le narrateur.

Léo et la musique

À sa naissance sans doute une fée s'était-elle penchée sur son berceau, car Léo possédait un don précieux : il entendait la musique comme tout le monde, mais surtout il la « voyait ». Chaque note était pour lui une bille de couleur différente ou une perle translucide, traversée de lumière, irisée, nacrée ou étincelante. Le phénomène avait dû se développer alors qu'il était encore nourrisson, et les douces comptines qu'égrènent les boîtes à musique qu'on suspend au lit des enfants avaient bercé ses rêves où défilaient de jolies guirlandes de billes aux couleurs laiteuses, de perles aux couleurs pastel, rose comme l'aurore qui se lève, parme comme le jour qui décline, bleu comme la nuit aux pas de velours. À l'âge de trois ans, on lui offrit un xylophone et il prenait grand plaisir à frapper du petit marteau les lames de métal qui faisaient résonner non seulement les notes de la gamme : do, ré, mi, fa, sol, la, si, do… mais d'où jaillissaient à ses yeux des billes colorées qui l'enchantaient. Aussi fut-on sensible à son goût pour ce jouet et on l'inscrivit tôt au conservatoire de musique.

Il s'y montra un élève fort doué, apprenant facilement et avec une joie manifeste. Il fut seulement très étonné qu'on écrivît la musique en noir et blanc alors que pour lui, elle était un jeu incessant de chatoiement de couleurs. Il trouvait cela triste et assez incompréhensible. Mais quand il lisait une portée, il y superposait naturellement une broderie de perles aux tons variés, dont les teintes allaient crescendo ou decrescendo comme les notes. Le solfège n'avait pour lui rien de rébarbatif, contrairement à ce que ressentent beaucoup d'enfants, car aux sons correspondaient tout un jeu de nuances colorées qui l'aidaient à mémoriser les leçons. Il faisait donc des progrès rapides au point que certains de ses professeurs parlaient déjà entre eux de nouveau petit Mozart. Soyons honnête, il n'arriva jamais à la cheville de ce génie, mais son talent était certain.

Il lui avait fallu choisir un instrument. Il avait beaucoup hésité entre le piano, la harpe et la flûte traversière. Le piano lui parlait en billes de verre rondes, lourdes, ou en menus grêlons de glace, en averse de gouttes scintillantes. La harpe coulait comme une rivière charriant de luisants galets et la flûte traversière était un oiseau qui sautillait sur les branches où les gouttes de rosée brillaient comme des diamants. Il opta pour cette dernière. Il sut très vite faire naître de son souffle de magnifiques arabesques perlées, de riches variations de coloris, et le son aérien qu'il en tirait pouvait tour à tour être suspendu comme une fragile chaîne d'or ténue piquetée çà et là de fines pierres rutilantes, ou bien s'envoler en un tissu chamarré rehaussé d'une multitude de perles nacrées.

Il mit beaucoup de temps à s'apercevoir que tout le monde ne « voyait » pas la musique, mais se contentait de l'entendre. Un jour où il répétait un morceau, il se permit la remarque que sur la deuxième portée, si le premier *sol* était de la couleur de l'ambre, le dièse qui le précédait devait plutôt lui donner la couleur de la citrine. Le professeur n'apprécia pas le moins du monde cette interruption, lui dit sèchement qu'il n'était pas là pour faire le clown. D'ailleurs, tous les autres élèves le regardaient d'un air ahuri. Ce premier incident l'ébranla et lui fit creuser la question. Il s'en ouvrit à plusieurs camarades. Voyaient-ils comme lui les notes en couleur ? Sans entrer dans les nuances, grossièrement, par exemple le *ré* en vert, le *si* en rouge ? On s'esclaffa, on se moqua de lui. « Tu te crois à l'école maternelle ? Et le daltonien, il voit ton *ré* et ton *si* en gris ? » lui rétorqua-t-on. Ce fut pour lui une découverte troublante que de ne pas se faire comprendre, tant il était persuadé d'appartenir au commun des mortels. Et il ne fut pas loin de ressentir comme une bizarrerie gênante ce don admirable qui faisait de lui un être à part. Il se garda bien désormais d'en parler.

Toutefois l'adolescence passée, une fois devenu adulte, il comprit quelle chance extraordinaire il avait. S'il était parvenu à être un aussi habile musicien, il était sûr que sa visualisation des morceaux de musique l'avait considérablement aidé. Il était maintenant un soliste demandé, il participait à de nombreux concerts. Il pouvait assumer cette particularité et ce don, en faire même bénéficier d'autres. À ses heures perdues, il se lança donc dans une grande entreprise de nouvelle notation musicale de la gamme tempérée, la plus usuelle, fondée sur les couleurs, en jouant sur leurs nuances pour rendre les demi-tons en musique. Loin de moi l'idée de me lancer dans des explications de solfège, lequel est constitué d'un ensemble de règles fort complexe. D'ailleurs, Léo y passa plus de temps que lui-même ne saurait vous dire avant d'aboutir à un résultat qui lui semblait cohérent, assez complet et transmissible pédagogiquement. Car une chose est d'avoir des intuitions, une autre chose est d'arriver à faire passer aux autres sa vision sur un sujet donné. Plein d'enthousiasme et d'espoir, il alla donc un jour frapper à la porte d'un de ses anciens professeurs qu'il prisait fort et lui soumit son travail. Il ne trouva pas l'accueil chaleureux auquel il s'attendait. Il se heurta à une réserve et une méfiance, compréhensibles si l'on veut dans un premier temps. Mais le professeur n'avait pas du tout l'air pressé de se plonger dans ce gros dossier. On examinerait son travail objectivement avant de donner un avis. Il le comprit par la suite : qu'il se fût lancé dans cette entreprise sans passer par la filière universitaire le pénalisait beaucoup d'emblée, Il ne s'était pas inscrit à un doctorat de musicologie, il avait travaillé sans guide, et sans doute ne le lui pardonnerait-on pas. En effet, on lui rendit son manuscrit en lui disant que sa notation musicale n'apporterait rien par rapport à ce qui existait déjà, et tout juste pourrait-elle servir éventuellement à des sourds de naissance pour avoir une équivalence visuelle d'un art qu'ils ne pourraient jamais percevoir par l'oreille ; mais l'intérêt en était mince et limité. Léo protestait qu'il était lui-même la preuve vivante du bien-fondé de son entreprise, que voir les notes en couleur lui avait grandement facilité son apprentissage, mais son interlocuteur haussa les épaules et fit la moue d'un air dubitatif. Léo qui n'était pas habitué aux échecs, sentit que la partie était perdue, il remballa ses documents, dégoûté, et partit en remerciant du bout des lèvres. Il mit son projet au rancart.

Un soir, à la fin d'un de ses concerts, une jeune personne vint le saluer et déclina son nom : « Justine Eydoux ». Cela n'éveillait en lui aucun écho.

« Mais si, dit-elle, d'un air malicieux. Un été, nous avons fait un stage de cirque ensemble.

– Oh là là ! Je m'en souviens, en effet, dit-il en riant. Cela fait bien des années ! Ce sont mes parents qui m'avaient fourgué là, pour m'occuper.

– À l'époque, j'étais une gamine un peu trop enrobée, dit-elle, mais ça s'est amélioré. »

Sa spontanéité et son attitude primesautière la rendaient sympathique. Il lui proposa d'aller prendre un verre. Elle accepta.

« Si je t'ai parlé du cirque, dit-elle – on se dit "tu" comme autrefois ? –, si donc je t'ai parlé du cirque, c'est que moi, j'ai continué dans cette direction.

– Non ? fit-il, incrédule.

– Mais si, dit-elle. Tu sais, c'est très sérieux. J'ai réussi les épreuves d'entrée à l'Académie de cirque Fratellini, c'est une école prestigieuse, j'en suis très fière. Je suis en troisième année. Mais je vois que de ton côté, tu es devenu un artiste aussi, dit-elle ; cela m'a fait plaisir d'aller t'écouter. J'ai découvert ton nom par hasard sur une affiche dans la rue, mais je m'en souvenais, moi, dit-elle avec un sourire malicieux. N'empêche, ça fait drôle de se retrouver ainsi, après tant d'années.

– Mais tu fais quoi, au cirque ? Tu n'es pas clown, tout de même ?

Elle rit.

– Pourquoi pas ? dit-elle. Tu sais, c'est difficile d'être un bon clown. Il faut être très souple, il faut avoir de l'humour, le sens de la dérision. Mais non, je ne suis pas clown. En fait, quand tu es dans une école de cirque, tu es tout de même rompue à plusieurs disciplines, c'est dans la tradition. Après, tu peux te spécialiser dans un type de numéro, mais à la base, tu dois tout pratiquer. Moi, ce que j'aime, c'est jongler. Pour la fin de l'année, il faut que je prépare un numéro. Je voudrais jongler avec de simples balles, beaucoup de balles et faire quelque chose de poétique. Il faut que je m'associe à un autre artiste. Mais pour l'instant, je n'ai pas assez préparé mon projet. J'ai encore du temps devant moi. »

Ils s'attardèrent, bavardant à bâtons rompus. Ils échangèrent leur numéro de téléphone et promirent de se revoir.

Léo rentra, tout songeur. Au fond, cette fille lui plaisait, même si c'était bizarre a priori de nos jours de s'orienter vers le cirque. Il fallait en vouloir certainement. Mais elle avait de l'énergie à revendre, ça se sentait.

Ils se revirent de temps à autre, de plus en plus souvent, et Justine, un jour, lui dit qu'elle voulait pour son numéro s'associer à un musicien. Il lui avait parlé, un soir, en ironisant sur lui-même, de sa manie de voir la musique en billes de couleur, elle n'avait pas du tout trouvé cela ridicule et une idée avait germé en son esprit, mais il lui fallait se risquer à poser au préalable une question essentielle : « Tu accepterais de m'épauler dans mon numéro de concours, de jouer de la flûte traversière ? »

Il fut un peu interloqué. « Mais je ne suis pas dans ton école.

– Ça ne fait rien. L'école encourage fortement les participations extérieures. » Elle ajouta aussitôt : « Le cirque, c'est trop commun, c'est ça ? » Il se ressaisit et protesta. Il sentait bien que s'il disait non, c'en était fini entre eux. Et il n'avait pas envie de lui faire de la peine. Elle redevint joyeuse. « Alors, si tu es d'accord, pourquoi pas faire un numéro où je jonglerais avec des balles de couleur qui représenteraient les notes du morceau que tu jouerais ?

– Mais oui, c'est génial ! » s'exclama-t-il sincèrement.

Justine était rayonnante et Léo avait retrouvé toute l'ardeur que lui inspirait son don de « voir » la musique.

Ils passèrent désormais beaucoup de temps ensemble à peaufiner le projet, puis en d'innombrables répétitions, recommençant inlassablement à coordonner l'envol des balles, leur couleur et l'égrènement des notes. Léo choisit une partition de Bach pour flûte seule, et Justine, de petites balles de toutes les couleurs mais légèrement translucides, à paillettes dorées : elle faisait danser les balles à une hauteur variant en fonction de la musique et de son rythme, et elle les rattrapait prestement dans un rebondissement incessant, aérien, comme si les balles et les notes elles-mêmes jaillissaient à la fois de la flûte et des mains dans une harmonie subtile et magique dont le regard était ébloui. Ils choisirent leur éclairage avec soin : l'obscurité d'abord et un halo de lumière juste centré sur la flûte et le jeu des doigts, tandis qu'un autre halo blanc venait doucement balayer l'espace où dansaient en ronde les balles dont les couleurs pétillaient dans la lumière. Le jour du concours, ce fut un succès. Justine et Léo s'étreignirent avec ferveur dans les coulisses alors que les applaudissements se prolongeaient.

À n'en pas douter, c'était bien une bonne fée qui s'était autrefois penchée sur le berceau de Léo.

Le sourire d'Elsa

Quand Elsa partait le matin, sa mère l'accompagnait jusqu'à la porte. Elles s'embrassaient et Elsa, après avoir fait quelques pas dehors, souvent se retournait. Sa mère était encore sur le seuil, la suivant du regard. Alors, Elsa lui souriait, lui faisant un petit signe de la main, et pressait le pas comme si elle avait peur de manquer son autobus, même si elle était en avance. La mère aussi lui faisait un petit signe de la main, mais son visage déjà se décomposait. Ce rituel était quotidien et Elsa savait qu'il fallait qu'elle se retourne. Ne pas le faire aurait gâché la journée de sa mère. De même, quand elle rentrait le soir, elle s'efforçait de sourire à sa mère avec légèreté, mais en réalité l'atmosphère était lourde et Elsa faisait mine de ne pas s'en apercevoir. « Oh ! ton sourire quand tu pars, lui dit un jour sa mère exaspérée, c'est comme si tu me donnais une gifle ! » Elsa ne dit rien, rougit fortement parce qu'elle comprenait ce que sa mère ressentait, ce en quoi il la blessait (sans doute ce sourire lui semblait-il factice, un sourire de politesse en quelque sorte, une aumône), mais en même temps cela l'emplit d'une grande tristesse et d'un sentiment d'injustice, car elle ne savait pas quoi faire pour aider sa mère. Ce reproche de sa mère, elle aussi le reçut comme une bonne claque.

Sa mère n'avait pas été spécialement gâtée par la vie, mais on ne peut pas dire non plus que le sort l'eût particulièrement maltraitée. Non, elle avait eu son lot commun de joies et de chagrins, comme bien d'autres, c'est tout. Son mari était un homme plutôt bon et tendre, qui subvenait aux besoins de sa famille et qui était pris par son travail, mais elle, comme il était courant à son époque, était restée femme au foyer, alors qu'elle avait sans doute d'autres aspirations, et s'étant dévouée entièrement à sa famille, ses enfants, elle avait peu à peu senti l'angoisse de se retrouver seule, sans eux, et elle reportait sur sa dernière fille toute sa frustration. Ses enfants avaient été l'objet de tous ses soins, de ses pensées et préoccupations constantes, de tous les sacrifices ; ils grandissaient et ne songeaient qu'à prendre leur envol. Ils étaient heureux de quitter la maison, de partir. Elsa savait que sa mère déprimait, elle l'écoutait de longues heures se plaindre de sa solitude et de la vanité de son existence présente, et il y a belle lurette qu'elle n'essayait plus de la raisonner car elle suscitait alors souvent son exaspération, mais à vrai dire, ce climat l'étouffait, elle n'en pouvait plus. Elle essayait de se montrer patiente et compréhensive, mais elle asphyxiait et n'avait qu'une hâte, celle de s'en aller aussi.

Et pourtant, sa mère, elle l'aimait, et elle aurait tant voulu la voir joyeuse, comme autrefois. Elle se souvenait d'elle, fredonnant en faisant la lessive, chantonnant en cousant des habits de poupée, en faisant la vaisselle, en épluchant les légumes pour la soupe du soir, tout excitée quand exceptionnellement, elle sortait au cinéma avec leur père, se regardant dans la glace et se gonflant les cheveux de sa main fine et élégante, se passant du rouge à lèvres et se contemplant en tournant la tête de trois-quarts à gauche et puis à droite, arrondissant la bouche pour accentuer le méplat des joues. Comme elle paraissait jolie à ses enfants qui la dévoraient du regard, tandis que leur père lui volait un baiser dans le cou ! Elle était heureuse alors et ce dont les enfants ont besoin, autant que de soins et d'amour, c'est justement de sentir ce bonheur autour d'eux. C'est une des conditions de leur épanouissement.

Le temps avait passé, et le bonheur s'était émoussé avec l'usure du quotidien. Il ne restait plus qu'Elsa à la maison ; sa mère ne fredonnait plus jamais, elle ne sortait pas beaucoup non plus de chez elle ; elle se disait malade, et sans doute était-ce vrai qu'elle n'avait pas beaucoup de santé, mais elle ne voulait jamais aller voir un médecin ; et surtout, plus elle sentait qu'elle vous apitoyait, plus elle en profitait. Plus vous lui marquiez de compassion, plus elle vous prenait dans les tenailles de sa tristesse. Or, Elsa était jeune, elle avait besoin d'air, elle avait les aspirations de gaieté et de liberté de son âge. Eh bien, cette envie qu'elle avait de s'évader, sa mère la recevait donc comme une insulte. Le sourire d'Elsa qui trahissait peut-être malgré elle la joie intérieure de se sauver pour la journée était pour elle une gifle.

Le sentiment de culpabilité qu'avait Elsa à l'égard de sa mère la poursuivrait pendant de longues années, bien après l'avoir quittée réellement pour se marier elle-même et vivre au loin. Elle revenait la voir de temps à autre, bien sûr, mais au cours de visites trop brèves pour que l'une comme l'autre ne laissent entrevoir autre chose que leur joie mutuelle des retrouvailles. Sa mère avait-elle au fil du temps récupéré une certaine sérénité ? Elsa ne cherchait pas à vraiment creuser la question. Elle était elle-même à présent trop occupée de ses propres bambins que sa mère semblait si heureuse d'apprendre à connaître.

Nous allons faire un grand et terrible bond dans le temps puisque nous retrouvons Elsa beaucoup plus tard, revenant au chevet de sa mère mourante à la suite d'une longue maladie de six mois. Dans la maison régnait un silence empreint de gravité et dans l'air flottaient des odeurs d'infirmerie. Son père, devenu un vieillard aux cheveux clairsemés et argentés, avait beaucoup maigri et n'était plus que l'ombre de lui-même ; il embrassa sa fille sans cet air débonnaire qui était son expression d'autrefois quand il s'adressait à ses enfants et lui fit un bref compte rendu de l'état présent de sa mère : elle ne pouvait plus parler, ne souffrait pas trop vraisemblablement car elle était sous morphine, mais n'en avait plus pour longtemps. Elle était d'ailleurs rendue au terme que les médecins lui avaient assigné, mais que son mari lui avait caché. Il voulait ménager la malade et jamais il ne lui avait laissé entendre qu'elle allait mourir. Ses enfants respectaient sa volonté. La famille vivait donc dans un mensonge dont la malade ne pouvait être dupe. Il conduisit sa fille directement jusqu'à la chambre plongée dans la pénombre, la laissant seule. Le grand lit double parental avait fait place à un étroit lit simple où se devinait, plus qu'on ne la voyait, une forme allongée. Il fallait s'habituer à l'obscurité. Elsa s'approcha, marchant sur la pointe des pieds, comme dans un sanctuaire. Un pauvre visage émacié creusait à peine le large oreiller sur lequel il reposait. Elle se pencha ; les yeux, à demi fermés, s'entrouvrirent et se tournèrent vers elle. Sa mère la reconnaissait, c'était une lueur imperceptible dans le regard, mais bien réelle. Elsa fut envahie d'une incommensurable compassion ; elle dit doucement, en souriant très tendrement : « Maman, tu sais, je suis contente de te revoir. » Le regard de sa mère la happait et elle fut soudain remplie de confusion, pétrifiée à l'idée de son sourire et de ce qu'elle venait de dire, comme d'une incongruité parfaitement égoïste. Comment pouvait-elle être « contente » alors que sa mère se mourait, et pourquoi avoir dit « te revoir » ? Pourquoi n'avoir pas dit seulement « voir » ? « Revoir » n'impliquait-il pas qu'il aurait pu n'y avoir aucune possibilité, qu'elle aurait pu arriver trop tard, que c'était la dernière fois ? Elles se fixaient l'une et l'autre et Elsa avait peine à refouler ses larmes. Elle aurait voulu demander pardon à sa mère, elle aurait voulu enlever entre elles la barrière des non-dits, des malentendus, la serrer dans ses bras, elle aurait voulu lui parler du passé, de la vie, du désir de vivre, de la mort présente, elle aurait voulu pleurer tout son saoul avec elle, sur elle, sur elles deux. Au lieu de cela, elle se raidissait pour contenir son émotion. Son regard brillait dangereusement ; alors, pour se donner une contenance mais aussi parce qu'elle voulait toucher sa mère encore vivante, ce corps souffrant qui l'avait porté et mis au monde, d'une main furtive, elle caressa le pauvre bras brun décharné posé sur le drap blanc. Les yeux de la mère se fermèrent avec lassitude. Elsa avait l'impression d'être sur un quai de gare et de voir tragiquement s'éloigner un train impossible à rattraper.

Nous pouvons consoler Elsa et lui affirmer que nos sentiments traversent le temps et l'espace, comme un vol blanc de pigeons voyageurs qui, au crépuscule, retournent à leur point de départ ; ils nous relient à une éternité où toute souffrance est abolie.

Éliane
et le miroir aux alouettes

Éliane avait la quarantaine, était mariée depuis une quinzaine d'années à un professeur, et exerçait, quant à elle, le métier d'orthophoniste en cabinet libéral. Elle s'était peu à peu spécialisée dans la correction des voix d'adultes tandis que son associée Christine se consacrait exclusivement à la rééducation des enfants. Elles formaient un tandem complémentaire, leur cabinet marchait bien ; Éliane qui s'était beaucoup donnée à ce métier en début de carrière, allégeait à présent ses horaires, prenant de plus en plus de temps pour son nouveau loisir : le golf. Elle y consacrait régulièrement deux demi-journées par semaine. Sa profession la mettait en rapport avec les milieux médicaux, et c'est ainsi, en se renseignant auprès d'un chirurgien adepte de ce sport, qui lui avait envoyé un patient en rééducation, qu'elle se laissa convaincre et introduire la première fois dans un club. Elle y prit goût, après une période d'apprentissage un peu longue et difficile ; le grand air et la marche la libéraient de la routine étriquée de son quotidien et la défoulaient des tensions de son métier. Et surtout, ce qu'elle n'aurait osé avouer, notamment à son mari, c'est qu'en pratiquant le golf et en fréquentant des gens d'un milieu plus aisé que le sien, elle se sentait une autre personne, plus raffinée, supérieure. Les femmes y étaient toujours élégantes, les hommes courtois, et la vie semblait facile et lisse, comme le gazon qui s'étendait à perte de vue. Les conversations étaient légères, souvent badines, et les flirts n'étaient pas exclus. Sans en prendre vraiment conscience, le terrain de golf devint son terrain de chasse, mais était-elle gibier ou chasseur ? Vous en jugerez par vous-même.

Elle recherchait volontiers la compagnie des partenaires masculins. Elle eut l'occasion de côtoyer un membre du club qu'on lui présenta avec déférence. Ce monsieur était en effet le nouveau directeur de la plus grosse entreprise de la ville, entreprise bien connue qui constituait un vivier d'emplois important pour la région. Il devait avoir plus de la soixantaine, était grand, et portait beau. Un visage émacié, un regard bleu acier, vif et scrutateur, des cheveux argentés coupés en brosse lui donnaient un air énergique malgré les rides profondes qui trahissaient son âge. Éliane était assez jolie, savait se montrer vive et spirituelle quand elle se sentait admirée. Elle se surpassa en sa présence ce jour-là. Le hasard qui les avait placés comme partenaires devint un peu moins hasard, ils se retrouvèrent les mêmes jours sur le terrain, devinrent partenaires réguliers et le flirt discret des débuts prit vite une autre tournure. « Appelez-moi Henri », avait-il dit très tôt à Éliane qui, bien sûr, lui rendit la pareille, mais pour sa part, elle eut d'abord du mal à l'appeler ainsi, impressionnée par son rang social, tellement au-dessus du sien. Lui, en revanche, prenait plaisir à prononcer le prénom d'Éliane, avec des inflexions diverses au gré des circonstances, mais avec une douceur toute particulière quand ils se quittaient, la partie finie, comme une caresse secrète. Elle en rosissait de plaisir et repartait le cœur léger, ébloui. De conversations aimables en confidences, elle en vint à savoir qu'Henri était né d'un père officier, qu'il avait passé son enfance en Indochine, qu'il avait fait ses études en France, mais qu'après être sorti de Polytechnique, il avait commencé sa carrière aux États-Unis où il s'était marié une première fois. Divorcé et revenu en Europe, il avait occupé plusieurs postes importants, pas seulement en France d'ailleurs, à Londres et à Bruxelles également ; à Paris, ces dernières années ; entre temps, il s'était remarié mais avait divorcé une nouvelle fois. De ces unions successives il avait eu plusieurs enfants, deux fils et une fille, mais ils étaient adultes à présent, mariés eux-mêmes, et il avait pratiquement perdu contact avec eux. Ce dernier poste en province qu'il occupait, il avait conscience que c'était sans doute le commencement de son déclin, si prestigieuse que semblât aux yeux des autres sa carrière. On l'invitait partout dans la bonne bourgeoisie, mais il se sentait un peu seul. Éliane lui avait d'abord parlé de son métier. Il avait eu l'air de s'y intéresser bien qu'il n'en connût pas grand chose en réalité. Elle ne lui révéla qu'un peu plus tard qu'elle était mariée, ce à quoi il répondit qu'il le savait. Elle fut surprise et rétorqua qu'il devait donc aussi connaître la profession de son mari. « En effet, dit-il en souriant ; en province, tout se sait très vite. »

Il devint un soupirant plus empressé. Il l'invita au restaurant plusieurs fois. Elle dut par la suite mentir à son mari à propos de certaines sorties, qui se firent de plus en plus fréquentes. Tant que leurs relations n'avaient pas dépassé le flirt mondain, Éliane s'était laissée aller avec délices au plaisir d'être courtisée. Elle trouvait cet homme séduisant, et la forte volonté qui ressortait même de son physique la subjuguait. Toutefois, elle se retrouvait à présent dans une situation fausse qui la mettait très mal à l'aise. En même temps, elle était si flattée dans son orgueil d'être l'objet de toutes les attentions d'un tel homme que renoncer à cette relation, elle n'y songeait même pas. Elle ne se voyait non plus devenir sa maîtresse attitrée, tout en étant mariée. Elle se sentait prise au piège. Henri avait l'air d'être sincèrement épris. Il lui proposa un week-end à Amsterdam. Elle refusa, il lui était impossible de trouver une excuse d'absence pour deux jours. Ce fut l'occasion d'une mise au point radicale : à qui tenait-elle le plus ? raisonnait-il ; à son mari ou à lui ? Si elle tenait à ménager son mari, pourquoi s'être laissée courtiser ? Elle n'était plus une petite fille, elle ne pouvait jouer constamment un double jeu. Il fallait qu'elle choisisse. Ce à quoi elle lui répondit, les larmes aux yeux, qu'elle ne pouvait prendre une décision qui la mît en péril sans être sûre d'un avenir où elle aurait une place honorable. « Vous, les femmes, êtes toutes les mêmes, dit-il. Il vous faut la bague au doigt. Mais dans le cas présent, ce n'est pas moi qui suis marié, et l'obstacle est de votre côté (ils se vouvoyaient, même dans l'intimité, et elle trouvait cela extrêmement séduisant). Je tiens à vous, Éliane. Le jour où vous aurez divorcé, si notre différence d'âge ne vous effraie pas, je vous épouserai. Mais comme cela prendra du temps, acceptez que nous continuions à nous voir en attendant, le seul point important à vos yeux et aux miens étant que votre mari soit au courant et que la situation soit nette. Je ne me manifesterai plus. Je vous laisse le soin de me joindre quand vous l'aurez fait. »

Éliane s'en revint chez elle, fort perturbée, aussi craintive de perdre Henri que triste d'annoncer à son mari son intention de le quitter. Qu'avait-elle contre lui, en effet ? Rien. Antoine et elle s'étaient connus à l'Université. Ils avaient beaucoup d'affinités et ils s'étaient épousés dans l'enthousiasme de leur jeunesse dès la fin de leurs études, heureux toutefois d'avoir opté pour des métiers différents, se jugeant complémentaires dans leur cheminement, lui, professeur de lettres, plutôt centré sur la littérature, devenu fonctionnaire d'État, elle, plutôt centrée sur le langage, la linguistique, et le paramédical, travaillant en libéral. Ils avaient mené une existence heureuse, ponctuée de sorties culturelles : musées, expositions diverses, théâtre, cinéma, voyages pendant les vacances. Ils n'avaient pas eu d'enfants, mais n'avaient eu ni la volonté d'en avoir à tout prix, ni celle de les éviter. Le sort en avait décidé ainsi, ils pensaient n'en souffrir ni l'un ni l'autre. Leur couple s'était peu à peu englué dans un confort douillet sans qu'ils y prissent vraiment garde. Chacun avait aussi essayé de se réserver des temps de respiration personnels : Antoine faisait du footing le dimanche matin avec des copains, Éliane avait choisi, après avoir pratiqué du tennis, de faire du golf ; Antoine n'y avait rien trouvé à redire, sinon qu'il jugeait ce sport un peu snob, tout en reconnaissant que c'était sans doute un a priori. L'usure du temps avait entraîné une certaine tiédeur dans leurs rapports, mais il n'y avait jamais eu de mésentente profonde et leur amour s'était mué en tendresse et estime mutuelles. Éliane était cependant plus sensible sans doute à la grisaille de leur quotidien.

Quand Éliane ouvrit la porte du bureau d'Antoine, elle était déjà en larmes avant d'avoir même pu prononcer une parole. Antoine corrigeait des copies. Il leva les yeux par-dessus ses verres de lunettes et resta étrangement silencieux, le stylo en suspens. Éliane ne disait mot et le silence se faisait de plus en plus lourd. Antoine ne venait pas vers elle, il se contentait de la regarder avec une certaine tristesse.

« Pourquoi ne me dis-tu rien ? lâcha-t-elle dans un sanglot.

– C'est plutôt toi, il me semble, qui as quelque chose à me dire, fit-il, s'appuyant avec lassitude contre le dossier de la chaise.

– Tu sais tout ? dit-elle dans un souffle.

– Je sais quoi ? » reprit-il.

La digue des mots se rompit et Éliane se lança avec confusion dans les aveux complets de son infidélité, se défendant de l'avoir cherchée consciemment et se disant bien punie par ses tourments intérieurs. « Tes remords sont bien tardifs », dit Antoine. Elle voulut protester, il l'arrêta d'un geste de la main. « Ne te fatigue pas, dit-il, je sais à peu près depuis combien de temps dure cette histoire. » Nouveau silence.

« Et alors ? fit-il. Quoi de neuf ? Monsieur t'abandonne ?

L'ironie du ton la piqua à vif.

– Non, dit-elle, j'ai l'intention de demander le divorce. »

Il accusa le coup, sortit de la pièce, prit son manteau et sortit. Il ne rentra qu'à la nuit tombée.

Ils continuèrent dans les mois qui suivirent à vivre sous le même toit, mais ne se parlèrent quasiment plus, n'échangeant que des informations d'ordre pratique. Antoine allait dormir dans la « chambre d'amis ». Après toutes les démarches administratives nécessaires, quand ils se retrouvèrent devant la justice pour l'ultime tentative de réconciliation prévue par la procédure, ils confirmèrent qu'ils demandaient le divorce par consentement mutuel et que leur décision était irrévocable, mais quand ils se retrouvèrent dehors, encore sur les marches, Antoine se tourna vers Éliane et lui dit simplement, avant de s'éloigner, épaules rentrées et dos courbé : « Rappelle-toi que tout est de ton fait. Je n'avais rien demandé personnellement. » Éliane ne voyait au bout du divorce que la liberté d'épouser Henri, d'avoir une vie différente, un rang social plus élevé, et son cœur était fermé à la compassion.

Quand le divorce fut prononcé, Henri avait été entre temps rappelé à Paris sur un autre poste de direction. Mais il tint parole et épousa Éliane qui le rejoignit. Elle avait vendu les parts de son cabinet à son associée, Christine ; Antoine avait gardé la maison et l'avait dédommagée financièrement de ce qui lui revenait. Le mariage fut discret, mais il fut pour Éliane l'accès à ce rêve de vie aisée, facile, mondaine. Elle ne comptait plus travailler, soucieuse de complaire à Henri qui souhaitait une maîtresse de maison parfaite, sachant recevoir comme le demandait son rang, pouvant accompagner son mari à toutes les réceptions et dans ses déplacements fréquents, parfois lointains, comme la Chine. Il se montrait prévenant et tendre. Éliane était enivrée de sa chance et de son nouveau standing. Elle pouvait enfin s'offrir des robes qu'elle n'aurait jamais osé essayer auparavant. Elle fréquentait les boutiques parisiennes les plus chic, les milieux les plus fermés, la société la plus choisie. Elle vécut dans l'insouciance, la légèreté, heureuse et amoureuse de cet homme à qui le succès semblait toujours sourire… Éliane resta un temps en contact avec Christine ; elles échangeaient quelques nouvelles, mais cela devint de plus en plus rare. Paris, dans son immensité, avait englouti le couple qui avait alimenté les conversations et les potins de la ville de province où ils s'étaient connus, et où ils avaient été vénérés, enviés ou dénigrés.

Dix ans plus tard, Christine qui s'était rendue à Paris en décembre, flânait sur les Champs-Élysées, admirant les illuminations de Noël. Quelle ne fut pas sa surprise de croiser sur le trottoir une femme traînant la jambe et boitant en qui elle crut reconnaître Éliane, mais elle avait tellement vieilli que Christine fut tentée de détourner les yeux. Cependant le regard morne de la passante griffé de pattes d'oie prononcées s'était tourné vers elle et s'éclaira ; les commissures tombantes de la bouche se creusèrent en un pli profond et amer, prélude d'un demi-sourire. Christine refoula sa lâcheté et elles tombèrent finalement dans les bras l'une de l'autre. « Quelle surprise ! Que je suis contente de te revoir » se disaient-elles, contraintes et plutôt gênées mutuellement.

« Que deviens-tu ? dit Christine.

– Oh ! dit Éliane avec tristesse et résignation, j'ai eu bien des malheurs. »

Se souvenant que son second mari avait bien vingt ans de plus qu'elle, Christine l'interrompit : « Ton mari est mort ?

– Oh, dit Éliane avec un petit rire sarcastique, c'est bien pire. Il m'a quittée, il m'a quittée pour une autre femme.

– Je suis désolée, fit Christine d'un ton plutôt neutre.

– Tu ne pouvais pas savoir, dit Éliane. Je crois qu'il n'a pas supporté l'idée de ma maladie » ajouta-t-elle comme pour l'excuser, par orgueil. Mais en réalité, son mari l'avait déjà délaissée avant.

« Quelle maladie ? demanda Christine.

– Une maladie que personne ne voudrait avoir. Tu as vu, je boite. On m'a diagnostiqué une sclérose en plaque, et cette jambe qui traîne, ce ne sont que les prémices de ce qui m'attend. C'est assez terrible.

– Je suis vraiment désolée, répéta Christine qui commençait à éprouver de la pitié. Mais… comment vis-tu ?

– Assez chichement. Je loue un studio. J'ai réussi à trouver un temps partiel. Henri me verse une petite pension, mais j'étais sa troisième femme et il n'est pas Crésus. Il est en retraite à présent. Je crois qu'il est reparti à l'étranger, avec sa nouvelle conquête. »

Christine invita Éliane à prendre un café à une terrasse de bistrot. Elles bavardèrent, firent le tour de leurs connaissances communes…

« Et Antoine ? s'enquit Éliane.

– Toujours dans votre maison, dit Christine. Nous parlons de toi, parfois. Il ne s'est pas remarié.

– Pauvre Antoine, dit Éliane. Il méritait mieux que moi.

– Tu devrais le revoir » dit Christine, dans un élan de pitié.

Suite à cette rencontre avec Christine, Éliane écrivit à Antoine, lui demandant pardon et ne lui cachant rien de sa situation présente. Et cet homme de cœur, discret et plein d'abnégation, qui ne voulait garder en lui que la ferveur d'un premier amour, ouvrit à nouveau sa porte à la femme repentie, la femme qu'il aurait gardée bien que se sachant trompé, qu'il n'aurait jamais voulu voir partir parce qu'il l'aimait malgré tout. Il avait les cheveux grisonnants à présent, avait souffert d'abandon et de solitude, mais soigner Éliane que sa maladie rendait vulnérable, devint sa nouvelle raison de vivre.

Le dénouement de cette histoire peut sembler à peine croyable, mais je le tiens de la principale intéressée elle-même qui, heureusement, sait rendre hommage à ce premier mari généreux.

Léa
et Madame Soubiran

Les parents de Léa louaient une grande maison bourgeoise d'autrefois dont ils n'occupaient que le rez-de-chaussée, la propriétaire, Mme Soubiran, s'étant réservée presque tout l'étage, sauf une chambre où Léa montait dormir le soir. Cette dame était une vieille femme très âgée, mais elle était toujours très soignée de sa personne, coquette même, bien que toujours vêtue de noir et elle avait gardé d'une mode révolue une chevelure qu'elle ne coupait jamais et qu'un lourd chignon retenait emprisonnée dans une résille de velours noir pendant la journée ; le soir, quand Léa montait se coucher, les pièces ouvrant toutes en demi-cercle sur le palier, elle apercevait de temps à autre une silhouette en longue chemise de nuit blanche sortir de la salle de bains pour gagner sa chambre. Un rideau opaque de cheveux gris ondulants l'enveloppait jusqu'aux reins. Cela lui faisait vaguement peur, elle pensait aux fantômes, mais ce qui impressionnait encore plus la petite fille, c'était le salon cossu où la propriétaire n'allait presque jamais : il était la plupart du temps plongé dans la pénombre, les fauteuils en étaient recouverts de housses, la cheminée regorgeait de bibelots démodés, la commode était chargée de portraits dans des cadres tarabiscotés, et Mme Soubiran les essuyait avec dévotion. « Voici mon défunt mari », avait-elle dit à la petite, un jour qu'elle s'adonnait à cette tâche et que Léa était venue lui porter un paquet laissé au rez-de-chaussée par le facteur. Il y avait aussi trois photographies de jeunes gens : « Et voici mes enfants, ceux qui ont vécu. » Elle avait les yeux embués en présentant ainsi sa famille, et Léa avait fait oui de la tête, muette et gênée. Elle était vite redescendue auprès de sa mère.

« Maman, qu'est-ce qu'il faisait, le mari de Mme Soubiran ?

– Il était médecin, dit sa mère. Elle est très fière de lui. Il est mort vers la quarantaine.

– Et combien a-t-elle eu d'enfants ? Il y a trois photos dans son salon.

– Oui, elle a trois fils. L'un est médecin comme son père, les autres ont fait de grandes écoles d'ingénieur. Elle est très fière des trois.

– Est-ce qu'elle a eu d'autres enfants ?

– Oui, fit la mère, plusieurs, quatre autres je crois, mais ils sont morts tout bébés.

– Oh ! La pauvre, dit Léa. Elle n'a pas eu de chance. »

Léa se tut. Elle était une petite fille sensible, dont l'imagination travaillait sans cesse. Elle resta donc avec cette pensée d'enfants morts encore bébés. Il y en avait eu quatre, autant que de fauteuils dans le salon, recouverts de draperies blanches qui, dans leurs plis profonds, ressemblaient à des berceaux, comme en souvenir d'eux, de même que trônait sur une commode la photo de leur père. C'est pour cette raison, se dit-elle, que Mme Soubiran n'ouvrait presque jamais les persiennes du salon. C'était l'endroit sacré de la maison. Bien sûr, les bébés étaient enterrés dans le cimetière où se rendait régulièrement la vieille dame. Mme Soubiran était riche – du moins aux yeux de Léa puisqu'elle possédait cette grande maison et que ses parents, eux, ne pouvaient être que locataires – ; pour chacun de ses petits, elle avait dû choisir les plus beaux cercueils qui existaient : tout capitonnés de satin blanc à l'intérieur, et elle les y avaient couchés, en posant doucement leur petite tête sur un joli oreiller brodé à leurs initiales… Le mari de Mme Soubiran était médecin. Comment se faisait-il qu'il n'avait pas pu sauver ses enfants ? Et lui-même ? De quoi était-il mort ? Pourquoi n'avait-il pas pu se guérir non plus ? Est-ce que c'était la même maladie qui les avait tués ? C'était effrayant d'y penser… L'atmosphère funèbre qui régnait à l'étage augmentait le respect et la vague inquiétude que lui inspirait la propriétaire, si digne dans ses austères habits noirs.

« Ma mère Jézabel devant moi s'est montrée,
comme au jour de sa mort pompeusement parée.
Ses malheurs n'avaient point abattu sa fierté ;
Même elle avait encor cet éclat emprunté
Dont elle eut soin de peindre et d'orner son visage,
Pour réparer des ans l'irréparable outrage. »

Quand un jour Léa entendit son grand frère réciter à haute voix ces vers de Racine et les rabâcher pour les apprendre, cette Jézabel dont elle ne savait rien lui fit penser à Mme Soubiran : « Ses malheurs n'avaient point abattu sa fierté. » En outre, quand son frère lui eut expliqué que la suite des vers voulait dire que Jézabel se maquillait pour effacer ses rides mais que la vieillesse ne peut pas se réparer, Léa trouva qu'il en était de même pour Mme Soubiran, qui se tenait toujours la tête très droite et se mettait de la poudre sur le visage quand elle sortait mais dont la peau restait toute fripée et toute flasque sous le menton ; de plus, elle avait deux grands cernes gris sous ses yeux qui avaient toujours l'air de pleurer. D'ailleurs, elle tenait constamment à la main un fin mouchoir brodé, parfumé à la violette, avec lequel elle s'essuyait délicatement de temps en temps le coin de l'œil. Léa décida en elle-même que la propriétaire avait pour prénom Jézabel. Cela lui allait bien. Sa majesté, son parfum et ses vêtements de deuil étaient aussi impressionnants que les vers mystérieux que récitait son frère.

Une autre particularité de Mme Soubiran, étonnante aussi pour Léa, était ses allusions à ses « ancêtres » quand elle bavardait avec leur mère. Le terme même d'ancêtres en faisait pour l'enfant une noble dame du passé. Et pourtant ceux de Mme Soubiran n'étaient pas les riches nobles des châteaux auxquels le mot était associé dans son esprit. En effet, la propriétaire évoquait ses ancêtres à propos de son teint qui était foncé, de ses mains dont l'intérieur était plus blanc, de ses ongles très bombés, de ses pouces très arqués. « Je le dois à mes ancêtres » disait-elle, bavardant parfois avec la mère de Léa qui lui rendait de menus services. Il lui arrivait d'évoquer sa vie et un jour, elle raconta que son mari avait été très fâché parce qu'elle avait suspendu à ses oreilles des anneaux créoles pour aller en soirée. « Il ne te manque plus que la coiffe en madras », lui avait-il dit sèchement et il les lui avait fait ôter. « Comme j'ai pleuré cette nuit-là ! » avait conclu Mme Soubiran avec un soupir. Léa qui n'avait pas perdu un mot de cette confidence, avait demandé ensuite à sa mère : « Maman, qu'est-ce que c'est, une coiffe en madras ?

– C'est un foulard à carreaux que les femmes des Antilles nouent joliment sur le sommet de leur tête.

– C'est où, les Antilles ?

– Ce sont des îles dans l'océan Atlantique, du côté de l'Amérique.

– Pourquoi son mari ne voulait-il pas qu'elle porte ses boucles d'oreille ?

– Parce que ça n'aurait pas plu dans son milieu bourgeois » dit-elle. Et plus pour elle-même que pour sa fille, elle avait ajouté avec agacement : « S'il n'assumait pas les origines de sa femme, il n'aurait pas dû l'épouser. C'est indigne. »

Ainsi, ce mari que Mme Soubiran avait l'air de tant vénérer l'avait peut-être rendue malheureuse. Le mystère de Mme Soubiran s'accrut pour Léa qui regarda dans un atlas où étaient ces îles lointaines dont étaient issus les ancêtres de leur propriétaire.

Un matin, la sonnette retentit à la porte. Léa alla ouvrir. Un vieux monsieur au teint brun, mal rasé, revêtu d'un long imperméable froissé, souleva cérémonieusement son chapeau et demanda si cette demeure était bien là où habitait Mme Soubiran. Léa acquiesça, « mais son entrée personnelle est du côté du jardin, dit-elle.

– Eh bien, j'ai sonné à l'autre porte, mais ça ne répond pas.

– Elle doit être sortie faire des courses, dit Léa.

– Ah, très bien, fit l’homme, elle ne va donc pas tarder. Permettez-moi de me présenter. Je suis son frère, Aristide. »

Pour une surprise, c’était une surprise. Léa n’aurait jamais imaginé qu’un homme aussi négligé fût le frère de leur propriétaire. Elle appela sa mère.

L’homme, après les salutations d’usage, déclina à nouveau son identité. La mère de Léa semblait aussi étonnée qu’elle.

« Si elle n’en a pas pour longtemps, cela vous ennuierait-il que j’attende ici son retour ? Je suis arrivé hier de la Guadeloupe, et une fois dans cette ville, J’ai marché longtemps pour trouver le quartier. Je me sens fatigué, à vrai dire. »

Ce vieux monsieur faisait un peu pitié. La mère de Léa le fit entrer et lui offrit un café. Il regardait sa montre, mais Mme Soubiran ne rentrait toujours pas. Il se mit à bavarder.

« Ma sœur va être surprise. Je ne l’ai pas vue depuis bien longtemps, depuis son mariage en fait. Je suis venu en France à cette occasion et je ne suis pas revenu depuis. Le voyage coûte trop cher. Mais là, je me suis dit : “Nous nous faisons vieux. Qui sait ce qui nous attend demain ! Il faut que je la revoie avant de mourir.” Ah ! Elle ne va pas me reconnaître, c’est sûr, et moi non plus je ne vais pas la reconnaître. C’était un joli brin de fille, vous savez, quand elle était jeune. Tenez, j’ai une photo d’elle, regardez. »

Son pouce qui tenait la photo avait la même courbure que ceux de Mme Soubiran. Sur un cliché jauni, on voyait une toute jeune fille svelte et souriante, coiffée d’un foulard en madras juché sur le sommet de sa tête et portant de larges anneaux créoles aux oreilles. Léa en était bouche bée. La vénérable et triste dame d'à présent, toujours vêtue de noir, avait été cette jeune coquette qui semblait si gaie !

Le vieil homme continuait : « À dix-huit ans, elle a voulu venir à Paris et elle a trouvé un emploi de bonne d'enfants dans la haute société pour gagner sa vie. Mais bon, jolie comme elle était, elle faisait tourner les têtes, dit-il avec un petit rire. Un an après, un jeune homme qui était un ami de ses patrons a demandé sa main. Ah ! Elle a été contente de faire un beau mariage, je peux vous le dire. Mais alors, finie la fantaisie ! Même son prénom, il a voulu le changer, soi-disant que c'était un prénom qui ne se donnait pas ici. Il l'appelait Suzanne, et vous savez comment elle s'appelait réellement ?

– Jézabel ! lança Léa étourdiment.

– Ah, ah ! Elle te l'a dit, s'exclama le vieux monsieur, l'air content. Jézabel, c'est un nom de reine, tu sais ! »

Léa haussa les épaules et les sourcils d'un air d'ignorance et rougit sous le regard de sa mère qui allait d'étonnement en étonnement.

Mme Soubiran revint enfin de faire ses courses et quand on entendit le trousseau de clefs cliqueter et la porte du jardin se refermer, le frère se leva et alla à sa rencontre. Ce que frère et sœur se dirent dura quelques instants. Léa et sa mère les virent ensuite s'étreindre comme des fous, près du magnolia en fleurs que le médecin avait fait planter à la demande de sa femme. Le vieil homme souleva dans ses bras la vieille dame qui avait perdu toute dignité, pleurant et riant à la fois, et la fit tournoyer dans ses bras. Ils titubèrent et se raccrochèrent l'un à l'autre. Le chignon de la vieille dame s'écroula et une longue mèche de cheveux glissa dans son dos comme une rivière argentée.

Léa n'oublia jamais de toute sa vie la mystérieuse et vénérable propriétaire de ses parents ni le moment d'euphorie de ces retrouvailles intenses.

Benjamin le caméléon

Benjamin était un garçon étonnant. Selon l'entourage et les circonstances dans lesquels vous le rencontriez, vous n'auriez pas dit la même personne. Son comportement d'un jour pouvait être radicalement différent de celui de la veille, et n'eût été son visage, sa silhouette toujours longiligne, vous auriez pu penser qu'il s'agissait de quelqu'un d'autre, car sa tenue vestimentaire elle-même changeait de style.

Lorsqu'il était avec des copains, il adoptait la manière d'être de la majorité du groupe ; colocataire avec des garçons bien élevés, soigneux, soucieux d'ordre et de savoir-vivre, il se montrait méticuleux, ne laissant rien traîner, nettoyant et rangeant la cuisine, faisant son tour des corvées communes avec ponctualité. Si l'atmosphère était je-m'en-foutiste, sans gêne, il l'était ; il faisait comme les autres, laissant sa vaisselle sale dans l'évier, son linge en tas dans la salle de bains, ses chaussures dans le couloir, n'éteignant pas la lumière, claquant les portes sans ménagement. Selon les circonstances, il pouvait parler de la manière la plus choisie, usant d'un niveau de langue soutenu, ou bien truffer ses phrases d'expressions argotiques et parler de manière relâchée, vulgaire. Sa tenue s'accordait au genre du moment adopté : pantalon classique, pull en cachemire par-dessus une chemise au col bien repassé, ou bien jeans, sweat-shirt et baskets aux lacets dénoués. Dans ses opinions, il variait autant que girouette au vent selon ses interlocuteurs : il pouvait se montrer favorable au gouvernement en place, louant les réformes entreprises, comme il pouvait le critiquer vertement et trouver inadmissibles les mesures adoptées ; réprouver la reconduite dans leur pays des étrangers sans papier, défendre les minorités visibles, ou bien regretter qu'il y eût trop d'immigrés et faire preuve de racisme ; militer pour élargir le nombre d'admis aux grandes écoles, et approuver le numerus clausus imposé dans des branches comme la médecine. Qui eût fait un recensement précis de toutes ses déclarations dans des assemblées différentes aurait constaté qu'il pouvait dire une chose et son contraire : mais si vous le mettiez face à ses contradictions, il faisait celui qui ne comprend pas, il reniait ses propos précédents ou assurait qu'il y avait eu méprise, qu'on avait dû mal interpréter ses paroles. Dans sa conduite envers le sexe opposé, il était tout aussi inconséquent : respectueux, courtois, discret et délicat si la demoiselle était de bonne éducation, ou bien dragueur, prompt à coucher si la fille l'encourageait. Il avait tout du caméléon.

Vous le jugerez durement, probablement, sans lui contester une certaine intelligence et un remarquable opportunisme. Si le caméléon change de couleur, nous savons que c'est pour se dissimuler, se fondre dans son environnement et que cette tactique est un moyen de défense passive. Nous pouvons penser qu'il en était de même pour Benjamin. Petit dernier d'une nombreuse fratrie de cinq garçons, il avait un écart d'âge certain avec ses frères ; même avec l'avant-dernier, il y avait quatre ans de différence entre eux ; de ce fait, Benjamin était pour les autres quantité négligeable ; on l'aurait volontiers laissé dans son coin, et pour se faire admettre, il avait pris le pli de suivre ses frères sans se faire remarquer, de ne pas les contrarier, d'accepter ce que chacun d'eux lui commandait. C'est ainsi qu'il était devenu celui dont nous parlons. Nous pouvons donc lui accorder des circonstances atténuantes.

Au cours de sa dernière année à l'université, le hasard fit qu'une étudiante qu'il ne connaissait que vaguement s'inscrivit au même exposé que lui et qu'ils eurent ainsi l'occasion de faire plus ample connaissance. Nathalie (puisque tel est le nom de la jeune fille) était petite, mais elle s'imposait par un caractère décidé. Quand elle s'adressait à quelqu'un, elle plantait droit son regard dans celui d'en face ; Benjamin, pour sa part, avait un regard plutôt fuyant ; il baissait souvent la tête, ce que Nathalie ne faisait jamais. Benjamin, circonspect, se méfiait des filles et attendait donc de jauger Nathalie pour savoir comment adapter son comportement en fonction de ses observations. Mais Nathalie se montra d'emblée une franche et agréable camarade, et Benjamin en fut heureux. Ils eurent ensemble des séances de travail où ils apprirent à mieux se connaître. Nathalie avait un caractère entier et détestait les compromissions. Aussi Benjamin lui parut-il aux antipodes de son propre tempérament. Au fur et à mesure qu'une certaine familiarité s'instaurait entre eux, elle se montra sévère à son égard et entreprit en quelque sorte de corriger son côté caméléon. Dans leurs discussions, s'il se laissait aller à son penchant ordinaire de suivre son opinion pour lui complaire, elle le regardait d'un air désapprobateur et même parfois méprisant : « Ne me dis pas que tu penses comme moi, je n'en crois pas un mot ! » disait-elle, ou bien, condescendante, avec une gentillesse un peu surfaite comme on parle à un enfant un peu bêta : « Bon, entendu, c'est d'accord, mais toi, oui, toi, qu'est-ce que tu penses réellement ? » Elle lui tendait des pièges, argumentait dans un sens, feignait de lui demander s'il pensait comme elle, et quand il avait opiné pour être à son diapason, elle lui lançait sèchement : « Manque de chance ! En fait, je pense l'inverse ! » Elle le désarçonnait et il faisait profil bas. « Comme il est ennuyeux, disait-elle à l'une de ses amies. Il est toujours d'accord avec tout le monde. C'est super agaçant ! Il n'a aucune personnalité, ce pauvre Benjamin. » Et lui, de son côté, songeait : « Comme elle est rosse quand elle s'y met. » Il avait trouvé son confort dans le mimétisme, mais avec Nathalie, il était en plein inconfort. Elle lui disait : « Qui es-tu réellement ? » Il haussait les épaules. « Un caméléon, peut-être ? » répondit-il un jour. Le plus dur pour lui, c'est quand ils se retrouvaient tous deux avec d'autres camarades. Benjamin adoptait les manières du groupe influent du moment jusqu'à prendre les tics de langage de certains, suivait en tout le mouvement général : voulaient-ils aller prendre un verre dans un café quelconque au premier coin de rue ? Il était d'accord ; voulaient-ils aller dans la boîte la plus branchée et la plus select de la ville ? Il était d'accord.

Nathalie lui lançait un petit sourire ironique, ou bien, plus directe et à haute voix, elle lui disait : « Pourquoi vas-tu dépenser ton fric là-dedans ? On peut aussi bien s'amuser ailleurs. » Il hésitait une seconde mais la loi du nombre l'emportait. Nathalie disait à ses amies : « Quelle chiffe molle ! Ça me dépasse ! »

Après la dernière séance de travail, ils se firent la bise en se quittant, et Benjamin dit à Nathalie : « Bon ! On se reverra. C'était quand même bien. Tu vois, j'aurais aimé avoir une sœur comme toi ! Je n'ai eu que des frères.

– Merci, répondit-elle. Enfin j'avoue : je t'ai un peu malmené. Mais n'oublie pas, le caméléon, c'est moche ! »

Les mois passèrent. Ils se croisaient de temps à autre, et ils se faisaient un petit signe de la main en se souriant. Ils allaient parfois prendre un pot ensemble.

Notre histoire pourrait s'arrêter là, vous êtes un peu déçus, vous attendiez peut-être une romance. Eh bien, puisque j'ai le pouvoir de lire dans les cœurs et même dans l'inconscient, je vais vous révéler ce que ces deux-là n'auraient avoué pour rien au monde. Nathalie avait repéré Benjamin sur les bancs de l'amphi et au fond, elle le trouvait plutôt « *beau gosse* ». Aussi quand elle vit qu'il levait la main pour un exposé, elle leva la main aussitôt après et c'est comme cela qu'ils firent connaissance. Benjamin trouva Nathalie mignonne quoiqu'un peu petite. Il fut surpris, mais plutôt agréablement qu'elle se conduisît en « franche camarade ». Il se méfiait beaucoup des filles et de leur pouvoir de séduction. Mais la séduction vous rattrape parfois là où vous ne l'attendez pas. Les grands yeux francs de Nathalie, son naturel, cette manière frontale qu'elle avait de vous attaquer, ses airs de reproche et même parfois de mépris, sa façon de vous tendre des pièges le subjuguaient. Il fut bientôt en pleine situation d'inconfort parce qu'il était amoureux. Quant à Nathalie, elle le secouait et le brusquait parce qu'elle aurait aimé le faire sortir de ses retranchements. Ah ! S'ils avaient lutté sur un pied d'égalité, comme cela lui aurait plu. Si seulement une fois il s'était mis en colère contre elle, elle lui aurait sauté au cou ! Elle s'en voulait de parfois l'humilier parce qu'elle le trouvait touchant et était en fait sous son charme de petit garçon pris en faute, toujours désireux de se faire accepter, tout en le trouvant très agaçant. Ainsi le cœur humain est plein de contradictions. Benjamin qui d'habitude calquait sa conduite sur celle des autres, aurait pu imiter Nathalie, l'attaquer aussi, lui lancer des piques, mais il était un amoureux transi et n'adopta pas cette stratégie. « *Comme elle est rosse quand elle s'y met,* songeait-il avec chagrin, *mais comme elle me plaît. Quand elle me regarde avec son air de défi, je voudrais lui caresser la joue. Peut-être qu'elle me giflerait si j'essayais ?* ». « Qui es-tu réellement ? » lui demandait Nathalie et, de tout son cœur, elle souhaitait entendre : « *Pas celui que tu crois. Qu'importe d'ailleurs. Je voudrais que tu m'aimes.* » Mais il répondit avec une pointe d'humour un peu amer et selon ce qu'il croyait être pour elle : « Un caméléon, peut-être ? ». Quand ils étaient en groupe, Nathalie ne cessait de l'observer, et lui ne cessait de faire semblant de ne pas la voir. « *Pourquoi va-t-il avec les autres ? Il ne m'aime pas du tout, c'est sûr.* » Et lui, de penser : « *Est-ce je renonce à aller avec les autres ? Elle va me mépriser de toutes façons, quel que soit le parti que je prends* » et il suivait le groupe. Nos deux jeunes gens qui, il faut bien le dire, multiplièrent leurs séances de travail sans que ce fût si nécessaire, finirent donc par achever leur exposé et se quittèrent en se faisant la bise. Benjamin dit à Nathalie : « Bon ! On se reverra. C'était quand même bien. Tu vois, j'aurais aimé avoir une sœur comme toi ! Je n'ai eu que des frères. », et en même temps, il pensait : « *Quel idiot je suis ! Qu'est-ce que je suis en train de lui raconter. Je voudrais lui dire que je l'aime, mais c'est impossible à avouer. Elle me jetterait !* » Et Nathalie répondit : « Merci !... » tout en étant effondrée. « *Une sœur ! Je ne suis pour lui qu'une sœur ! Il n'a donc aucun béguin pour moi !* » Les mois passèrent. Ils se croisaient de temps à autre, et ils se faisaient un petit signe de la main en se souriant. Ils allaient parfois prendre un pot ensemble. Assis à la terrasse d'un café, ils regardaient mélancoliquement passer les gens : « *Dommage,* se disait Nathalie. *J'en pinçais pour lui.* » « *Dommage,* se disait Benjamin. *Peut-être aurait-elle été la femme de ma vie.* » Ils parlaient de choses et d'autres, de leurs études, de leurs projets futurs. L'année universitaire s'acheva. Les vacances dispersèrent les étudiants. Benjamin qui n'habitait pas la ville regagna sa région. Ils n'eurent jamais l'occasion de se revoir.

Peut-être êtes-vous encore plus déçus de notre histoire ? Mais qu'y puis-je ? Si nous avançons très loin dans le temps, à une époque où cela est tellement loin derrière eux qu'ils ont tout oublié, je peux vous dire que notre « caméléon » est devenu ambassadeur. Comme quoi, son talent lui a servi à quelque chose. Quant à Nathalie, son caractère abrupt et entier lui a valu quelques déboires dans les débuts de sa vie professionnelle, mais sa franchise et sa force de caractère l'ont servie aussi. Elle est à la tête d'une PME et l'entreprise tourne rondement.

Paul et sa tante

Huit heures moins le quart du matin. Je m'apprêtais à partir au bureau quand le téléphone sonna. J'eus la tentation de ne pas décrocher et regrettai de l'avoir fait car la personne qui était au bout du fil m'annonça que ma tante venait de mourir. Réaction fort puérile (on m'aurait joint de toutes façons) et égoïste de ma part, j'en conviens, mais je fus surtout accablé par le voyage qu'il fallait entreprendre – sept cent soixante kilomètres, de Marseille à Orléans – et la somme d'ennuis et de démarches que cela allait entraîner. Il s'agissait d'une sœur de mon père, très âgée, que je n'avais pas revue depuis des lustres. Nous correspondions une fois l'an à l'occasion des vœux de nouvelle année. Je l'avais connue surtout étant enfant. Mais voilà, j'étais à présent sa seule famille. Il me fallait donc bien assumer. La voisine de ma tante faisait le nécessaire, me dit-elle, en attendant ma venue. Je pris les dispositions s'imposant pour me libérer, fis ma valise et montai dans la voiture. J'arrivai le soir assez tard et pris directement une chambre d'hôtel pour passer une bonne nuit avant d'affronter la suite.

Le lendemain matin, je sonnai chez la voisine qui me conduisit aussitôt vers la maison qu'occupait ma tante. Toutes deux habitaient dans un quartier tranquille, où tout un lotissement de maisonnettes avec jardin à l'arrière avait été construit après guerre. L'atmosphère ressemblait à celle d'un village où les habitants se connaissent tous. La voisine de ma tante par exemple était là depuis trente ans. Elle avait un double des clefs de ma tante depuis plusieurs années et s'occupait d'elle comme si elle avait été sa petite fille, me précisa-t-elle. J'avais un peu honte de moi. Quand elle me fit entrer dans la chambre où reposait la défunte, mon regard fut attiré d'emblée, avant même que je ne contemple la morte, par un mannequin de couturière placé au pied du lit et qui supportait une robe. Je m'astreignis d'abord à regarder ma tante mais mon regard se détournait malgré moi vers ce mannequin et la voisine qui m'accompagnait, comprenant ma surprise, alla tirer les lourds rideaux qui masquaient la fenêtre pour faire entrer la lumière et dit sobrement : « C'est selon sa volonté. Elle l'a réclamé avant de mourir. » Le mannequin était revêtu d'une magnifique robe de bal d'autrefois, robe longue, décolletée, manches bouffantes jusqu'aux coudes, en tulle rose pâle, à la taille ceinturée d'un ruban de satin dont les larges pans du nœud retombaient sur le devant. C'était évidemment un tableau assez surréaliste que cette gisante veillée par un mannequin sans tête somptueusement paré d'une tenue de fête. Mais puisque nous n'étions plus dans la pénombre, je finis par détacher mon regard de la robe et contemplai avec curiosité le visage de celle qui n'était plus de ce monde, visage tout flétri, que j'avais peine à reconnaître puisqu'il y avait si longtemps que je ne l'avais pas vue, mais étrangement serein, dont les yeux avant de se fermer s'étaient rassasiés de ce qui était son œuvre, car la voisine s'empressa de m'en informer, c'est ma tante qui avait confectionné cette superbe robe. Je savais qu'elle avait autrefois exercé le métier de couturière, mais elle était en retraite depuis si longtemps que pour un peu, j'en aurais oublié sa vie antérieure. Dans mon esprit, elle n'était qu'une petite vieille qui devait passer une bonne partie de sa journée recroquevillée dans un fauteuil en train de regarder la télévision. Je me trompais complètement, comme je n'allais pas tarder à m'en rendre compte.

Après un temps de recueillement convenable et après avoir réglé un certain nombre de démarches matérielles pour lesquelles la voisine me fut d'un grand secours – c'est elle par exemple qui alla au presbytère fixer la date des obsèques –, en fin de journée, je pus enfin souffler et lui demandai de me parler de ma tante. « Nous avons encore demain avant l'enterrement, dit-elle, je vais avoir tout loisir de vous montrer ce qu'il faut absolument que vous voyiez. » Sur ces paroles sibyllines, elle me demanda où je comptais dormir. Je répondis que je préférais garder l'hôtel où j'étais descendu. J'avais contacté une entreprise de pompes funèbres et demandé que le corps de ma tante soit transporté dans un funérarium dès l'après-midi. Je n'avais pas l'intention de passer mes nuits dans sa maison qui m'était inconnue et où je me sentais un intrus.

Le lendemain, je vins prendre le petit déjeuner de bonne heure à l'invitation de ma voisine. Elle me parlait de ma tante pour laquelle elle avait une grande admiration. « Elle n'aimait pas la laideur, sous aucune forme, mais particulièrement, elle détestait les habits du monde moderne. Ces jeans qu'on voit partout, qui ne permettent même plus de distinguer garçons et filles, qui se portent quasi en toutes circonstances, elle avait ça en horreur. Elle disait souvent cette phrase, en soupirant : « Les gens ne savent plus s'habiller. » Eh bien, elle, elle avait entrepris de résister à sa manière, de vivre dans un autre monde. C'était une artiste. Elle a vécu chichement au quotidien, si je puis dire, mais elle n'a jamais regardé à la dépense pour son passe-temps favori. Elle avait dans ce domaine des goûts de luxe. Si vous avez fini votre café, je vous emmène voir. » Elle décrocha le trousseau de clefs de ma tante et nous pénétrâmes dans la maison. Elle me conduisit directement au premier étage, dans une chambre très claire qui, en dehors d'un large fauteuil, était occupée par une énorme penderie fermée par des panneaux coulissants. La penderie semblait pleine. « Ce sont les plus belles robes qu'elle a créées depuis qu'elle est en retraite. La robe de bal rose que vous avez vue dans sa chambre, hier, c'est la dernière. Elle se sentait en urgence. Elle a voulu du romantisme pour finir, retrouver la fraîcheur d'une jeune fille à son premier bal. Elle a vraiment travaillé dur les dernières semaines. Ce n'était pas raisonnable, mais c'était si important pour elle. Elle s'est alitée au moment des dernières finitions. Et puis, elle ne s'est jamais relevée. » dit la voisine qui commença à décrocher un cintre, poussant les autres pour mieux le sortir. Elle retroussa la housse de plastique qui ne laissait deviner qu'une ample forme de vêtement, et dégagea une longue robe de velours marron rehaussé de guipure blanche sur tout le corsage au petit col montant couvert de dentelle, aux manches bordées au poignet de la même dentelle. Elle la posa sur le fauteuil. « C'est un style 1910-1920 », d'après ce que me disait votre tante, précisa la voisine. Ce disant, elle sortait les robes longues les unes après les autres, les dépouillant de leur housse : une robe couleur cerise, au bustier très sobre, sans manche, avec un drapé de jupe en forme de pétales ; une en velours bleu nuit s'évasant en plis profonds, à manches longues, au corsage décolleté en V bordé de perles incrustées blanc nacré ; une en soie de couleur corail, brodée dans le bas d'arabesques ton sur ton rehaussées de strass ; une robe bicolore en satin blanc sur fond noir, le pli de la jupe fendu sur le côté laissant voir le jupon, avec bustier asymétrique découvrant une épaule, ornée à la taille d'une cascade de fleurs noires d'un côté ; une robe en brocart bleu roi avec traîne, aux manches longues et étroites. Tout était élégant, splendide, digne de cours royales. Je découvrais avec stupeur l'incroyable talent de ma tante. Je commençai à regretter de ne m'être jamais intéressé de près à sa vie. Quand je lui écrivais, c'était elle qui m'interrogeait sur ma carrière, mais elle restait très discrète sur elle-même. Je la voyais en petite dame célibataire, rangée, étriquée, alors qu'elle avait une dimension tout autre, tellement fascinante.

« Mais, dis-je, que faisait-elle de toutes ces splendeurs ? Elle les vendait ?

– Certaines, oui, dit la voisine, pour pouvoir acheter d'autres fournitures. Mais confidentiellement, car elle n'était plus en activité. Elle avait encore des contacts parisiens. Et puis, elle gardait ses plus belles créations. Elle n'aurait jamais voulu s'en séparer. Elle ne les reléguait pas une bonne fois pour toutes dans un placard. Elle les suspendait dans son séjour, comme on accroche un tableau ou bien en revêtait son mannequin de couturière et quand on venait lui rendre visite, elle nous en faisait la surprise. On ne savait jamais laquelle elle allait exposer. »

Au crochet des cintres était attaché un carton portant un numéro. « Vous voyez, dit-elle, toutes ses robes, elle les a classées et elle a tout répertorié dans un cahier. Alors, il vous suffit de chercher le numéro, en face vous avez la description, tous les détails sur les tissus, les ornements, la coupe, le style. Enfin tout, quoi. Je vous le montrerai quand nous allons passer dans son atelier, à côté. Auparavant, aidez-moi à tout remettre en place. » Il nous fallut beaucoup de temps pour glisser à nouveau les robes dans leur housse et les ranger dans la penderie. Après quoi, nous passâmes dans la pièce contiguë, très claire elle aussi, donnant sur le jardin. C'était un incroyable foutoir, où trônait au centre une antique machine à coudre dont elle n'avait jamais voulu se séparer, paraît-il, tout en travaillant aussi avec une machine plus moderne. Des pièces de tissus étaient enroulées et appuyées contre les murs, ainsi qu'une règle en bois graduée, et des rubans, des dentelles, des chutes de tissus de toutes sortes, de toutes couleurs encombraient le parquet. Des boîtes pleines de bobines de fil, des ciseaux, des crochets, des aiguilles, un mètre, un aimant en fer à cheval, des craies, des patrons, du papier soie traînaient sur une table. La voisine alla droit à la table dont elle ouvrit le tiroir et en retira le cahier dont elle m'avait parlé. En effet, en face de chaque numéro, il y avait une description minutieuse de la robe lui correspondant, écrite en fines pattes de mouche, presque illisibles. Je ne m'y connaissais pas en couture, et un certain nombre de termes techniques m'échappaient, mais je mesurais l'importance d'une telle collection, si bien répertoriée.

« Qu'est-ce que tout ça va devenir ? fis-je en poussant un soupir, sincèrement attristé. – Oh ! dit la voisine, je crois qu'elle avait sa petite idée là-dessus. Elle a fait un testament qu'elle m'a envoyé porter chez son notaire, mais elle m'a demandé d'en faire une photocopie et de la garder pour vous informer du contenu. »

J'étais un peu troublé par autant de révélations et de découvertes dans cette même journée. Pendant mon voyage pour arriver jusqu'ici où j'avais eu le temps de ressasser maintes pensées, J'avais espéré qu'elle ne m'avait rien légué et que tout son bien – insignifiant pensais-je – irait à des œuvres, ce qui me soulagerait grandement. Je n'avais que faire d'un héritage auquel je n'avais jamais aspiré. Il me fallait à présent lire un testament. L'heure du déjeuner étant passée depuis longtemps, nous retournâmes chez la voisine qui, décidément, me prenait en charge comme un gamin, malgré ma cinquantaine et ma calvitie prononcée. « Ce n'est pas grave, dit-elle. Nous allons manger à l'heure espagnole ! Après, je vous donnerai la lettre. » Je n'osais rien dire, mais en fait, à présent je grillais d'impatience de prendre connaissance des dernières volontés de cette tante qui m'avait été si lointaine. Le bavardage de la voisine m'exaspérait un peu. Elle me parlait de la cérémonie à l'église, des chants qu'elle avait retenus avec le curé qui était très « humain », des quelques personnes du quartier qui viendraient assister… Enfin, repas pris et table débarrassée, elle me quitta un instant et me tendit une enveloppe. Je la décachetai en essayant de masquer ma fébrilité et lus :

« Mon cher Paul,

Quand tu liras ces lignes, je ne serai plus de ce monde. Bien que nous ne nous soyons que très peu vus depuis de longues années, tu es mon neveu et je te crois bon garçon. Ne sois pas fâché si je lègue ma maison à ma voisine, elle m'a rendu grand service et tu n'en as pas besoin. Je sais que tu gagnes bien ta vie comme ingénieur. Mes économies sur mon livret d'épargne devraient aider à couvrir les frais de mes obsèques. Je vais te confier une tâche que je n'aurai pas pu faire, parce que ce n'est pas de ma génération et que je ne possède pas les outils qui sont à la portée de tous à présent. Je veux parler des ordinateurs et d'Internet. Je ne sais pas comment cela fonctionne, mais je sais qu'on peut se faire connaître par ce moyen, en créant ce qu'on appelle un "site". Alors, voilà, toutes ces belles robes que je me suis usée à faire – même si j'y ai pris grand plaisir – j'aimerais qu'elles ne restent pas ignorées au fond d'une penderie. J'aimerais qu'elles soient prises en photo et qu'on les mette sur Internet. Il paraît même qu'on peut compter le nombre de gens qui regardent ce que vous avez fait. Si, après, tu trouves des acheteurs, je te permets de les vendre, mais pas à n'importe qui ni à n'importe quel prix. Renseigne-toi auparavant. Elles ne méritent pas d'être bradées. »

Ta tante, Marie.

Je fus très ému à la lecture de cette lettre. Par la suite, je fis le nécessaire, je créai un site selon son vœu, qui me prit beaucoup plus de temps que je ne l'aurai cru au départ. Je fis même appel à des professionnels pour photographier les toilettes avec un matériel d'éclairage adapté à leur mise en scène. Par curiosité, je fis estimer l'ensemble de la collection par un commissaire-priseur qu'on m'avait indiqué. Je crois que ma tante aurait été très satisfaite du prix avancé. Personnellement, je n'aurais jamais imaginé une telle somme, mais il était pour moi hors de question de vendre les robes. Conscient néanmoins que cette collection serait peut-être un jour dispersée à ma propre mort, je pris contact avec des conservateurs qualifiés pour faire une donation au musée de la mode de la ville de Paris, le musée Galliera. Ainsi, grâce à la magnificence de ses robes, ma tante passa-t-elle de son modeste atelier méconnu à la postérité et de son humble statut de couturière au prestige d'une grande créatrice de mode. J'espère qu'elle peut s'en réjouir dans l'au-delà.

Les nuits de Josiane

Josiane avait beaucoup jardiné en cette journée de printemps et elle était épuisée ; son jardin n'était qu'un petit lopin de terre attenant à sa maisonnette, mais elle avait bêché avant de planter ses semis, travail rude pour une femme, qui plus est approchant de la soixantaine. Elle était veuve depuis une dizaine d'années et il lui avait bien fallu se débrouiller sans homme pour faire le bricolage et les travaux qu'accomplissait autrefois son mari. Elle faisait au mieux mais elle n'avait pas vraiment de sens pratique, et pas plus tard que la semaine dernière, ne lui avait-il pas fallu faire appel à un serrurier parce qu'un coup de vent avait refermé sa porte d'entrée alors qu'elle n'avait pas ses clefs sur elle. Un incident vraiment bête ! Payer un déplacement d'artisan, de nos jours, coûte cher, et son budget était serré. Enfin, ça lui apprendrait à faire attention. Bon, en tout cas, ce soir, elle n'allait pas faire de vieux os. Josiane se coucha de bonne heure et s'endormit lourdement.

Quelle heure était-il ? Oh, minuit/une heure sans doute. Josiane, courbaturée, se tourna et retourna dans son lit. Pas moyen de trouver une position confortable. Elle avait mal aux reins. Elle en avait trop fait aujourd'hui, elle le payait, c'est sûr. « Je suis à la limite du lumbago », se disait-elle. Les persiennes laissaient filtrer la lumière du lampadaire de la rue, si bien que l'obscurité de la chambre n'était pas vraiment totale. Cela la gênait. Elle se retourna encore, du côté opposé à la fenêtre. C'est alors qu'une sourde angoisse l'envahit et la tint immobile entre ses draps : il y avait une masse d'ombre tapie contre le mur et cette masse avait bougé un peu. Son cœur se mit à battre, elle ferma les yeux par instinct, renonçant à voir ce qui ne pouvait être qu'un danger imminent et terrible ; il valait mieux faire semblant de dormir ; rien ne se produisit ; quand elle releva les paupières avec prudence, la masse avait disparu. « Suis-je bête, se dit-elle. Je rêvais. Décidément, je vis trop seule, pour en arriver à faire des cauchemars de ce genre. C'est vraiment désagréable. » Elle se recroquevilla dans son lit et essaya de retrouver le sommeil. En vain. Elle allongea le bras et appuya sur le bouton de sa lampe de chevet. La douce lumière rose émanant de l'abat-jour s'épanouit dans la chambre dont son regard fit le tour avec contentement : elle avait aménagé avec soin cet espace, harmonisé savamment les couleurs de la couette avec celle du tapis, meublé sobrement la pièce pour ne pas trop la rapetisser (un grand placard coulissant en face du lit comprenait étagères d'un côté et penderie de l'autre), si bien que le joli petit secrétaire de palissandre qu'elle avait hérité de ses parents attirait parfaitement le regard. C'était à côté de ce meuble qu'elle avait cru voir une masse d'ombre dans son rêve. Elle se secoua un peu, se redressa dans l'intention de se lever pour aller boire un verre d'eau, mais y renonça parce qu'elle se sentait trop endolorie et prit plutôt un livre dont elle lut quelques pages avant d'éteindre et de finir sa nuit. « Demain, se dit-elle, si j'ai autant de courbatures, je prendrai un somnifère. » Ce qu'elle fit, en effet, les deux nuits suivantes, car finalement, elle avait bien un lumbago. Elle dormit profondément et s'en trouva ragaillardie.

Vers la fin de la semaine toutefois, elle retrouva un sommeil un peu agité. Elle rêvait qu'elle entendait des bruits, quasi imperceptibles, mais angoissants : un souffle, un léger frottement de porte. « Je suis impressionnable, se dit-elle. Décidément mon cauchemar de l'autre jour m'a déstabilisée. » Sur ce, elle s'absenta une petite semaine chez sa sœur qui habitait à une cinquantaine de kilomètres. Mais elle n'aimait guère quitter sa maison et quand elle revint chez elle, c'est avec bonheur qu'elle retrouva ses habitudes et qu'elle se mit au lit le soir du retour, trouvant, ma foi, que rien ne valait son matelas et sa couette douillette. Elle s'endormit avec bonheur.

Mais en pleine nuit, elle entendit comme un frôlement contre la porte, elle ouvrit les yeux à moitié, et la même angoisse l'étreignit : une silhouette se mouvait dans l'ombre. Cette fois-ci, elle allongea rapidement le bras pour faire de la lumière et poussa un cri : un homme était là, qui la regardait, sans bouger. Sa peur cependant régressa un peu sous l'effet de l'étonnement car elle connaissait cet homme qui, lui aussi, semblait sous le coup de la surprise et manifestait non pas de l'agressivité, mais une sorte de confusion.

« C'est vous, Monsieur Lemoine ? », dit-elle bien qu'elle le reconnût clairement. C'était le serrurier auquel elle avait fait appel quelque temps auparavant, et qu'elle avait trouvé bien obligeant, quoiqu'un peu cher. Il avait une bonne tête. « Que faites-vous ici ?

– Rien, dit-il.

– Comment ça, rien ? dit-elle. Que faites-vous dans ma chambre en pleine nuit ?

– Rien, je vous assure, dit-il. N'ayez pas peur.

– On n'entre pas chez les gens comme ça, dit-elle. Ça ne se fait pas. Vous cherchez de l'argent ?

– Oh non, dit-il indigné. Je ne suis pas un voleur.

– Mais alors quoi ? Vous savez, vous auriez pu me causer une crise cardiaque. Hein ? Imaginez !

– Écoutez, dit-il, je ne recommencerai plus, je vous le jure.

– Mais que faites-vous ici ? dit-elle.

– Je ne sais pas, dit-il, avec un air d'excuse. Disons que je suis insomniaque. Comme je n'arrive pas à dormir, je me lève, et puis je me promène.

– Se promener dans la rue, c'est une chose, dit Josiane, mais entrer chez les gens en est une autre ; il faut que vous soyez malade pour faire un truc pareil.

– Non, non, dit-il. Je vous assure. Je suis parfaitement normal.

– J'ai du mal à le croire, fit-elle. Vous aviez bien un mobile pour entrer chez moi.

– Ben, je vis en solitaire, je suis seul dans la vie, alors j'aimerais de la compagnie. Une personne comme vous, toute simple, de votre âge. »

Il restait là, gauche, se balançant d'un pied sur l'autre. Quant à elle, tout en parlant, elle avait pris sa robe de chambre posée au pied de son lit, l'avait endossée, s'était levée et avait glissé ses pieds dans ses pantoufles. L'homme ne faisait pas un geste. Il baissait la tête.

« C'est une drôle de manière de chercher de la compagnie ; vous n'avez donc pas d'amis ? »

Elle était pleine de méfiance. Elle raisonnait en elle-même : d'abord, l'éloigner de la chambre ; lui parler, ne pas cesser de lui parler, comme à un être raisonnable ; puis le reconduire à la porte. Elle avançait et lui, tout penaud, reculait dans le couloir, ils arrivèrent à hauteur de la cuisine.

« J'ai soif, dit-il. Vous n'auriez pas un verre d'eau ? »

Elle pesa un bref instant la demande. Il la regardait et ses yeux bleu clair avaient une candeur déconcertante. Elle prit un verre, le remplit au robinet de l'évier, le lui tendit. Pour se donner une contenance, elle prit un autre verre pour elle-même. Elle s'adossa contre le tiroir qui contenait les couteaux. Ils burent, en silence.

« Avouez-le, dit-elle. Ce n'est pas la première fois ? »

Il ne répondit pas et détourna le regard.

« Merci, dit-il en reposant le verre. Je repars. »

D'un pas décidé, il regagna la porte d'entrée, se retourna en lui tendant la main, comme l'artisan qu'il était dans la journée prenant congé d'une cliente.

Josiane resta éveillée jusqu'au petit matin, et la perplexité se mêlait à son angoisse latente. Cet homme était-il un fou dangereux ou un doux maniaque inoffensif ? Elle était incapable de le dire. En tout cas, une chose est sûre, elle irait demain à la gendarmerie porter plainte.

Ce n'était pas aussi simple qu'elle le pensait. Pour un peu, c'est elle que les gendarmes auraient regardée avec méfiance ! On lui fit subir un interrogatoire – déplaisant à ses yeux – où elle avait l'impression d'être elle-même mise en accusation, alors qu'elle était la victime. Il n'y avait eu ni effraction, ni vol, ni dégradation de quoi que ce soit, ni la moindre agression ; pourquoi alors cet homme se serait-il introduit plusieurs fois chez elle, d'après ce qu'elle rapportait. Pourquoi, d'après son récit, lui offrir un verre et boire en sa compagnie ? On n'avait que sa parole pour la croire, mais tout cela était peu crédible. Elle se sentit déstabilisée par les questions soupçonneuses qu'on lui posait. Mettait-on en doute sa santé mentale ? Pour finir, on consentit à enregistrer sa plainte au motif de « violation de domicile ». La gendarmerie mènerait son enquête sur l'homme. On lui en ferait savoir les conclusions. Josiane, comprenant qu'il fallait qu'elle se débrouillât seule, alla acheter, dans la journée, un verrou qu'elle fit poser par un voisin à sa porte d'entrée ainsi qu'une targette pour s'enfermer dans sa chambre de l'intérieur.

Des mois plus tard, parce que le témoignage de Josiane fut recoupé par d'autres du même genre, M. Lemoine fut enfin arrêté. En tant que serrurier, il lui était effectivement facile d'utiliser un passe, mais il n'avait jamais fait de mal à personne. Il écopa d'un an de prison et d'une amende. Confié à un psychiatre, il s'en tint seulement à l'explication suivante : il aimait regarder dormir les femmes, comme il regardait sa mère dormir quand il était enfant.

Le sourire d'Alexandre

Quoi de plus beau que le sourire ? De l'enfant qui naît n'en guettons-nous pas la première apparition avec émotion ? Et lorsqu'il s'esquisse quelques semaines plus tard pour la première fois, incertain, ne nous semble-t-il pas que cet être fragile vient de nous faire le cadeau le plus précieux que nous ayons jamais reçu ? Nous oublions par la suite cette grande émotion, même si le sourire reste autant de fleurs gracieuses que l'homme sème sur son passage. Parmi tous les sourires que nous voyons fleurir, beaucoup retiennent encore notre attention, parce qu'ils reflètent souvent une spontanéité de sentiment toujours appréciée, ils éclairent gracieusement le visage, mais parfois c'est précisément la disgrâce d'un sourire qui nous retient par effet de surprise ; les enfants de six, sept, huit ans qui perdent leurs dents de lait nous offrent des sourires imparfaits, bien que nous n'en gardions jamais une impression désagréable tant le visage d'un enfant de cet âge rayonne de joie communicative. Les sourires édentés des personnes très âgées émeuvent aussi plus qu'ils ne gênent : nous respectons en elles une époque révolue, la gravité du sort qui nous attend, leur mort qui ne saurait être très lointaine. Mais nous sommes à une époque où un sourire disgracié par des dents mal implantées ne saurait plus être admis. L'orthodontie, mot inconnu de nos parents, règne sur toute la société.

Alexandre, neuf ans, avait déjà perdu presque toutes ses dents de lait et beaucoup de dents définitives avaient poussé. Mais l'une d'entre elles, pointant sournoisement par derrière une dent encore en place, prenait une direction nettement oblique. Sa mère l'emmena chez le dentiste, se disant qu'arracher la dent de lait tenace remettrait l'autre dans le droit chemin. Le dentiste enleva effectivement celle qui gênait l'autre dans sa croissance, mais à son avis, après examen minutieux de la dentition de l'enfant, il conseilla à la mère de consulter un orthodontiste. La mère, de retour, décrocha donc son téléphone pour demander un rendez-vous ; une hôtesse à la voix jeune et suave lui répondit d'attendre un instant et l'écouteur lui diffusa longuement une musique de Chopin que la même voix suave interrompit enfin pour lui signifier date et heure et lui poser quelques « petites » questions : quel était l'âge de l'enfant, avait-il déjà consulté ici ou même un confrère ? puisque ce n'était pas le cas, quel dentiste l'avait conseillé et lui avait donné l'adresse du cabinet ? « Bien » disait-elle comme un compliment à chaque élément de réponse. Elle termina en affirmant que le praticien attendait leur visite, et elle le dit comme si cela eût été une grande faveur.

Alexandre et sa mère se retrouvèrent donc devant une maison cossue, à la façade fraîchement ravalée. Une grande plaque de cuivre étincelante donnait le nom du spécialiste et renseignait sur sa profession.

Elle se lisait presque du trottoir opposé et il n'y avait pas à se tromper. La mère sonna. Une accorte jeune fille l'introduisit dans un couloir et s'effaça pour la laisser entrer dans une première pièce qui apparemment servait de secrétariat si l'on en jugeait par une sorte de comptoir derrière lequel une personne jeune et avenante leur décocha un sourire de bienvenue. On était dans la période de Noël, et un grand sapin, élégamment orné de décorations argentées seulement rehaussées de pâles fruits givrés, occupait monumentalement l'espace. Après un questionnaire portant sur la couverture sociale de la mère ou du père, on les pria fort aimablement de passer à la salle d'attente contiguë. La pièce était placardée de sourires d'adolescents plus rayonnants les uns que les autres, sourires à la dentition impeccable bien sûr. Au centre, un poster, plus grand, offrait le cliché d'un groupe de jeunes autour d'une femme d'âge mûr et tous tenaient une coupe de champagne qu'ils tendaient à bout de bras, riant de toutes leurs dents, impeccables bien sûr. Le mobilier de la pièce, outre chaises, fauteuils, porte-revues, comprenait plusieurs tables basses dont l'une offrait ostentatoirement au regard une large corbeille garnie de chocolats. Une petite étiquette invitait à les déguster. Sur une autre table, une machine à café, avec mode d'emploi, invitait aussi à se servir. Sur une autre encore, s'entassaient des prospectus sur les bienfaits de l'orthodontie et une longue liste des avantages d'un tel traitement. Dans un angle, sur l'écran d'une petite télévision, s'agitaient en sourdine des personnages de dessins animés. Une douce chaleur rayonnait dans la pièce, bien agréable dans cette froide journée hivernale.

La même hôtesse à la voix suave vint appeler Alexandre, mais ce n'était pas encore vraiment son tour. Elle voulait simplement lui montrer un petit cabinet de toilette attenant qui permettrait à l'enfant de venir se laver les dents avant de passer chez le docteur. Elle lui fit choisir solennellement une brosse à dents et lui dit que c'était désormais la sienne pour les visites ici, qu'il devrait la rapporter chaque fois qu'il viendrait. Alexandre qui avait soigneusement lavé les siennes avant de venir regarda sa mère mais ne dit mot, en petit garçon bien élevé.

Enfin, ce fut à eux. L'orthodontiste se révéla être la femme de la photo, grassouillette mais plutôt élégante. Elle s'avança à leur rencontre, toute en rondeurs, bien que son regard fût vif et acéré. La mère sentit qu'elle les jaugeait à leur plus juste mesure et une fraction de seconde, elle vit devant elle une chatte angora, grasse, ronronnante, mais à la patte griffue prête à sortir. On examina la bouche d'Alexandre. La mère donna des explications à sa visite ; c'est à Alexandre toutefois que l'orthodontiste s'adressa pour porter le diagnostic. « Tu vois, mon garçon, lui dit-elle, ta bouche est comme une boîte où tu aurais trop de billes. Si tu voulais les aligner, il te faudrait en enlever quelques-unes pour qu'elles prennent chacune leur place. Tes dents, c'est pareil. On va t'arranger ça. On va t'en enlever deux en haut et, ajouta-t-elle d'un ton léger, presque chantant, deux en bas. » « Quoi, dit la mère effarée, quatre dents ! » « Nous y sommes obligés, dit l'orthodontiste en lui jetant un regard sévère, sinon les dents du haut ne correspondraient plus à celles du bas et s'useraient à la mastication. Je vais vous faire une lettre pour votre dentiste. C'est lui qui s'en chargera et il fera ça très bien, ne craignez rien. » La mère allait d'étonnement en étonnement. « Mon traitement ne commencera concrètement qu'après cette première démarche. » La mère régla la consultation – avec dépassement – au secrétariat ; l'hôtesse qui les avait accueillis, avant de les reconduire courtoisement jusqu'à la porte, décrocha une grosse pêche rose et givrée du sapin, et se penchant vers Alexandre, la lui offrit avec le plus charmant des sourires : « C'est pour toi, dit-elle. Joyeux Noël ! ».

La mère d'Alexandre était perplexe. Cette débauche de moyens mis en œuvre l'exaspérait et la rendait très circonspecte. Puisque c'est son dentiste qui devait arracher les dents d'Alexandre, elle lui exprimerait ses réticences et se fierait à son jugement. « Elle a la réputation d'être très compétente, dit celui-ci. Maintenant, voyez-vous, les méthodes des uns ne sont pas toujours celles des autres. Elle me fait arracher quatre dents à votre enfant. Un autre orthodontiste envisagerait peut-être les choses autrement. » La mère ne connaissait personne qui pût mieux la renseigner. Alexandre, quant à lui, croisait dans la cour d'école plusieurs copains dont le sourire était déjà appareillé, il voulait avoir les dents bien droites et être comme les autres plus tard. Sa mère abdiqua et laissa ses réticences de côté. Cette orthodontiste avait l'avantage d'habiter en pleine ville ; on pouvait y aller à pied, sans prendre la voiture, c'était déjà ça.

Nous n'entreprendrons évidemment pas le récit fastidieux du traitement que suivit Alexandre pendant quatre ans. Tout au plus pourrons-nous laisser entendre qu'un beau sourire coûte cher, au propre comme au figuré. Il nous faut bien aborder la question d'argent et le commerce lucratif que constitue cette spécialité, au vu des efforts déployés pour retenir la clientèle. La mère en eut une saisissante révélation lors de son retour au cabinet, quand elle revint avec un Alexandre à qui manquaient donc quatre dents. On lui sortit tout un protocole de suivi annuel, coût financier inclus. Et toujours avec la même amabilité, on lui proposa de fractionner la somme (qui lui sembla exorbitante) en paiement trimestriel pour lui rendre service. Qu'elle n'oubliât pas non plus qu'une partie serait prise en charge par sa mutuelle. On lui suggéra de signer tout de suite les quatre chèques de l'année qui ne seraient encaissés qu'à la date précise fixée sur le calendrier établi par le cabinet. La mère refusa de signer tous ces chèques en une seule fois. On lui expliqua patiemment qu'elle n'avait sans doute pas compris, qu'il n'était pas question de les encaisser tous immédiatement. Si, si, la mère avait bien compris, mais elle aurait l'occasion de revenir régulièrement avec son fils et il serait toujours possible alors de faire d'autres versements au fur et à mesure de l'avancée du traitement. La jeune secrétaire s'empourpra. Elle demanda un instant et alla en hésitant déranger sa patronne, puis revint, encore plus cramoisie. Le bras de fer était terminé. On ferait une exception. La mère ne verserait donc qu'un premier chèque. Alexandre s'ennuyait pendant ces discussions de grande personne. Conformiste comme tous les enfants qui, surtout, ne veulent pas se faire remarquer, il se plongea avec intérêt dans la contemplation d'une vitrine que le sapin devait masquer lors de sa première visite. Elle contenait divers gadgets fort à la mode, des mascottes rigolotes, des jeux de poche, des jeux électroniques pour console, le tout soigneusement rangé dans un ordre croissant de valeur marchande, l'objet le plus cher de tous, une console, trônant en plein milieu. Il comprit vite le pourquoi de cette vitrine quand l'hôtesse d'accueil à la voix suave lui distribua trente jetons en carton et lui expliqua que c'était son capital de bonne conduite. S'il arrivait bien à l'heure, il aurait droit à un jeton supplémentaire, s'il était en retard, on lui retirerait un jeton. S'il avait oublié sa brosse à dents, il perdrait deux jetons… etc., etc. À la fin de son traitement, selon le nombre de jetons amassés, il pourrait en troquer la somme contre un des objets de la vitrine.

Alexandre avait un caractère ardent et joueur, il marcha d'abord à fond dans le système, cherchant à accumuler le plus de points possible et son mérite ne fut pas mince si l'on songe aux douleurs, aux privations endurées et parfois aux moqueries subies, à la difficulté de garder une bonne prononciation alors que l'appareillage entraîne un zozotement contre lequel il faut lutter. Après chaque séance de resserrage des bagues et du fil métallique barrant sa dentition, il fallait lui administrer des antalgiques sans lesquels il n'aurait pu dormir. Il était condamné à ne manger que purées ou aliments hachés, ne demandant pas à être mastiqués. Fini la pomme verte qui croque sous la dent, les tartines grillées, les biscuits secs, et bien évidemment les bonbons. Tout cela pendant quatre longues années. Et encore le traitement aurait-il pu être prolongé si les relations avec l'orthodontiste n'avaient pas fini par devenir parfois conflictuelles, car la dame avait une main de fer dans un gant de velours et le garçon grandissant n'était plus forcément le gentil bambin du départ. Il lui arrivait d'être insolent et de pleurer de rage contenue. L'orthodontiste sembla elle-même se décourager et renoncer à espérer mieux. Il n'eut pas un capital de points correspondant à ce qu'il aurait aimé recevoir au départ… mais il s'en moquait maintenant à bientôt quatorze ans.

La mère fut grandement soulagée quand tout cela fut fini, mais contrairement à ce qu'on aurait pu croire, son opinion sur l'orthodontiste était moins sévère qu'au départ. Exercer un tel métier demandait du courage et l'appât du gain n'était sans doute pas l'unique mobile de ses méthodes qui l'avaient tant agacée. Sans doute cette dame avait-elle à cœur d'obtenir des résultats qui ne pouvaient se voir que sur le long terme.

Et alors ? Alexandre avait-il un beau sourire ? Oui, assurément, vous répondrait sa mère. Mais Alexandre, lui, n'était pas pleinement satisfait. À la mâchoire supérieure il lui restait un très discret écart entre les deux incisives du milieu, qui n'avait pu être comblé… La mère trouvait que cela lui conférait un charme personnel. Les dentures stéréotypées devenaient d'une si grande banalité !

Moi qui ai entrepris de vous raconter cette histoire, je veux rendre hommage à toute cette jeune génération soumise aux épreuves de l'orthodontie. Quand ces adolescents sourient de toutes leurs dents enfin libérées de leur carcan, ils ont bien mérité qu'on leur fasse compliment. Et quand leur beau sourire rayonne de joie, ils ont l'air de jeunes dieux invulnérables.

Annie et les métaphores

Annie avait treize ou quatorze ans quand elle ressentit les premières atteintes d'une étrange maladie qu'on mit sur le compte de l'adolescence, espérant que ce ne serait qu'un trouble passager : elle avait la fâcheuse tendance à prendre les métaphores dont on émaille les conversations au pied de la lettre, si bien qu'elle vivait dans un univers fantastique, soumis à d'incessantes métamorphoses qui défilaient devant ses yeux.

Ainsi, quand elle entendait dire d'une voisine qu'elle avait une langue de vipère, elle voyait réellement une langue fine et fourchue sortir de la bouche de la personne en question. Disait-on à un petit garçon qu'il était un âne, elle lui voyait aussitôt pousser deux longues oreilles de chaque côté de la tête. Sa cousine à qui on reprochait d'être une vraie pie se transformait illico en un gros oiseau noir et blanc sautillant et jacassant. Quand ses parents, discutant entre eux, disait d'un de leurs collègues que c'était un fin renard, Annie ne voyait plus ce monsieur que sous l'aspect de l'animal en question, museau étroit et pelage roux, fouinant et rampant en quête de quelque coup à faire. D'une autre collègue que ses parents traitaient de tigresse, Stéphanie s'effrayait vivement de les voir côtoyer un fauve si dangereux. Sa mère reprochait-elle à sa sœur d'être une tête de mule, le gracieux profil de l'enfant s'allongeait sous le regard d'Annie et ses deux oreilles pointues sortaient de sa chevelure devenue crinière. Un professeur se plaignait-il d'une élève qui n'avançait pas plus vite dans son travail qu'une tortue, Stéphanie voyait le dos de sa camarade s'arrondir et se durcir en carapace, son corps se recroqueviller, sa tête se rapetisser et s'engoncer dans ses épaules. Son vieil oncle était un rat de bibliothèque aux dires de sa femme et Annie le voyait tout gris, yeux noirs et moustache fine, rongeant le papier des livres. Nous pourrions prendre encore une multitude d'autres exemples. Ce monde étrange dans lequel Stéphanie évoluait était d'autant plus pénible que les métaphores étaient souvent à connotation péjorative. Il y avait bien quelques exceptions concernant les tout petits dans les jardins d'enfant, qu'on apostrophait affectueusement avec des « mon petit chat » « mon petit lapin », « mon poussin », « ma poulette », « ma cocotte », ce qui plongeait soudain Stéphanie dans une cour de ferme. Mais il y avait là aussi de quoi attraper la migraine.

D'ailleurs, les métamorphoses ne se cantonnaient pas à un bestiaire. Elles pouvaient concerner d'autres étranges manifestations : un jour de pluie d'orage particulièrement forte, quelqu'un, regardant par la fenêtre, s'était exclamé : « Il pleut des cordes ! » ; Annie avait aussitôt constaté que son champ de vision se rayait de barreaux de cordes verticales. Parlait-on devant elle d'une nuit d'encre, elle voyait sur les vitres s'écouler un liquide noir et épais. Un brouillard à couper au couteau devenait pour elle un bourrage cotonneux résistant qui l'empêchait d'ouvrir la porte et de sortir. Si on s'exclamait qu'il y avait un vent à décorner les bœufs, elle voyait voler dans le pré des projectiles qui ressemblaient bien à des cornes.

Ces hallucinations étaient si éprouvantes qu'Annie se sentait sombrer dans la folie. Elle avait peur par exemple de rencontrer une personne à la voix cinglante car elle s'imaginait déjà la douleur d'un coup de fouet, ou un individu au regard meurtrier qui lui ôterait la vie, la visant comme avec un fusil. Elle n'osait plus sortir.

Elle ne disait pas le quart de ce qu'elle ressentait à ses parents, mais ces derniers, conscients de son profond malaise, l'emmenèrent consulter plusieurs psychiatres. Son mal venait-il d'une incapacité à s'abstraire du concret ou au contraire d'une imagination galopante, exacerbée, trop à vif, incapable de se dominer ? Était-elle victime d'une atrophie ou d'une hypertrophie du cerveau ? Les avis divergeaient. La médecine, relativement impuissante, proposa une pharmacopée lourde et contraignante. Ses parents étaient perplexes sur le bien-fondé de prescriptions qui ne faisaient pas l'unanimité. On envoya Annie faire un séjour chez sa grand-mère, histoire de la changer d'air, en lui recommandant néanmoins de bien prendre certains des médicaments prescrits.

La grand-mère était ravie. Elle aimait beaucoup sa petite fille qui avait passé pas mal de vacances chez elle quand elle était plus jeune, et cette affection était réciproque. Sa grand-mère lui cuisina les petits plats qu'elle aimait. Elles allaient chaque jour ensemble au marché et la grand-mère, d'un esprit très pratique et très terre-à-terre, lui apprenait à reconnaître les bons légumes frais, les fruits non frelatés, fréquentant davantage les étals des petits paysans venus avec leur simple cueillette du matin rassemblée dans quelques paniers, plutôt que les longs tréteaux où s'amoncelaient des pyramides de produits arrivés d'on ne sait où. Elle l'occupa du matin au soir, en lui demandant maints services, en la faisant jardiner, en lui apprenant des jeux de cartes, en l'initiant à la peinture sur soie ; la grand-mère était très minutieuse et aimait un travail fignolé, mais elle n'était pas avare de compliments quand le résultat correspondait à son attente. Pas le temps de laisser déraper son imagination, tant il fallait s'appliquer sous les ordres reçus. Cela n'empêchait pas la grand-mère d'observer l'adolescente, mine de rien, et de la faire parler sur ses symptômes quand elle la sentait détendue et en pleine confiance. Annie se sentait d'ailleurs beaucoup mieux.

Quand les parents vinrent la voir un week-end, la grand-mère les prit à part et les assura de la guérison en cours. Elle dit que pour éviter les crises, il fallait tout bonnement appeler un chat un chat. Toute la confusion mentale d'Annie venait, d'après elle, d'un manque de surveillance du vocabulaire. On truffait les conversations d'images approximatives, on laissait s'échapper des mots qui n'avaient rien à voir avec la réalité, et il fallait les employer dans leur juste définition, sans chichi ni manière. Elle-même s'en était tenue à cette règle simple et cela donnait des résultats. « Mais… protesta la mère qui était professeur de lettres, c'est la négation même de la poésie ! » La grand-mère leva les bras au ciel et répliqua qu'il fallait savoir si elle voulait que sa fille guérît. La poésie, on la trouvait ailleurs que dans les mots. La nature offrait en soi des richesses inépuisables et un spectacle dont on ne se lassait pas. Les botanistes étaient autant des poètes que ceux qui écrivaient des vers. La mère n'osa même plus protester. « Et puis, dit la grand-mère, passez donc davantage de temps avec elle ; si elle vous sent présents à ses côtés, elle aura moins tendance à divaguer. Enfin, pour clore le sujet, fichez-moi donc tous les médicaments à la poubelle. »

« Votre histoire est stupide, dit au conteur la mère d'Annie. Pourquoi ma fille n'aurait-elle entendu que des métaphores péjoratives ? Il y en a beaucoup d'autres qui sont très positives. Ne dit-on pas « un sourire d'ange », « des doigts de fée », un teint de rose », « un port de déesse » ? Tenez, de manière plus globale, quand on parle du charme d'une femme, même ce mot « charme » est une métaphore, puisqu'il vient du latin *carmen* qui signifie « chant magique » et qui traduit bien un attrait irrésistible. (Le lecteur doit se souvenir que la mère d'Annie était professeur de lettres et nous lui laisserons le plaisir de ses doctes explications.) Elle poursuivait : si je vous dis que vous êtes « dans la fleur de l'âge », cela n'évoque rien que la grâce et l'épanouissement de votre jeunesse. Si je dis d'une personne que c'est une « perle », cette image renvoie à quelque chose de précieux et montre ainsi la valeur de la personne dont je parle. Ma fille a donc pu aussi bien vivre dans un monde agréable. D'ailleurs, quand vous évoquez à son sujet tous les termes avec lesquels on apostrophe les enfants et qui auraient fini par lui donner la migraine : « mon chaton, mon lapin, mon poussin, etc. », ce sont autant de mots doux et câlins qui n'évoquent rien que de la tendresse. Même les tout petits qu'on appelle ainsi ne se prennent pas pour un animal. En outre, les métaphores du langage courant sont tellement usées, éculées, qu'elles perdent tout pouvoir d'évocation pour la plupart des gens. Vous auriez pu trouver mieux.

– Je vois, dit le conteur, que vous êtes irritée. Le rôle que vous jouez dans mon histoire vous déplaît. Il est trop bref, et vous faire moucher comme une gamine par la grand-mère vous a exaspérée.

– Mais je ne suis absolument pas d'accord avec ce que vous faites dire à la grand-mère. La poésie n'est pas dans les choses. Elle est dans les mots. Certes, la nature est belle et admirable. Mais je regrette, un botaniste n'est pas un poète. La poésie est un art de l'écriture. Une grande partie de son pouvoir réside dans les images et plus particulièrement dans les métaphores qui offrent un raccourci stimulant par rapport aux comparaisons. Elles sont les pépites de l'imagination et elles sont d'autant plus belles qu'elles sont originales et en perpétuel renouveau. Quand Baudelaire évoque : « le vert paradis des amours enfantines », qui de nous reste insensible à ce bonheur nostalgique d'une enfance innocente et à la fraîcheur des sentiments d'alors ? Quand Apollinaire, inventif et audacieux, écrit :

« Bergère, ô tour Eiffel, le troupeau des ponts bêle ce matin »,

en un vers s'impose tout de suite le tableau d'un Paris qui s'éveille, dessiné à grands traits : la ligne verticale de la tour Eiffel qui se détache et surplombe les lignes arquées des ponts qui enjambent la Seine ;

nous avons une vision panoramique de la ville avec l'agitation et la densité de circulation propres à une grande cité ; nous entendons son bruit fait de mille rumeurs confuses... La tour Eiffel, silhouette familière, est rassembleuse puisque « bergère »...

– Vous n'allez pas nous faire un cours ? interrompit le conteur. Il coupa net l'élan de la mère.

– Vous avez raison, dit-elle confuse. Mais cela m'agace tellement que vous ayez écrit une histoire qui donne aux métaphores un pouvoir maléfique, alors qu'elles enchantent le lecteur.

– Peut-être ai-je cultivé le goût du paradoxe, dit le conteur. C'est que mon art, vous le savez bien, c'est aussi de surprendre. Et puis, je viens d'étoffer votre personnage. Vous devez être contente.

– Eh moi, alors, protesta Annie. Était-il bien utile de me faire passer pour folle ?

– Stop ! ça suffit, dit le conteur. Je suis maître de mes personnages ! » Il referma son cahier en grommelant. « Si je les laisse se révolter, ils iront jusqu'où ? »

Il eut encore le temps d'entendre la grand-mère chuchoter d'une voix malicieuse : « eh oui, toujours l'imagination qui bouillonne et déborde, comme le lait sur le feu ! Elle nous donne du fil à retordre, n'est-ce pas ? »

Sylvia et les bulles de savon

Sylvia était une jeune fille sortie de l'enfance mais elle en avait gardé la fraîcheur et la faculté de s'émerveiller. Elle jouait volontiers avec des petits, regardait avec autant de plaisir qu'eux les vitrines de jouets à Noël, feuilletait les catalogues de jeux avec avidité pour découvrir des nouveautés ou redécouvrir ceux qu'elle avait connus et regrettait de n'avoir plus l'âge de s'adonner à tous ces passe-temps inutiles. Elle avait heureusement quelques neveux et nièces encore en bas âge et pouvait donc partager avec eux des moments de jeu sans complexe, puisqu'on lui savait gré d'occuper les enfants. Aussi, quand elle venait chez son frère ou chez sa sœur, prenait-elle le temps d'acheter une ou deux babioles qui lui faisaient autant plaisir à elle qu'aux petits auxquels elle les destinait. C'est ainsi qu'un beau matin, son regard tomba sur ces petits tubes flashy rose bonbon ou vert fluo avec un cercle fixé au bouchon qu'on vend dans le commerce pour faire des bulles de savon. Elle en fit aussitôt l'emplette et se réjouit de pouvoir renouer avec ce jeu si simple et si joli. Elle devait aller le lendemain chez sa sœur, mais elle ne résista pas au bonheur de l'utiliser avant de le donner.

Quelle magie, ces bulles de savon qu'un souffle suffit à faire éclore, et quelle beauté, ces sphères irisées qui oscillent, tournent, dansent, montent dans l'air et descendent lentement, déployant toutes les couleurs de l'arc-en-ciel, rouge, orange, jaune, vert, bleu, indigo, violet, avec les nuances infinies des plus belles gemmes que traverse la lumière, grenat, topaze, saphir, turquoise, émeraude, aigue-marine, améthyste – que sais-je encore ? – avec une transparence qu'aucune pierre ne peut égaler, et surtout un glissement et une mouvance dans les teintes qui en font un spectacle vivant, féérique et éphémère. Elles s'évanouissent silencieusement et se fondent dans l'atmosphère, rejoignant le bleu du ciel ou bien éclatent tout aussi discrètement en effleurant le sol. Leur fragilité même les rend plus précieuses ; elles n'appartiennent à personne, elles sont insaisissables, et leurs courbes captent capricieusement les reflets de ce qui les entoure, tout en gardant une transparence irisée impalpable. Leur poésie vient aussi de leur légèreté inégalable, plus grande que celle d'un duvet d'oiseau : elles se balancent et flottent au gré d'un simple mouvement d'air : un souffle leur donne vie, un souffle les emporte, un souffle les éteint comme les feux follets, mais alors que ces flammèches ont quelque chose d'un peu inquiétant – il suffit d'en juger par tout le folklore lugubre qui leur est associé – la forme parfaitement ronde des bulles de savon, toute en douceur, ne peut qu'évoquer une plénitude rassurante. Elles ne suscitent qu'admiration et émerveillement.

À coup sûr, l'admiration de Sylvia qui n'en finissait pas de faire épanouir des bouquets de bulles dans son jardin au point de s'apercevoir qu'elle avait épuisé le liquide contenu dans le flacon. Elle essaya bien de reproduire le mélange savonneux avec son produit pour vaisselle, comme elle l'avait entendu dire, mais elle n'arriva pas à obtenir le même effet ; elle se promit de chercher plus tard ce qui faisait la différence, mais en attendant, le lendemain, avant de se rendre chez sa sœur, elle fit un détour pour se procurer un autre tube et ne pas priver les enfants de ce plaisir.

On était en vacances d'été, il faisait beau, elle trouva toute la petite famille installée sur la terrasse de l'appartement qui surplombait une allée ombragée : sa sœur, nonchalamment affalée dans un hamac, lisait tout en surveillant ses deux enfants, une petite fille de quatre ans qui jouait à bâtir une tour de cubes cartonnés près du plus jeune, un bambin de dix-huit mois, placidement assis en face d'elle, un doigt dans la bouche, suçotant et bavant. Sylvia embrassa tout le monde, mangeant de bisous le petit dernier et les bavardages commencèrent. Les deux sœurs reprenaient tout ce qui s'était passé depuis une semaine, mêlant l'anecdotique à des réflexions plus générales, mais revenant souvent aux enfants.

« Alors ? dit Sylvia. Tu as vu le pédiatre pour Théo ? Qu'est-ce qu'il en dit ?

– Bof, fit sa sœur en haussant les épaules. Il dit que je m'inquiète pour rien. Ce n'est pas un drame qu'à dix-huit mois, il ne marche pas. Il n'est pas prêt, c'est tout.

– Tiens, tu vois, on te l'avait bien dit ! Je suis sûre même qu'il fait exprès de ne pas se lancer, il sent ton angoisse, tu le paralyses.

– Peut-être. Mais tu pousses un peu quand même. Tu vas finir par me culpabiliser.

– Mais non ! s'exclama Sylvia, je dis ça en riant, je plaisante seulement.

– Remarque, il n'en est pas loin, sans doute, il se tient ferme sur ses jambes, mais il ne lâche pas son appui, il refuse de soulever les pieds. On le dirait collé au sol. »

« Théo ! appela Sylvia en se tournant vers l'enfant, tu viens me voir ? »

L'enfant la regarda sans bouger. Elle se pencha et le prit à plein bras.

« Oh ! que tu es lourd ! » s'exclama-t-elle. Quand il marchera, dit-elle en se tournant vers sa sœur, il va « couler », heureusement.

Elle le fit sauter sur ses genoux en chantant une comptine. La petite Noémie, à côté, souriait, tête penchée sur le côté, condescendante, en regardant son frère et sa tante. Sylvia reposa Théo.

« Tu voudrais bien aussi que je te fasse sauter sur mes genoux ! dit-elle à Noémie.

– Non, fit-elle en secouant la tête.

– C'est vrai, dit Sylvia, tu es trop grande, mais… mais… mais… – et elle haussait le ton d'un air enjoué – j'ai apporté quelque chose pour toi ! »

Elle fouilla dans son sac et en extirpa le tube pour faire des bulles.

« Je suis une grande magicienne, dit-elle. Tu vas voir ? Reste là où tu es et regarde. »

Elle dévissa le tube, porta l'anneau du bouchon à hauteur de ses lèvres et souffla. Une multitude de petites bulles colorées s'envolèrent. Noémie regardait, émerveillée. Elle se mit à rire et à frapper des mains. Elle suivit du regard les bulles qui s'évadaient de la terrasse et s'envolaient pour s'évanouir dans les arbres. « Encore, encore ! » dit-elle.

Sylvia recommença. Cette fois-ci, elle souffla plus doucement, et une bulle grossit, grossit, s'enfla avant de se détacher de l'anneau, ballottante, se balançant mollement, avant d'être emportée par la brise.

« À moi, à moi ! dit Noémie.

– Attention, fit sa mère. Elle va renverser le flacon si tu le lui laisses. Elle est trop jeune pour jouer avec ça.

– Mais je le lui tiens, dit Sylvia. Regarde, dit-elle à Noémie, souffle bien en face de l'anneau. »

Une autre envolée de bulles s'épanouit au-dessus du balcon. Toutes trois contemplaient cette féérie.

« Maman, maman, regarde, disait Noémie. La bleue, là-bas, elle devient verte !

– Et la rose, à droite, là, oh ! la belle rose qui tourne au mauve » dit sa mère, se laissant prendre au spectacle.

Sylvia regardait en souriant, mais comme le prestidigitateur, soucieux de ne pas laisser de temps mort dans son spectacle, elle s'apprêta à replonger sa tige dans le tube pour lancer un nouveau bouquet de bulles, et alors qu'elle abaissait son regard, la surprise la tint coite, avant qu'elle ne saisisse, muette, le bras de sa sœur.

Théo, attiré par ces jolies sphères aériennes, s'était levé, s'agrippant de ses petites mains contre un pied de chaise, et nez en l'air, chancelant, il avait lâché son appui, tendant sa petite main vers l'une d'entre elles, retardataire ; il fit trois pas en avant, pour retomber lourdement assis sur son derrière bien rembourré.

« Il marche ! » crièrent les deux sœurs en riant. Et la mère de soulever son bambin et de le couvrir de baisers.

« Il marche ! Théo marche ! reprit en écho Noémie.

– Tu vois, lui dit Sylvia, que je suis une grande magicienne ! »

Ainsi l'histoire des premiers pas de Théo resta-t-elle, dans la famille, liée aux bulles de savon. Ce qui ne laissa pas d'augmenter pour toujours leur effet magique auprès de la petite Noémie et de sa tante Sylvia.

La beauté d'Emma

Emma était d'une grande beauté physique. Grande, svelte, élancée, elle avait un port de reine. Et plus que sa silhouette encore, son visage attirait les regards. La pureté de ses contours, l'harmonie de ses proportions et la noblesse de son expression auraient tenté plus d'un sculpteur. La parfaite symétrie des traits, chose très rare, lui permettait d'être toujours à son avantage, puisque de face, de trois-quarts ou de profil, elle était toujours aussi admirable. La clarté bleue de ses yeux, très légèrement en amandes, était adoucie par de longs cils de biche, son nez à l'arête droite s'évasait en de gracieuses narines à la courbe délicate, et son sourire laissait à peine deviner un rang de dents perlées, parfaitement régulières. Tout était dans un juste milieu, jusqu'à ses oreilles joliment ourlées qui avaient la délicatesse de coquillages rosés. Son teint égal et lumineux était celui dont rêve toute femme. N'eût été une cicatrice ancienne, à demi estompée mais visible sous l'une de ses pommettes, elle aurait pu rivaliser avec la perfection des déesses.

Mais les déesses ne supportent pas d'être comparées aux simples humaines, c'est bien connu.

Peut-être est-ce la raison pour laquelle Emma avait le sentiment d'avoir payé cher sa beauté. Fille d'un père divorcé à qui on l'avait confiée en garde – à une époque où cela était rarissime, qui donc avait pu être sa mère dont on avait perdu trace ? – elle avait eu une enfance triste et solitaire. Son père était beaucoup plus occupé de ses affaires et de ses conquêtes que du sort de sa fille. Quand il avait l'air de s'intéresser à elle, c'était par effet de pure vanité, car la fillette, dès son plus jeune âge, avait une beauté qui dépassait de loin ce qu'on attend d'ordinaire chez un enfant, et il en recevait force compliments. Lors des soirées qu'il donnait parfois, elle était le chouchou de ses dames, comme un bibelot précieux dont elles auraient aimé orner leur salon. On la faisait approcher, on lui levait le menton, on la faisait pencher la tête, à droite, puis à gauche, et toujours les mêmes compliments fusaient. « Quelle pureté de traits, quelle finesse, quelle grâce ! Un Tanagra ! » disait-on. Elle n'était en effet qu'une simple statuette aux yeux des invitées. Quand on l'avait bien contemplée et qu'on se lassait un peu de cette distraction, on la renvoyait à son néant, car personne ne cherchait à l'interroger ni à la faire parler. Sa beauté semblait la raison suffisante de son existence.

Quand elle fut une adolescente, ce fut pire, car certaines dames feignaient de s'intéresser moins à elle alors qu'elles lui jetaient des regards empreints de méfiance, ou même de jalousie, tandis que certains amis masculins de son père, pour leur part, la regardaient d'une manière trop appuyée, voire libidineuse, et elle en éprouvait une gêne profonde. Elle finit par adopter en toutes circonstances une conduite qui la protégeait : elle évitait toute société, mais si elle y était contrainte, elle adoptait un comportement distant et plaquait sur son visage un masque totalement inexpressif. On ne manquait pas alors de la qualifier, avec un certain mépris, de beauté glaciale. Son tourment intérieur n'en était pas allégé pour autant, elle détestait les adultes. Elle ne voyait personne à qui se confier. Personne n'avait l'air de se rendre compte qu'elle aurait aimé vivre comme tout le monde, pouvoir exprimer toutes sortes de sentiments sans avoir toujours à se censurer. Sa beauté lui paraissait détestable puisqu'elle lui gâchait la vie. Elle aurait voulu sortir de son enveloppe trop parfaite, elle aurait voulu être laide. Dans une de ses crises de désespoir, elle poussa le paroxysme jusqu'à se taillader la joue avec une lame de rasoir et elle alla calmement se planter devant son père, hautaine et fière, la joue pleine de sang, le regard plein de défi. Elle reçut une bonne claque sur l'autre joue, et manu militari, son père la conduisit chez le médecin.

S'ensuivit une longue, très longue série de séances chez un psychologue. On ne lui laissa pas le choix. Au début, elle exécra son père pour l'avoir obligée à ce traitement. Mais elle en tira pourtant un apaisement qui ressemblait bien à une guérison. Ces séances où enfin on l'écoutait attentivement, où elle pouvait tout dire, tout exprimer, cassèrent le carcan de haine où elle s'enfermait. Elle avait enfin l'impression d'exister pour ce qu'elle ressentait. Peu à peu sa parole se libérait et sa parole lui sembla plus importante que son corps et son visage. Elle apprit aussi à se réconcilier avec son image, à replacer sa beauté à sa juste place, ni sujet de survalorisation, ni sujet de détestation. Père et fille finirent par mieux se comprendre.

Quand Emma fut devenue cette belle jeune fille que nous avons décrite au départ, se posait pour elle le choix d'un métier. Son adolescence avait été si perturbée par sa souffrance intérieure que ses études n'avaient pas été très brillantes. Elle avait ensuite tenté quelques formations mais rien ne l'avait arrêtée de manière déterminante. Elle était à présent parvenue à un équilibre suffisant pour considérer que sa beauté, non seulement n'était plus une entrave, mais pouvait être un atout. Elle se présenta donc à quelques castings de mannequin et fut vite retenue. Sa taille svelte et élancée, son port altier, son visage au galbe harmonieux, elle avait tout pour réussir dans ce métier. Elle ne voulait d'ailleurs pas être admirée pour elle-même, elle voulait tout simplement subvenir à ses besoins en se mettant humblement au service des grands couturiers dont les créations la subjuguaient. Comme elle aurait voulu avoir un tel talent ! Mais chacun le sien. Elle donnerait vie à une toilette en la portant et sa beauté ne serait donc pas vaine. Elle se plia aux volontés du milieu, à l'apprentissage d'une démarche, à la gestuelle propre aux défilés de mode, aux séances de photo, aux longues heures d'essayage, de maquillage – sa cicatrice sur la joue pouvait facilement être estompée par un fond de teint et une poudre bien choisis – à l'élaboration d'une coiffure et à l'ajustement des tissus sur son corps avant l'entrée en scène. Elle apprit la patience, le travail d'équipe, la complicité avec les couturières, l'attente, les exigences de dernière minute du créateur, et les murmures louangeurs, les chuchotements du public, les regards critiques sur les toilettes lorsqu'elle avançait sur l'estrade dans la lumière des projecteurs, les applaudissements. Elle devint un top model beaucoup demandé et gagna bien sa vie.

Néanmoins, il lui manquait une dimension dans son existence : celle de l'expression de tout son être. Elle n'était pas seulement un beau corps. Sa psychothérapie antérieure le lui avait fait découvrir et c'était à elle de ne pas l'oublier. Elle s'inscrivit à des cours de théâtre, y trouvant un complément beaucoup plus vaste et d'autant plus enrichissant que son apprentissage fut rude. Elle apprit la diction, à articuler, à poser sa voix, à la moduler ; elle apprit à assouplir son corps, au prix de séances de gymnastique quotidienne sous l'œil sévère d'un professeur ; elle apprit la danse ; elle apprit le chant ; elle apprit à donner la réplique ; elle apprit à répéter encore et encore la même phrase jusqu'à ce que le ton en fût juste à l'oreille du professeur, jusqu'à ce que d'elle-même jaillissent les émotions les plus enfouies. Elle apprit tout un répertoire de grandes œuvres dont elle ne connaissait que vaguement les noms. Elle apprit la langue française, pas seulement celle du XXe siècle, mais celle des siècles antérieurs, l'élégance du XVIIIe siècle par exemple. Elle abandonna pour tout cela son métier de mannequin, et pour gagner autrement sa vie, s'inscrivit à divers castings pour films.

Elle décrocha quelques contrats au cinéma, d'abord des rôles modestes, puis plus conséquents. Elle connut la vie des plateaux, divers réalisateurs plus ou moins intéressants, divers acteurs, plus ou moins doués. Ainsi en vint-elle à la rencontre de sa vie. Elle joua avec un acteur déjà connu du grand public, mais elle n'en connaissait personnellement rien d'autre que son physique sur des photos à l'affiche de certains films.

Cet acteur était une force de la nature ; sa carrure imposante était intimidante, son poids, énorme et il avait un visage mal dégrossi, taillé à la hache ; ses mains étaient des battoirs et quand la nervosité lui faisait craquer ses phalanges, vous ne pouviez vous empêcher d'avoir un léger sursaut tant il semblait pouvoir broyer vos propres os. En outre, il était expert en beuveries, pouvant descendre plusieurs whiskys d'affilée sans sourciller. Mais sur le plateau, quand il s'agissait de jouer, d'incarner un personnage, ce corps, qui semblait peu adaptable a priori, devenait un instrument divinement modulable, et le visage, plutôt laid, était animé d'un feu intérieur qui transfigurait l'expression. Il avait une finesse de jeu qui vous le faisait contempler comme un miracle. Son regard, quand il vous fixait, était affligé d'une très légère coquetterie, et en était d'autant plus émouvant qu'il semblait traduire son trouble, il pouvait se voiler d'une infinie douceur, exprimer une profondeur de sentiment telle qu'on lisait dans ses prunelles claires comme dans un puits limpide. Le sourire, gauche, pouvait être à peine esquissé, balbutiant, devenir lumineux et éclairer cette face ingrate d'une grâce incomparable, et la voix, surtout la voix qui pouvait être celle d'un stentor, se faisait soudain caressante, humble, tendre, enrouée, comme pour mieux traduire la vulnérabilité de ce colosse. D'ailleurs, son jeu était surprenant et sa douceur était inversement proportionnelle à la charge explosive de la situation. On s'attendait à des éclats de sa part, alors qu'il maîtrisait à la perfection une infinité de nuances, il tenait les sentiments en laisse d'autant plus court qu'on s'attendait à ce qu'ils bondissent. Il tirait de ce jeu un suspense efficace et il subjuguait son public. On retenait son souffle. Emma tomba sous le charme de cet ogre, comme lui-même tomba sous le charme d'Emma. L'occasion qui les rapprocha fut un long tournage à l'étranger qui dura plusieurs mois. Les nombreux moments d'attente, la vie pleine de promiscuité de comédiens sur le plateau, le dépaysement d'un pays dont ils ne connaissaient pas la langue, les longues soirées à combler comme on peut, tout cela favorisa leur rapprochement. Mais ils eurent surtout de longues discussions, des échanges, ils se firent des confidences. Quand il louait sa beauté, Emma lui avouait de quels tourments elle l'avait payée ; de son pouce épais, il effleurait alors avec une infinie tendresse la cicatrice sur sa joue. Quand elle louait sa force, il lui avouait un constant manque d'assurance, venu d'une enfance malheureuse, pauvre, où il avait été battu, et il lui avouait son complexe actuel de gagner des sommes pareilles comme s'il vivait de supercherie. Il n'arrivait pas à croire à sa bonne étoile et il se voyait comme un imposteur dans un monde de paillettes auquel il n'appartenait pas.

Ce tournage fit d'eux des complices de plus en plus inséparables, des amants. Quand ils revinrent et durent accepter les divers rendez-vous pour faire la promotion du film qui sortait, ils ne cherchèrent pas à cacher leur liaison. Une certaine presse ne manqua pas de titrer à la une : « La belle et la bête ». Peu leur importait toutefois. Ils étaient assez amoureux et assez lucides pour que leur bonheur ne dépendît pas à présent des autres, mais d'eux-mêmes. Ils s'investirent en commun dans des œuvres de protection de l'enfance.

Carole et son père

Carole s'était enfin décidée à faire le grand ménage dans sa bibliothèque. Il y avait belle lurette qu'elle contemplait avec agacement les tranches poussiéreuses des livres sur les rayons et ce matin-là où un clair soleil d'hiver entrait largement par la fenêtre du salon, il lui communiquait une énergie suffisante pour entreprendre cette tâche ingrate et toujours repoussée sous un prétexte ou un autre. Méthodiquement, elle enlevait les livres un à un, les époussetant précautionneusement, évitant de les ouvrir car elle ne voulait pas succomber à la tentation de se plonger dans la lecture si elle s'autorisait à parcourir quelques lignes d'un ouvrage qui lui avait plu ou qu'elle avait oublié. Elle empilait tous ceux d'un même rayon avant de nettoyer l'étagère elle-même, après quoi elle les remettait en place, respectant soigneusement l'ordre alphabétique, car il lui était arrivé bien des fois de croire perdu un livre qui avait été simplement mal reclassé. Elle était déjà venue à bout de deux rangées et contemplait avec satisfaction la différence entre ce qui avait été fait et ce qui restait à faire. Elle extirpa avec difficulté le premier volume du troisième rang trop serré, mais ce faisant, le fit maladroitement tomber, et une enveloppe jaunie glissa sur le parquet.

Elle reconnut l'écriture penchée, régulière et pointue de son père. Elle la ramassa et s'assit sur l'escabeau, parce que cette enveloppe lui était précieuse et elle pensait l'avoir définitivement égarée. Elle déplia la lettre et se mit à la relire. Le contenu en était d'une grande gentillesse : il souhaitait un bon séjour dans le sud à Carole qui partait en vacances avec son mari et ses enfants pour chacun desquels il avait un petit mot attentionné. Ce tour d'horizon complet des membres de sa famille avait un peu étonné et ému Carole mais elle n'avait pas compris que c'était un ultime adieu. Quelques jours après en effet, son père mourut de la leucémie des vieillards et Carole eut beaucoup de remords d'être partie, comprenant qu'il avait écrit cette lettre alors qu'il se savait perdu, mais n'en avait dit mot, ne voulant pas gâcher leur plaisir des vacances. Il habitait dans une ville assez éloignée de la leur. Il n'avait pas voulu les déranger.

Sa sortie discrète était à l'image de toute sa vie. C'était un homme d'apparence très ordinaire, sans panache mais soucieux de dignité, et d'une grande force d'âme sous son allure bonhomme. C'était un roc capable de résister contre vents et marées, mais son physique tout en rondeurs et son égalité d'humeur le rendaient agréable sans qu'il parût remarquable, bien qu'il eût aidé chacun à vivre. Pour ses enfants, il avait été comme l'air qu'on respire, indispensable, mais invisible.

De son enfance surgissaient pourtant quelques épisodes où elle avait éprouvé une gratitude immense à son égard. Elle se souvenait notamment qu'à une époque où elle n'était encore qu'une petite fille, sa mère était tombée très gravement malade. Carole était alors chez sa grand-mère quand une des rares personnes du village qui possédaient un téléphone était venue les prévenir un soir en leur disant de prendre le car le lendemain pour la ville. Le père de Carole viendrait les chercher au terminus. Sa grand-mère était tellement affligée qu'elle laissait ses larmes couler, sans ménager l'enfant dont l'angoisse grandissait au fur et à mesure que la nuit approchait. Elles étaient allées se coucher sans presque toucher au dîner ; la grand-mère n'avait pas voulu faire la partie de dames habituelle et elle n'avait même pas exigé de Carole qu'elle fît la toilette du soir avant de se coucher, mais elles avaient fait ensemble une longue prière « pour la guérison de maman ». Carole avait elle aussi pleuré, enfouie sous ses draps. Le lendemain matin, l'atmosphère était toujours aussi lugubre. Elles s'étaient dépêchées de faire leurs bagages pour ne pas manquer le car et durant le long trajet jusqu'à la ville, Carole avait eu tout le temps de broyer des idées noires ; elle ne trouvait aucun réconfort auprès de sa grand-mère qui avait de grands cernes sous les yeux et qui, elle aussi, était perdue dans ses pensées, parfaitement silencieuse. Sa mère devait être mourante ou même elle serait morte quand elles arriveraient. Sa mère avait certainement réclamé sa petite fille, mais en vain. Et Carole ne pourrait plus jamais lui dire qu'elle l'aimait. Carole n'avait jamais vu de mort et elle était horrifiée à l'idée de penser à sa mère comme ça, toute raide, toute froide, sans sourire, mais elle ne pourrait pas dire qu'elle ne voulait pas la voir. On l'obligerait à entrer dans la chambre et à la regarder. Carole se mit à prier très fort la sainte Vierge : si elle sauvait sa maman, elle promettait de ne plus jamais être désobéissante, elle ferait des sacrifices, mangerait sans protester ce qu'elle détestait, les poireaux par exemple. Elle donnerait son dessert à sa sœur… Le car était parvenu au terminus. Les voyageurs se levaient et s'occupaient à rassembler leurs bagages. La grand-mère retenait Carole, lui disant de ne pas gêner le passage. Enfin, ce fut leur tour de descendre le marchepied. Carole cherchait anxieusement son père sur le trottoir et elle le vit, s'avançant d'un pas tranquille vers elles. Surtout, elle vit son visage éclairé de son bon sourire et quand elle se jeta dans ses bras, éperdue d'émotion, il la souleva presque en riant et lui posa de gros baisers sur ses deux joues en disant « Bonjour, ma chipette ». Il avait comme ça à sa disposition tout un tas de petits termes affectueux et drôles qui la faisaient rire. Carole se sentit immédiatement libérée d'un poids énorme. Son père souriait et la taquinait. Sa mère n'était donc pas si mal. Quand ils prirent le chemin de la maison, Carole s'accrocha impérieusement à son père. Il avait une main bien large, chaude, qui tenait la sienne avec fermeté et douceur tout à la fois, et Carole sut que rien de fâcheux ne pourrait arriver. Et pourtant, sa mère, en cette circonstance, avait été dans un état très critique. Son père n'avait évidemment pas alerté la grand-mère pour rien. Leurs prières cependant furent exaucées, pourrions-nous dire. Sa mère finit par guérir mais elle resta fragile et son père veilla toujours avec beaucoup d'attention sur elle, la soulageant le plus possible de toutes les tâches ménagères, lessive, courses, ménage, quand il revenait de son travail.

Lettre à la main, assise sur son escabeau, Carole s'attardait, rêveuse, sur son enfance. Son père était vraiment un homme fort sur qui on pouvait compter. Elle entendait encore sa mère lui raconter avec fierté comment, pendant la guerre, il avait pris son vélo et parcouru une centaine de kilomètres dans la journée, faisant le tour de toutes les pharmacies de la ville pour trouver le médicament indispensable pour la sauver, elle, Carole, qui n'était alors qu'un tout petit bébé atteinte de cholérine. Il avait finalement réussi à trouver une ampoule du remède précieux qu'il avait partagée avec une autre famille dont le nourrisson était aussi en péril pour la même raison. En outre, en ces temps de privation, comme sa femme, trop fatiguée et maladive, n'arrivait pas à nourrir son enfant au sein, il s'était enquis d'une autre jeune accouchée qui voudrait bien partager son lait maternel. Mais il fallait éviter la contagion. Il avait donc ingénieusement fabriqué un tire-lait à partir d'une… pompe à vélo (!) et si Carole avait survécu, c'était grâce à la ténacité de son père et à la générosité de cette nourrice improvisée. Ces « hauts faits » remontaient à un passé lointain dont Carole n'avait eu connaissance que par les récits de sa mère. Car cet homme discret ne racontait jamais rien sur lui-même. Si bien que Carole ne savait pas grand chose de lui, sinon son abnégation.

Elle en était définitivement et irrémédiablement confuse. Il n'y a pas de machine à remonter le temps et jamais Carole ne comblerait la curiosité qui était la sienne à présent. Que les traces d'une vie humaine sont donc fugitives. Un amour écrit sur le sable… Et pourtant, une petite voix intérieure lui soufflait que c'était nier l'héritage de son père que de raisonner ainsi.

Carole, mettant en parallèle sa propre vie conjugale avec celle de ses parents, eut une sorte de révélation : inconsciemment, elle se dit qu'elle avait reproduit le même schéma et que si, à présent, elle s'épanouissait auprès d'un compagnon, certes très différent, mais dont la bonté était aussi indéniable, c'est que son père l'avait inconsciemment orientée vers un tel choix. Il avait passé en quelque sorte le flambeau à son gendre et continuait à la protéger au-delà de la mort.

Et alors lui revint absurdement en tête une sorte de comptine qu'elle chantait à l'intention de son père quand elle n'était qu'un tout petit bout de chou ; elle le ravissait et il riait, la trouvant irrésistible :

« Je voudrais un mari
Docile et sans reproche
Qui aille dans ma poche
Un tout petit mari
mignon et bien gentil
Et qui ne gronde pas
Surtout comme papa. »

Avec tout cela, la fin de la matinée arriva sans que le ménage de la bibliothèque eût tellement avancé. Carole avait remis la lettre de son père dans l'enveloppe, et après avoir cherché un lieu sûr où la ranger, elle se décida finalement à la glisser dans leur livret de famille.

Berta et Delphine

Berta arriva d'Europe de l'Est avec, pour toute richesse, son instrument de musique et son petit garçon de quatre ans. Elle avait réussi à décrocher en France une place de violoniste dans un orchestre régional et elle était donc partie, laissant son mari dans un pays encore sous le joug d'un régime communiste qui n'offrait que peu de liberté.

Toute l'école où Berta venait d'inscrire son petit garçon en entendit parler. L'institutrice était sensible à la situation difficile de la jeune émigrée et la recommandait aux bonnes volontés de tous bords pour l'aider dans ses démarches, car Berta parlait français mais avec difficulté. Elle avait trouvé à louer, en attendant mieux, une petite chambre de bonne sous des combles. Cette situation et la bienveillance de l'institutrice sortirent vite Berta et son petit garçon de l'anonymat et alimenta les conversations des parents stationnant dans la cour en attendant leurs enfants. Bientôt, tout le monde sut les reconnaître et beaucoup sympathisèrent avec elle.

La personnalité de la jeune femme y fit pour beaucoup. Elle dégageait une impression de grande énergie. Elle souriait facilement, abordait tout le monde sans complexe ni timidité, mais avec précaution, jaugeant ses interlocuteurs rapidement et s'adaptant à ce qu'elle en percevait. Quand elle s'adressait à quelqu'un, ses grands yeux noirs que soulignaient une frange épaisse brillaient d'un éclat vif qui illuminait tout son visage ; son accent rocailleux et son parler hésitant, entrecoupé, défectueux, malgré la difficulté qu'on avait parfois à la comprendre, ajoutaient à son charme ; elle parlait beaucoup, de son pays où rien n'était facile, de son métier dont elle était très fière (elle portait presque toujours son étui de violon), de ses horaires, des concerts en soirée, très difficiles à gérer à cause de son petit Andras qui était son trésor (et elle riait en le serrant contre elle). L'enfant était aussi blond que sa mère était brune ; d'apparence plutôt chétive, il avait un teint très pâle, une peau transparente comme une fragile porcelaine : sur ses tempes, palpitait un réseau de veines bleues. Il ne riait jamais et se cachait derrière sa mère. À la maternelle, il restait seul, tranquille, triste, docile, ne se mêlait pas aux autres petits et ne jouait pas. Il fallait le solliciter avec insistance pour le faire participer aux diverses activités. Le jeune âge de l'enfant, son déracinement, la séparation d'avec son père, l'obstacle de la langue pouvaient aisément expliquer ce repli et l'institutrice faisait ce qu'elle pouvait pour l'intégrer, mais le métier de la mère n'arrangeait pas les choses puisqu'elle devait confier l'enfant à d'autres, pendant son travail, même si ce travail avait l'air de comporter beaucoup de temps libre. La venue du père d'Andras semblait n'être envisagée que dans un avenir lointain et brumeux, soumise au bon vouloir des autorités du pays.

Delphine était aussi nouvelle dans la région, ayant suivi son mari dans son nouveau travail. Pour sa part, elle était mère au foyer depuis la naissance de Guillaume. Elle l'avait inscrit à la maternelle et s'ennuyait à présent, sans vraiment se l'avouer. De tempérament, elle était plutôt réservée, et se trouvait assez isolée dans cette nouvelle ville où elle résidait depuis deux ans sans s'être fait beaucoup de relations. Elle fit la connaissance de Berta sur le chemin de l'école ou plus exactement, c'est Berta elle-même qui l'aborda avec cette simplicité chaleureuse dont elle savait faire preuve. Guillaume et Andras étaient dans la même classe de maternelle. Cela accrut leur rapprochement. Bientôt, Delphine se vit sollicitée pour recueillir Andras à la sortie de l'école, d'abord occasionnellement, puis de plus en plus souvent. Elle le fit de bonne grâce, prête à rendre service, contente d'être utile et se disant que Guillaume aurait ainsi un petit copain de jeu. Quand Berta revenait chercher Andras après ses répétitions, elle s'attardait volontiers chez Delphine qui lui offrait le thé ; elle lui parlait de son pays, si différent d'ici, des difficultés de ravitaillement, des tracasseries du quotidien, de la laideur des constructions publiques, du manque de liberté. Ici, c'était un pays d'abondance dont on bénéficiait sans en avoir conscience. Toutefois, elle s'étonnait et s'effrayait de tout ce qu'il y avait à payer en France, l'eau, le gaz, l'électricité, et bien d'autres services qui étaient pris en charge là-bas directement par l'État. Il apparaissait assez clairement à Delphine que Berta, par exemple, concevait difficilement de payer une nourrice pour faire garder Andras ; il lui arrivait d'employer des baby-sitters, mais le plus souvent, elle faisait appel à des bonnes volontés, distribuant constamment des billets de concert gratuits à tous ceux qui voulaient bien lui donner un coup de main. Delphine, au début, refusa ces billets, mais Berta lui en offrit à chaque fois jusqu'à ce qu'elle les acceptât, et Delphine, pour ne pas la froisser, finit par céder.

L'appartement en face de celui de Delphine se vida de sa propriétaire, une très vieille femme veuve, sans enfants : une maladie d'Alzheimer commençante l'empêchait de vivre sans surveillance – elle venait par exemple chez Delphine sonner la nuit, en chemise de nuit mais chaussée de bottes, disant que c'était l'heure de la promenade – et ses neveux la placèrent dans une institution adaptée à ces malades. Dans un premier temps, les neveux qui habitaient au loin et qui voulaient ménager leur tante, ne voulurent pas mettre l'appartement en vente mais demandèrent à Delphine si elle ne connaissait pas quelqu'un qui voudrait le louer, tel qu'il était, encombré de vieilleries et pas très propre, à bas prix. C'était juste pour l'entretenir. Delphine savait que Berta cherchait à quitter la petite chambre de bonne où elle était et dont le toit fuyait quand il pleuvait ; en outre, il y faisait froid, car il n'y avait pour chauffage qu'un petit appareil d'appoint. Elle était sûre que cet appartement ferait l'affaire de Berta. Une petite voix intérieure pourtant la mettait en garde contre un rapprochement trop encombrant, mais elle la repoussait, se jugeant égoïste dans ses réticences à faire la proposition. Son mari qu'elle consulta sur le sujet ne prit pas parti, il ne connaissait pas Berta, c'était à elle d'en juger. Delphine, après hésitation, livra l'information à Berta, qui, dès le mois suivant, s'installa dans l'appartement donnant sur le même palier.

Berta était joyeuse d'avoir eu cette opportunité, elle ne cessait de remercier Delphine et lui manifestait sa reconnaissance par de petites attentions : elle lui préparait quelques recettes de son pays : des galettes de pomme de terre frites et parfumées à la marjolaine, des escalopes de porc frites accompagnées de chou, des blinis… Elle lui offrit toute une corbeille de poires vertes et raconta en riant qu'elle en avait reçu une valise entière envoyée par son père qui avait le privilège d'avoir un petit carré de jardin avec quelques arbres fruitiers et qui croyait qu'en France, Berta manquait de provisions, comme chez eux… Elle lui rapportait, d'une promenade faite dans les prés le dimanche, une couronne tressée de pissenlits, comme elle avait appris à les faire dans son enfance. Berta accompagnait souvent ces offrandes d'une demande de « petits » services que Delphine n'osait pas lui refuser : elle lui empruntait du sucre, de l'huile, un produit d'entretien ; elle n'avait pas eu le temps d'aller en acheter. Surtout, comme son gros souci était la garde d'Andras les soirées où elle était en concert, ce qui ne se terminait jamais avant onze heures/minuit quand ce n'était pas plus tard puisque l'orchestre se déplaçait dans toute la région et qu'il fallait compter le temps de trajet, elle demanda à Delphine, de la manière enjôleuse qu'elle savait prendre, de surveiller le petit : maintenant qu'elle habitait juste à côté, elle le mettrait au lit avant de partir – il se couchait tôt – elle donnerait à Delphine un double de la clef de l'entrée, et comme il n'y avait que le palier à traverser, Delphine pourrait aller voir de temps à autre s'il dormait bien. Cette proposition laissa Delphine réticente : elle trouvait que ce n'était pas très prudent. Et si le petit se réveillait, prenait peur dans l'appartement en n'y trouvant pas sa mère ? Sait-on jamais ce qui passe par la tête des enfants ? S'il ouvrait le gaz et ne le fermait pas ? ou s'il se blessait avec un couteau dans la cuisine ? Berta rit de ces objections et dit à Delphine qu'elle avait trop d'imagination. Mais le mari de Delphine n'appréciait pas, lui non plus, ce plan, en partie pour la même raison que sa femme, mais aussi pour l'incommodité que cela représenterait d'avoir à passer d'un appartement à un autre par le palier en pleine nuit, si bien que Delphine, embarrassée, se tira d'affaire en proposant à Berta de faire dormir le petit chez eux les soirs de concert, sur un matelas dans la chambre de Guillaume. Berta protesta – pour la forme ? –, mais accepta. Le mari de Delphine lui dit qu'elle se faisait avoir.

Il est vrai que Delphine eut désormais presque l'impression d'être la mère de deux enfants, cette charge n'étant plus occasionnelle, mais devenue régulière. Quand Andras venait dormir le soir, c'était elle le matin qui s'occupait de la toilette et du petit-déjeuner des deux petits, parce que Berta, étant rentrée très tard, dormait encore. Elle ne venait pas reprendre son fils. Du temps où Berta avait une baby-sitter les soirs de concert et que celle-ci partait après son retour, Andras n'allait pas à l'école le matin suivant, il restait avec sa mère ; mais puisqu'il était chez Delphine, celle-ci emmenait les deux enfants ensemble. Elle était un peu agacée, mais ce n'était pas la faute de l'enfant, et elle essayait de se montrer aussi affectueuse avec le petit Andras qu'avec Guillaume : il lui faisait pitié parce qu'il était chétif, que sa mère n'était pas toujours là pour le câlin du soir et qu'il était coupé de son père. D'ailleurs, le petit qui, soi-disant d'après sa mère, ne faisait plus pipi au lit, mouillait en réalité presque toujours ses draps ; Delphine, après deux accidents de ce genre, mit une alèse pour protéger le matelas et elle avait ce surcroît de lessive à faire.

Parallèlement, Guillaume avait perdu sa gaieté, la mélancolie d'Andras semblait déteindre sur lui, et il s'éloignait de sa mère. Il ne réclamait plus autant de câlins. Il ne venait plus se blottir contre elle et lui faire des bisous dans le cou quand elle le prenait dans ses bras. Il se mit à perdre ses cheveux. Quand on le coiffait, les mèches partaient avec le peigne. Le cuir chevelu se dénudait par endroits. Le médecin de famille consulté dit que cette maladie avait un nom précis, la pelade, et témoignait souvent d'une souffrance psychologique. Quand le médecin demanda à Guillaume pourquoi il était triste, comme il le regardait avec insistance et bienveillance, calmement, l'enfant, après un long silence, balbutia : « Andras ».

Delphine fut atterrée.

« Qui est Andras ? demanda le médecin.

– Le voisin, répondit vivement Delphine. Andras t'a fait mal ? ajouta-t-elle en se tournant vers l'enfant d'une voix angoissée.

Guillaume secoua la tête pour dire que non. Delphine, alors, raconta au médecin la situation de Berta et de son fils, comment elle les avait pris en pitié et comment elle s'était laissée déborder. Oui, elle comprenait que cela ait pu déstabiliser Guillaume mais elle ne l'imaginait pas à ce point.

– Votre voisine est de la race des prédateurs, dit le médecin. Son enfant n'est pas le vôtre. Guillaume le ressent comme un usurpateur. Je crois qu'il vous faut couper les ponts, conclut-il d'une voix sévère.

Avec l'aide patiente de son mari qui ne voyait que trop bien le désastre, elle fit le point sur cette année en cours, surmonta son impression d'un immense gâchis, son sentiment de culpabilité pour avoir été plus faible qu'aveugle, plus lâche que charitable, et prit son courage à deux mains pour aller sonner chez Berta ; elle eut une longue explication et lui annonça qu'elle ne prendrait plus le petit. Guillaume était perturbé par la présence d'Andras, il en était sans doute jaloux, mais à quatre ans, c'était normal ; Andras n'était pas son frère, il avait sa propre famille. Elle était bien sûr désolée pour Andras, mais seule Berta pouvait prendre les bonnes décisions pour sa famille. Delphine ne voulait pas être cruelle, mais elle ajouta qu'Andras faisait souvent pipi au lit, et que Berta devrait peut-être s'en inquiéter. Une carrière valait-elle de sacrifier les siens ? Berta l'écoutait avec un regard de feu qui la fusillait. Delphine soutint ce regard, mais elle sentait la sueur couler goutte à goutte de ses aisselles. Quand elle referma sur elle la porte de son appartement, elle se sentait aussi épuisée qu'après son accouchement mais elle éprouvait une bienheureuse impression de délivrance.

Par la suite, les familles s'évitèrent. L'été enfin arriva et constitua une coupure bienvenue pour Delphine et Guillaume qui partirent en vacances chez les grands-parents. À la rentrée scolaire suivante, dans la cour d'école, Guillaume et Andras redevinrent de simples copains jouant avec d'autres copains. Le mari de Berta avait pu venir la rejoindre en France.

Quant à Delphine, elle attendait avec impatience de déménager pour passer d'un appartement à une petite maison avec jardin, selon son vœu auquel son mari s'était empressé de souscrire.

Rencontre entre Amour et Humour

C'était au cours d'un repas chez des amis. La conversation roulait, je crois, sur la séduction, quand mon voisin de droite, se penchant soudain vers moi, me dit à mi-voix avec un sourire : « Moi, je n'étais pas beau, alors, mon truc pour les filles, c'était de les faire rire, d'avoir de l'humour. » Je me sens aujourd'hui d'humeur à vous en composer une fable, si vous voulez bien me prêter l'oreille :

L'Amour, bel Apollon roulant des mécaniques,
Un jour croisa l'Humour qui lui lança des piques.
« Votre mépris ne me touche guère, dit l'Amour,
Ne suis-je pas le plus noble des sentiments ?
Du rire vous n'êtes qu'un vulgaire instrument.
Nous sommes paronymes sans être parents.
– À vouloir comparer nos mérites, dit l'Humour,
Il se pourrait que vous souhaitiez d'être sourd.
Je ne suis pas vulgaire comme vous le prétendez,
Je rends la vie légère, on me prise en société.
– Vous n'êtes qu'un amuseur, répondit l'Amour,

Je suis un enchanteur et donne le bonheur.
Je rends la vie douce en faisant battre les cœurs.
– Ne seriez-vous pas non plus cause de malheur ?
répliqua l'Humour. On vous dit peu équitable,
Inconstant, versatile, somme toute peu fiable.
Vous êtes une source inépuisable de pleurs. »
L'Amour en fut un instant déstabilisé,
Mais il était imbu de sa notoriété :
« Votre ironie, dit-il, certes désagréable,
Oublie le charme des émotions véritables.
Ce sont elles qui font le vrai prix de la vie.
L'insensibilité est une infirmité.
– Vous jugez fort mal de ma personnalité,
dit l'humour pour une fois avec gravité,
La vie est trop souvent une épreuve terrible.
Faire sourire les gens quand cela est possible
Est au contraire la preuve que je suis sensible.
– Mais, dit l'Amour, vous êtes parfois si mordant.
Avec vos plaisanteries vous blessez souvent.
– Mes traits d'esprit sont moins dangereux que vos armes,
Avec lesquelles vous faites couler tant de larmes.
Ne vous représente-t-on pas comme un archer
Dont les flèches vont aveuglément se ficher
Dans les cœurs innocents que vous faites saigner ?
Pour ne pas augmenter votre courroux, j'avoue
Que je suis un aussi grand séducteur que vous.
Amour et Humour ne vont pas si mal ensemble
Ils s'acoquinent parfois assez bien, il me semble.

– Mais les hommes ont fait de moi un dieu, dit l'Amour.

– Et moi, dit l'Humour, je leur débande les yeux. »

L’épreuve de Gisèle

Chaque matin, quand Gisèle regardait par la fenêtre à l’heure où les employés partaient au travail vers l’usine qui drainait toute la population active du village, elle guettait malgré elle la silhouette furtive d’une jeune fille blonde dont les talons aiguille résonnaient sur le trottoir, et un nœud de colère et de chagrin lui serrait le cœur avec une violence sans cesse renouvelée. Si Louis, son mari, la surprenait devant cette fenêtre à cette heure, il se fâchait, sachant pourquoi elle était là et lui reprochant d’y être et la scène se terminait inévitablement par les sanglots de Gisèle tombant dans les bras entrouverts de Louis qui lui caressait le dos lentement et la berçait doucement comme un enfant. Après quoi, tous deux regagnaient leur cuisine, un peu voûtés, non tant par l’âge que sous le poids de leur peine. Désœuvrés puisque retraités et surtout désemparés, ils reprenaient un café, se chauffant machinalement les mains au bol qu’ils retenaient comme un objet précieux et qu’ils reposaient silencieusement. Seule l’horloge laissait entendre son tic-tac entêtant.

Bien que Louis et Gisèle aient eu plusieurs enfants, ils étaient inconsolables de la perte de leur dernier fils, Yves, mort accidentellement à l'âge de dix-huit ans, il y avait déjà deux ans de cela, mais pour Gisèle le temps s'était arrêté. C'était son petit dernier, venu sur le tard comme un cadeau du ciel alors qu'elle venait de dépasser la quarantaine. Il avait été un garçon doux et obéissant, affectueux. On le leur avait pris. Et si elle ne pouvait s'empêcher de regarder par la fenêtre, c'est que tout était de la faute de la jeune fille blonde. Non, ce n'était pas la fatalité qu'il fallait invoquer : le messager de la mort n'était pas l'antique silhouette drapée dans son ample cape noire et brandissant sa faux avec son sourire hideux de squelette. Elle avait eu le visage angélique et lisse de cette jeune fille qui glissait furtivement quand elle passait devant leur maison.

Gisèle avait toujours eu cette certitude bien ancrée au fond d'elle-même : les motos sont des machines de mort ; il n'y avait qu'à lire des statistiques sur le sujet. Jamais son fils n'aurait enfourché un engin pareil s'il n'y avait eu qu'elle. Yves n'aurait pas voulu déplaire à sa mère. Mais il était aussi à l'âge où l'on tombe amoureux et cette Adeline blonde à l'allure de madone l'avait ensorcelée : elle avait facilement attiré dans ses rets ce jeune homme sans expérience et naïf, beau comme un Adonis et si peu sûr pourtant de son charme, ce dont en revanche sa mère était persuadée et très fière. Adeline était plus âgée de quelques années, gagnait déjà sa vie alors qu'Yves était à peine sorti du lycée. Elle l'avait subjugué par sa beauté lisse et régulière, son sourire discret et de simples battements de cils. L'assouvissement du désir charnel comblé par cette jeune fille trop moderne pour être prude était pour ce garçon une découverte et un bonheur inespérés. Il n'en revenait pas de sa chance et il était ébloui, éperdu de reconnaissance pour avoir été l'élu parmi d'autres soupirants. Adeline était aussi sincèrement éprise, émue par cet amour fougueux et inconditionnel. Pour les dix-huit ans d'Yves, l'âge de sa majorité, elle lui avait fait un cadeau royal, qui avait englouti la totalité de ses maigres économies : elle lui avait offert une moto, voulant le traiter comme un prince. Gisèle revoyait encore son fils devant cet engin, les yeux écarquillés comme un petit enfant devant un sapin de Noël. Malgré sa réprobation, elle était restée muette. À quoi bon, puisque la machine était là, imposante, rutilante, trônant dans la cour, mais son cœur déjà avait saigné, comme d'un pressentiment néfaste, et si Adeline, par ce présent, avait gagné un échelon de plus dans le panthéon des déités où la plaçait son fils, elle avait descendu bien des échelons dans l'estime de Gisèle qui ne comprenait pas pourquoi la jeune fille ne lui avait pas demandé son avis ou même sa permission pour un cadeau qui n'avait rien d'anodin et qui engageait l'avenir de son fils malgré lui. Car sans même songer à une issue fatale (elle voulait bien admettre qu'Adeline n'avait pas voulu la mort du jeune homme) son fils se trouvait lié à la jeune fille par un cadeau disproportionné qu'il n'aurait pu rembourser en cas de rupture. Et il arriva ce qui devait arriver : la moto, monstre d'acier à deux roues dévoreuse de jeunesse, Minotaure des temps modernes, qui réclame son tribut de chair fraîche chaque année, jeta entre autres son dévolu sur Yves qui l'enfourcha un beau soir, revêtu de son armure – casque intégral et blouson de cuir –, sûr de lui et de son permis nouvellement acquis. On le retrouva moribond, gisant sur une route de campagne, dans une grande ligne droite sans virage, projeté loin de son coursier renversé fumant encore. Aucun obstacle apparent ne put expliquer cette chute. Le compteur, bloqué, n'indiquait pas de vitesse particulièrement excessive. Quand les secours arrivèrent, Yves était mort.

La douleur de Gisèle et de Louis fut à la hauteur du drame vécu : profonde, extrême, lancinante, pleine de révolte et d'interrogations sans réponse. Il leur fallut de surcroît supporter celle de la jeune fille, qu'ils ne connaissaient guère, mais promue dans l'opinion du village au rang de fiancée à cause des circonstances, quasi hystérique, indécente dans ses manifestations publiques. Au cimetière, alors que les parents se tenaient droits et raides dans leur tenue de deuil, pleins de dignité, ravalant leurs larmes, la jeune fille poussait des cris, telle une pleureuse antique, et deux personnes durent la soutenir, la contenir comme une forcenée et l'entraîner au loin quand la première pelletée de terre tomba avec un choc sourd sur le cercueil au fond de la fosse. En plus de leur douleur, les parents avaient à lutter contre cette exaspération qui montait en eux, malgré eux : qu'était cette fille pour leur voler la dignité de leur deuil ? Par respect pour la mémoire de leur fils qui l'avait aimée, ils acceptaient qu'elle soit au même rang qu'eux, ou même au premier rang dans cette cérémonie du dernier adieu, mais elle leur faisait honte : les grandes douleurs sont muettes, dit-on, et le comportement de cette fille en était l'illustration inverse. Les parents qui avaient perdu leur enfant sentaient que le reste de leur vie aurait ce goût de cendres que rien n'effacerait, l'avenir était derrière eux. Mais cette fille avait encore toute sa vie devant elle, même si le présent se montrait cruel.

Cruelle, Adeline le fut aussi à l'égard des parents qui pourtant se faisaient un devoir de l'accueillir. Elle vint les jours suivants réclamer des photos d'Yves qu'elle avait prises et Gisèle qui n'avait pas de clichés récents les lui céda, sur la promesse qu'elle les ferait retirer. Mais elle n'osa pas réitérer sa demande qui resta sans suite. La jeune fille les visita plusieurs fois dans les semaines qui suivirent. Mais c'était plutôt la chambre d'Yves qu'elle voulait voir, glanant çà et là des souvenirs avec l'inconscience d'une jeunesse qui a tous les droits. Et Gisèle voyait partir un pull qu'Yves aimait tout particulièrement enfiler, un stylo qu'elle lui avait offert à un anniversaire, un gris-gris suspendu à la lampe de chevet. Quand Adeline quémandait ces menus objets, elle avait un regard implorant et Gisèle, émue, cédait, car Adeline manifestait ainsi son amour, mais elle en était chaque fois meurtrie. Louis essayait de la consoler en lui disant que le souvenir de leur fils ne résidait pas dans de pauvres babioles matérielles. La rancœur cependant faisait son nid dans les replis du cœur de Gisèle, bien qu'en même temps elle se sentît coupable de rejeter la jeune fille. Si son fils n'avait pas eu de moto, il serait encore parmi eux, et cette moto, c'était elle qui la lui avait offerte. Elle était donc responsable de sa mort. Il y avait là un enchaînement logique irréfutable. Gisèle avait beau lutter contre ce raisonnement qui tournait en boucle dans sa tête, nourrissant son amertume et – oserons-nous dire – sa haine, il s'imposait, obsédant.

Deux ans plus tard, nous retrouvons Gisèle, derrière sa fenêtre, épiant le passage de la jeune fille qui ne vient plus les voir depuis longtemps ; mais elle est obligée de passer devant chez eux pour aller à son travail, alors elle se hâte, un peu mal à l'aise ; parfois il lui arrive de tourner légèrement la tête et elle voit le rideau bouger ; elle se dit qu'il faudrait qu'elle leur rende visite, elle va se marier et c'est à elle de le leur dire, mais elle manque de courage. Elle devrait pourtant se douter que dans un village, tout se sait. Gisèle en effet est au courant. C'est pourquoi d'ailleurs elle ne peut s'empêcher de guetter Adeline. Elle lui en veut d'être heureuse. Elle voudrait la héler, l'interpeller, lui dire qu'elle a oublié son fils alors qu'une mère reste fidèle, et en même temps elle ne supporte pas de la voir. Sa rancœur est devenue une petite tumeur bien dure dans son cœur qui souffre, il n'y a que Louis qui arrive encore à faire céder le mal de temps à autre, bien que la mort d'Yves l'ait aussi laissé démuni.

Louis est patient, Louis est aimant. Louis qui se croyait impuissant à arracher cette haine, a trouvé un moyen de détourner Gisèle de son chagrin, de la faire réagir. Il va ouvrir ce cœur au scalpel pour en extraire le chancre qui le ronge.

Les deux époux sont assis dans la cuisine, se réchauffant machinalement les mains au bol de café qu'ils sirotent en silence et l'on n'entend que le tic-tac de l'horloge. Louis se râcle la gorge et il annonce soudain à sa femme qu'il la quitte. Il baisse les yeux, il ne veut pas voir le visage défait de Gisèle. Il parle, il explique, il remplit le silence. Il dit qu'il n'en peut plus de la voir souffrir, que sa souffrance à elle augmente la sienne, que c'est trop lourd à porter. Il dit que Gisèle cultive sa douleur comme une plante empoisonnée, et que ce poison est dans l'air qu'ils respirent. Ils ont fini par faire le vide autour d'eux. Leur entourage les a consolés, puis s'est lassé de leur enfermement dans la tristesse. Cette attitude ramène-t-elle leur fils pour autant ? Non, bien sûr. Même leurs autres enfants ne viennent plus beaucoup les voir. Ils meurent à petit feu, tous deux, isolés, par égoïsme, parce qu'ils ne savent plus rien voir autour d'eux, et par lâcheté, oui, par lâcheté, pour n'avoir pas le courage d'accepter cette mort et d'affronter la vie. Eh bien, il ne veut plus subir tout ça. Gisèle sanglote. Louis se lève et dit qu'il va faire sa valise. Éperdue, Gisèle lui demande où il va. Il refuse de le lui révéler, mais il a un projet, il l'a préparé. Gisèle est restée la tête enfouie entre ses bras. Quand il redescend de l'étage, il lui caresse les cheveux au passage et lui dit au revoir d'une voix étranglée, et puis, vite il s'enfuit.

Gisèle est atterrée. Elle a toujours été très entourée et choyée par son mari. Elle se retrouve dans un état d'extrême désarroi. Elle reste prostrée des heures et des heures. Elle ne songe pas à manger. La nuit arrive, elle a peur, elle a toujours eu peur à la tombée de la nuit et n'a jamais pu dormir seule dans sa maison. Cette peur, elle la traîne depuis l'enfance, époque où elle vivait dans une ferme isolée, où il n'y avait ni lampadaire ni lumière dehors et où il fallait se méfier des rôdeurs qui traînent à la tombée du soir. Elle ferme à double tour la porte d'entrée et monte se coucher avec l'intention de prendre des somnifères, mais Louis a vidé la pharmacie. Elle se fourre dans les draps et reste de longues heures éveillée, inquiète, sans trouver le sommeil. Elle en oublie de penser à Yves, son fils chéri. C'est à Louis qu'elle pense, elle grelotte, elle n'a plus sa douce chaleur pour la réconforter. Elle se remémore ses paroles et pour la première fois, elle met à distance son chagrin qu'elle ose regarder objectivement. C'est une plante empoisonnée, a dit Louis. Elle l'a abondamment entretenue, arrosée et laissée prospérer, c'est une plante vénéneuse, sournoise et rampante qui a un parfum de haine et de désespoir. Elle est si envahissante qu'elle cache la lumière et qu'elle s'est interposée comme un écran entre elle et Louis qu'elle aime. Louis l'a accusée d'égoïsme et il a eu raison. Il l'a accusée de lâcheté, et elle reconnaît qu'elle manque de courage, qu'il lui est plus facile de dorloter sa douleur que de se remettre à vivre normalement. Elle aime qu'on la plaigne. Mais Louis maintenant refuse de la plaindre. Il l'a quittée, car elle n'a pas su voir combien elle-même le faisait souffrir.

Le lendemain matin, Gisèle qui a fini par s'assoupir au petit jour une heure ou deux descend dans le froid se faire un café. Louis n'est plus là pour rallumer le feu dans le fourneau. Elle a de grands cernes sous les yeux, mais son regard n'est plus larmoyant. Cette longue nuit l'a obligée à faire un retour salutaire sur elle-même et elle est résolue à réagir. Quand neuf heures sonnent à l'horloge, elle appelle au téléphone sa fille qui habite la ville, à une trentaine de kilomètres. Elle lui raconte le départ de son père, leur conversation dernière, sans pleurer, ce qui a jusqu'ici été plus ou moins inconsciemment son arme favorite, lui demande si elle sait où il est.

« Oui, maman, je sais où il est, mais j'ai promis de ne pas te le dire.

– Il est chez toi ?

– Non, maman, il est passé, mais il n'est plus ici. Il va faire un voyage. Il t'aime, maman, il reviendra, mais il faut que de ton côté, tu changes, que tu acceptes de vivre. Tu as oublié tout le monde dans ton chagrin, même nous, les enfants qui te restons. » Et la voix de sa fille tremble en lui faisant ce reproche. Gisèle est remplie de confusion.

Fille et mère parlèrent encore longtemps ensemble. Quand Gisèle reposa le combiné, elle avait compris qu'il lui fallait accepter cette mise à l'épreuve comme une convalescence de son cœur. Pendant l'absence de Louis qui dura quinze jours, elle ne regarda plus à la fenêtre, et quand il revint, il lut dans ses yeux la volonté de revivre. Leurs retrouvailles s'accompagnaient d'une reconnaissance mutuelle.

Adeline vint quelque temps après les voir et leur annoncer son mariage. C'est avec une émotion presque sereine qu'ils la reçurent et lui souhaitèrent tout le bonheur possible. Le jour de ses noces, Adeline fit porter un bouquet sur la tombe d'Yves.

Nathan
Étymologie : Cadeau, don

Nathan avait dix mois. C'était un bébé éveillé, plein de santé, avec un fort appétit et il était déjà bien lourd à porter. Dans son parc, il pouvait rester tranquille un moment à jouer, tourner et retourner entre ses petites mains malhabiles des cubes colorés, appuyer sur les boutons d'une boîte qui émettait divers bruits, mais il cherchait surtout à se mettre debout et il trépignait au bout d'un moment pour que sa mère le prenne. Il est vrai que celle-ci le laissait de plus en plus longtemps dans le parc, épuisée de devoir courir après lui quand il parcourait l'appartement à quatre pattes, touchant à tout. Elle soupirait souvent et cet enfant qu'elle chérissait pourtant comme la prunelle de ses yeux lui était un fardeau parfois insupportable. En éprouvant un fort sentiment de culpabilité, elle s'obligeait alors à le prendre dans ses bras et à le câliner longuement.

Ce bébé lui était d'autant plus précieux qu'elle n'était pas loin de la quarantaine quand elle le conçut. C'était donc un cadeau de la vie un peu inespéré, même si le père de l'enfant, pour sa part, était nettement moins ravi, au point qu'il se sépara d'elle trois mois après la naissance, déclarant qu'il ne supportait pas d'entendre pleurer un enfant ni de dormir aussi mal la nuit. Elle accusa le coup, certes. Il est vrai que les nuits écourtées ou interrompues des premiers mois avaient été une épreuve. Mais l'enfant faisait à présent ses nuits. Si le père avait été plus patient, il aurait vu que tout s'arrangeait. Tout ? Non. De quelle illusion se berçait-elle ? À vrai dire, une conduite aussi égoïste de la part de son compagnon lui dessillait les yeux. Ils vivaient ensemble depuis cinq ans et ne s'étaient jamais promis mariage, trouvant cela ridicule à leur âge et leur époque. Mais pour elle, la fidélité lui semblait acquise. Après quelques semaines dépressives, elle conclut qu'un comportement aussi odieux prouvait que son compagnon ne valait pas la peine qu'on le pleurât. Elle reporta tout son amour sur Nathan. Elle se consacrerait à lui entièrement – en dehors de son travail professionnel –, elle l'éduquerait au mieux, elle éveillerait pas à pas son intelligence, elle en ferait un être sociable, épanoui et heureux ; un fils aimant et généreux qui ferait la fierté de sa mère plus tard.

Ce beau programme exaltant se heurtait, hélas, à la réalité de sa fatigue et à une santé chancelante. Elle se remettait mal de son accouchement qui avait été long et pénible. Elle y repensait comme d'un cauchemar dont elle voulait définitivement se débarrasser. Elle consommait antalgiques, fortifiants, compléments alimentaires (du fer, du magnésium…) sans en ressentir nettement d'amélioration. Elle maigrissait et ses parents chez qui elle déposait de temps à autre Nathan – quand elle ne pouvait avoir recours à la crèche – s'en inquiétaient. Mais elle supportait mal leur sollicitude et préférait ramener leur attention sur le bébé, tactique qui marchait à tout coup tant ils étaient heureux d'avoir un petit-fils, ce qui les rajeunissait car ils se revoyaient eux-mêmes s'occupant de leur fille au même âge. Ils se penchaient sur Nathan, mines attendries et joyeuses et se mettaient à roucouler pour le faire réagir ; l'enfant n'était pas avare de sourires ni de gazouillis, il en faisait à la demande, et ses grands-parents, ravis, ne songeaient plus qu'au bonheur de l'avoir, là, près d'eux pour quelques heures. Toutefois lorsque leur fille était partie, ils ne manquaient pas d'échanger entre eux maintes remarques sur sa pauvre mine, se lamentant pour la énième fois sur son sort de femme seule, lâchement abandonnée.

« Le pire, disait sa mère, c'est qu'elle ne supporte même pas qu'on lui parle de sa santé. Tu as vu comment elle se met à nous parler du petit dès qu'on aborde le sujet. Tu ne trouves pas qu'elle a encore maigri ? » et le père faisant une moue dubitative, dont le but était plutôt de rassurer sa femme « si, si, je t'assure. Et je ne sais pas si tu as remarqué : ses mains tremblent ; peut-être boit-elle trop de café pour tenir le coup ? C'est mauvais pour le cœur. Pourvu qu'elle ne fasse pas une vraie dépression, il paraît que c'est terrible !

– Le meilleur remède à la dépression, c'est encore le petit, dit le père. Tu as vu comme elle le couve du regard et comme ses yeux brillent quand elle s'en occupe.

– Oui, dit la mère en souriant, c'est un cadeau du ciel. » Et se reprenant soudain, mine affligée : « Enfin, ce serait un cadeau s'il avait un père digne de ce nom.

– Allez, allez, dit son mari, ça ne sert à rien de ressasser. Tiens, le petit se met à pleurer. Va donc plutôt lui préparer son biberon. »

La mère s'empressa, vive et soudain détendue.

Quand leur fille revint chercher Nathan, la mère ne put s'empêcher de lui dire, sur le pas de la porte : « Écoute, tu as vraiment une petite mine. Va donc chez le médecin.

– J'ai autre chose à faire, dit-elle agacée. Arrête de toujours t'inquiéter. J'ai seulement mal à la gorge depuis quinze jours. Une sorte de laryngite. Bon, c'est la saison, on est en hiver. Allez, bisous. »

Et elle se hâta d'enfourner Nathan dans la voiture. Comme sa mère restait sur le seuil, elle baissa la vitre, une fois installée au volant, cria en souriant : « ça va passer ! » et fit un petit signe de la main.

Mais ça ne passa pas. Le soir, quand elle était de retour dans son appartement, après avoir fait le détour par la crèche, elle se sentait de plus en plus fatiguée et bien qu'elle eût le souci de s'occuper aussi tendrement de Nathan, elle n'en pouvait plus et le déposait enfin dans son lit pour la nuit avec un immense soulagement. Elle avait l'impression d'avoir de la fièvre, elle surveilla donc sa température, histoire de voir, et découvrit avec stupeur que le soir, elle montait à 39° alors que le matin, elle revenait à la normale. Une visite chez le médecin ne donna pas grand chose : il avait examiné sa gorge et ne comprenait pas pourquoi elle se plaignait d'avoir mal. La gorge n'était pas spécialement rouge. Du moins lui donna-t-il un arrêt maladie, lui conseillant de confier le bébé quelques jours à quelqu'un pour qu'elle puisse se reposer.

Elle n'avait pas d'autre solution que d'avoir recours à ses parents qui habitaient tout de même à une vingtaine de kilomètres de chez elle. Son père vint chercher Nathan. « Ne t'inquiète pas, fit-il. Soigne-toi. Au fond, ta mère est ravie d'avoir le bébé plus longtemps. De toutes façons, c'est l'affaire de quelques jours. » Elle opina silencieusement de la tête, elle avait la gorge nouée et avait l'impression d'abandonner son bébé. Elle s'était jurée de ne jamais le quitter pour plus de la journée, lui qui déjà n'avait plus de père, et c'était la première fois que cela arrivait. Ses parents lui avaient bien proposé de venir s'installer chez eux, mais elle avait refusé. Elle se reposerait mieux toute seule et surtout – mais cela, elle ne pouvait pas le leur dire – elle savait que si elle séjournait un peu plus longuement dans leur maison, ils ne pourraient s'empêcher de lui parler du père de l'enfant, et elle n'avait pas le courage d'affronter ce genre de conversation. Elle leur téléphonait plusieurs fois par jour. Sa mère lui faisait un rapport détaillé concernant le bébé.

« Il n'est pas perturbé ? demandait-elle avec un léger tremblement dans la voix.

– Non, non, disait sa mère. Tout va très bien. Tu sais, il est quand même habitué à nous. Tiens, tu l'entends babiller, là, dans sa chaise ? Et elle approchait l'écouteur de l'enfant, pour que sa fille l'entende.

– Oui, oui », répondait celle-ci émue avec un petit rire, mais son cœur se serrait. Elle sentait en revanche sa mère parfaitement heureuse de pouponner et elle en aurait presque ressenti de la jalousie.

Il lui fallut consulter à nouveau le médecin, qui restait perplexe. Il prit la décision suivante :

« Écoutez, dit-il. On attend la fin de la semaine. Si vous avez toujours cette fièvre dimanche soir, lundi on vous hospitalise, juste pour une batterie d'examens. C'est une simple précaution. On y verra plus clair. »

Elle était si accablée qu'elle en pleura sur le retour du chemin et elle ne se résolut à prévenir ses parents de son entrée à l'hôpital que le dimanche soir, espérant toujours se remettre dans l'intervalle. Ses parents étaient au comble de l'inquiétude et pleins de compassion. Ils l'exaspéraient par leur avalanche de questions et de recommandations. Elle leur dit que l'important était qu'ils entourent bien Nathan. « Pour cela, elle n'avait pas de souci à se faire. »

Son séjour à l'hôpital fut finalement assez bref parce que les analyses permirent de cerner rapidement le problème. Et le diagnostic suivant n'était pas très dramatique : hyperthyroïdite virale. Son mal de gorge et les autres symptômes, comme ses tremblements, la fièvre le soir, sa perte de poids venaient donc de l'inflammation de la glande thyroïde. On la renvoya chez elle avec un traitement approprié et on lui recommanda du repos. Ses parents, soulagés, tinrent à garder encore Nathan une autre semaine.

Enfin, le jour vint où elle prit sa voiture pour venir rechercher son fils. Elle appréhendait de le revoir. Que pouvait-il se passer dans cette petite tête ? Peut-être pleurerait-il en la voyant ? Ou bien il refuserait de l'embrasser. Se débattrait-il quand elle le prendrait dans ses bras pour se réfugier dans ceux de sa mamie ? Et dire qu'elle ne pourrait rien lui expliquer. Elle sonna avec fébrilité. Ses parents vinrent tous deux lui ouvrir et l'embrasser ; ils étaient heureux de la revoir, mais elle n'avait qu'une pensée en tête.

« Où est Nathan ? dit-elle.

– Dans son parc, dit la mamie joyeusement. Tu vas voir, il a fait des progrès », et elle ouvrit la porte du salon, s'effaçant devant sa fille.

L'enfant était debout, appuyé à la barre du parc. Quand il vit sa mère, il y eut une fraction de seconde en suspens, et le bébé se mit à rire, rire à en perdre haleine ; on aurait dit des grelots qui dégringolaient en cascade, un torrent de perles sonores, cristallines, son rire était de plus en plus fort et le secouait tout entier, il en étouffait presque, alors il se cachait la tête dans son bras et il la relevait un tout petit peu, la regardant en coin et son rire reprenait, se répandait dans toute la pièce. Les grandes personnes riaient en le voyant, et le bébé s'enivrait de ce rire qui enflait, s'essoufflait, renaissait, inextinguible. Sa mère riait aussi et les larmes plein les yeux, la vue brouillée, elle battait des paupières et dévorait du regard son bébé chéri qui lui témoignait une telle joie. Elle s'approcha et s'accroupit à sa hauteur, et l'enfant fut secoué d'une nouvelle quinte de rire. Jamais elle n'aurait pu rêver d'un tel cadeau de bienvenue. Elle en était éblouie.

Ce fut le premier rire de Nathan, offert à sa mère. On peut dire qu'il décupla son énergie et il balaya tous ses doutes. Oui, Nathan était un vrai cadeau du ciel. Ce fut toujours le plus beau de ses souvenirs.

Nadine et la littérature

Après ses études de lettres, Nadine dut bien songer à un métier, refusant de passer des concours qui la conduiraient inexorablement vers l'enseignement. On peut aimer lire, goûter le style des auteurs, se plaire à analyser les œuvres, avoir une grande sensibilité littéraire, sans pour autant avoir envie de se retrouver devant une classe où le plus beau des textes pouvait être gâché par l'indifférence d'un public qui ne serait pas forcément à même d'apprécier, en grande partie d'ailleurs à cause du contexte : élèves trop nombreux, bruits, distractions diverses, inconfort du lieu. Ses propres souvenirs de lycée n'étaient pas si lointains et elle s'exaspérait encore des bavardages en cours de français de camarades forts en maths pour qui la littérature n'offrait guère d'intérêt et pour qui les paroles du professeur de lettres n'étaient que peine perdue. Ceux-là, certes, deviendraient peut-être ingénieurs, mais combien d'entre eux comprendraient un jour la chance qu'ils avaient laissée passer d'accéder à une finesse de perception dans un art dont l'outil est le langage, instrument d'une richesse inépuisable et non moins noble que ceux du peintre ou du musicien. Nadine avait donc décidé de se faire écrivain public, étant trop humble et trop lucide pour prétendre être un véritable écrivain, se sentant capable d'écrire avec une certaine aisance, mais non pas d'avoir la puissance d'imagination suffisante pour créer des univers ou donner corps à des personnages pouvant rivaliser avec le réel et en donner l'illusion.

L'écrivain public est souvent un être proche du travailleur social et il gagne chichement sa vie. Comment en serait-il autrement puisque ceux qui ont recours à ses services sont la plupart du temps de pauvres gens, démunis, pour certains redevenus analphabètes, ou pour beaucoup, immigrés, n'ayant qu'une connaissance rudimentaire de ce français qui n'est pas leur langue maternelle ; ils ne la maîtrisent pas, non plus que l'orthographe ou l'écriture et ne savent pas remplir les formulaires administratifs, encore moins rédiger une simple lettre sur papier libre. Nadine assuma le choix de ce job au sein d'une association de quartier, mais à côté du remplissage fastidieux de feuilles pour diverses et multiples demandes, démarches, réclamations auprès d'organismes publics, cet emploi réservait de vrais trésors d'émotion et de partage, car soulager la misère ne peut pas vraiment être une routine, c'est à chaque fois une joie que de voir un sourire illuminer un visage fatigué, un regard terne briller. Et puis, il y avait de temps en temps des demandes pour lettres touchant à la vie privée. Ces lettres pouvaient être un premier pas vers des réconciliations : ce fut un père ayant rejeté son fils pour des histoires de jeu d'argent et voulant renouer avec lui, ce fut un frère qui désirait revoir sa sœur sans son mari qui avait été l'objet de leur brouille, ce fut une fille qui demandait pardon à sa mère après avoir claqué la porte de chez elle. Écrire et trouver le ton juste, les mots qui vont convaincre et toucher, est déjà difficile en soi dans de tels cas pour n'importe qui, et devoir s'exprimer par intermédiaire pour celui qui en fait la requête est une honte mais Nadine espérait de son accompagnement faire jaillir un soulagement. Elle se montrait très attentive, discrète et perspicace, subtile dans les formules qu'elle proposait. En non moins respectable et important, mais plus réjouissant, il y avait à rédiger des lettres d'amour : les « clients » étaient surtout des personnes de la gente masculine, tant les hommes sont persuadés que les femmes savent mieux tourner les phrases qu'eux : de grands adolescents amoureux et timides qui, dans leur jargon argotique, exprimaient un romantisme qu'on croit à tort suranné ; un homme aux rudes mains de travailleur manuel qui, pour un anniversaire de mariage, voulait glisser sous l'oreiller de sa femme un petit billet doux rédigé en vers ; un vieil homme, veuf, qui aurait bien voulu que la petite grand-mère, sa voisine du dessus, seule elle aussi, acceptât ses hommages ; et même un petit garçon de huit ans, amoureux d'une fillette qui était dans la même école et qui voulait que le dessin qu'il avait soigneusement composé – deux silhouettes se tenant par la main dans un jardin plein de fleurs et d'animaux, comme l'image d'un paradis terrestre, avec une tour d'immeuble au fond : la leur – soit accompagné d'une lettre sans fautes d'orthographe. Dans cet emploi d'écrivain public, Nadine se disait qu'elle aurait pu trouver matière à écrire des romans avec des personnages non dénués de pittoresque qui venaient à elle et qu'elle n'avait pas besoin d'inventer. Elle faisait en quelque sorte ample moisson de « héros » romanesques.

Mais son souci présent était d'assurer sa subsistance et comme son job ne lui rapportait pas gros, il lui fallut chercher à étendre ses activités. Elle songea à proposer de surcroît ses services auprès de personnes âgées pour la rédaction de leur biographie à l'usage de leurs proches. Elle s'équipa en conséquence : à son ordinateur portable elle ajouta un scan pour repiquer de vieilles photographies, un magnétophone de poche pour enregistrer les conversations, fit passer des annonces dans les journaux, des affichettes dans les maisons de retraite les plus riches de son département : elle proposait des séances de conversation ou d'entretien enregistrées, on pourrait lui confier des photos qu'elle reproduirait, et après devis et acceptation du projet, elle se chargerait, selon les souhaits des clients, de rédiger un petit livre illustré ou un album commenté, au choix, dans le respect du ton qui lui serait demandé : gravité, fantaisie ou humour, rédaction romancée ou scrupuleusement exacte, écriture sobre ou formules imagées. Elle arriva à se faire une clientèle, tant il est vrai que tout être humain aime à laisser derrière soi des traces de son existence. Et à notre époque où les familles n'ont pas la stabilité d'antan qui permettait une certaine transmission orale, où les familles éclatent aux quatre coins de la planète, où les liens parentaux se composent et se décomposent, bien des grands-parents trouvaient utile un récit qui permît à leur descendance, enfants et petits-enfants, de leur rappeler de quelle souche ils venaient et quelles avaient été les valeurs de leur temps. Ces entretiens qui débouchaient inévitablement sur des confidences,

Nadine les menait avec doigté et sensibilité et bien des personnes créaient avec elle de fugitifs liens amicaux, car il leur était difficile, à elle comme à eux, de n'avoir qu'un rapport de fournisseur à client. Nadine trouvait que beaucoup de vies étaient passionnantes, que toutes pratiquement méritaient d'être relatées. C'est la grande découverte que lui permit ce travail : la richesse humaine des êtres était immense, les circonstances forgeaient des destins inouïs, et même les histoires qui paraissaient au prime abord les plus humbles, les plus banales, à la faveur de détails émouvants, pouvaient se dérouler en une fresque colorée. En vérité, rien jamais n'était fade.

Nadine en faisait la remarque à une vieille dame, installée en maison de retraite car devenue presque aveugle, qui avait fait appel à ses services. Au cours des conversations, elles devinrent assez proches, cette personne ayant été en son temps professeur de lettres, et l'amour des livres, de la littérature les avait encore plus rapprochées : il y avait sur les étagères de cette cliente beaucoup de romans que Nadine connaissait et s'il en était qu'elle n'avait pas lus, la vieille dame lui proposait de les emporter si elle le voulait puisqu'elle-même ne pouvait plus lire. D'échange en échange sur de grands auteurs, au cours de pauses pendant les séances de « biographie », la vieille dame s'enquit d'où venait à Nadine sa grande connaissance des romans russes du XIXe siècle, puisqu'on ne les étudie pas au lycée.

« De ma mère, dit Nadine. Elle adorait Tolstoï, Dostoïevski, Gogol, Tourgueniev, Tchékhov. En fait, elle aimait la littérature russe inconditionnellement, les excès de sentimentalisme et la mélancolie de ce qu'on appelle l'âme slave la séduisaient et elle a même commencé à apprendre le russe à cause de cela. C'est elle qui m'en a donné le goût. Chaque été, on emportait en vacances un gros roman : *Guerre et Paix, Crime et châtiment, Les Frères Karamazov, Les âmes Mortes, Oblomov*. Si bien qu'avant même d'entrer à l'Université, je connaissais toutes ces œuvres déjà. Quant à Tchékhov, j'ai adoré, et j'adore encore. *La Cerisaie,* par exemple, qui dégage une si grande nostalgie mais qui a un tel charme. Les personnages en sont très émouvants.

– Eh bien, dit la vieille dame, votre mère vous a vraiment rendu grand service. Mais je suppose qu'elle ne lisait pas que les Russes.

– Non, évidemment, dit Nadine. Elle aimait tout un tas d'autres choses. Par exemple, chez les Anglais, elle avait une prédilection pout les nouvelles de Katherine Mansfield, et son auteur préféré était Virginia Woolf, pour son roman *Mrs Dalloway*. Mais à côté de cela, elle riait beaucoup en lisant *Les carnets du Major Thompson* ou *Trois hommes dans un bateau.* Chez les Italiens, elle avait une vénération pour *Le désert des Tartares* de Dino Buzatti ou pour *Le Christ s'est arrêté à Eboli* de Carlo Levi. Elle aimait aussi tout particulièrement l'art de conter des Nordiques : sans parler d'Andersen, *La Légende de Gösta Berling* de Selma Lagerlöf était un livre fascinant et pour elle et pour nous, tout autant que *La ferme africaine* de Karen Blixen.

– Elle avait des goûts éclectiques.

– Oui ! Surtout, elle était curieuse des textes de haute tenue et elle avait un flair littéraire très sûr, ce qui est d'autant plus remarquable qu'elle n'avait pas fait d'études supérieures. Elle était une autodidacte en littérature, mais elle ne se trompait jamais sur la qualité d'une œuvre. Je crois d'ailleurs qu'elle était surtout passionnée par le style, plus que par l'histoire racontée. Je vous donne des exemples en vrac : elle adorait *Les Caractères* de La Bruyère pour la concision et la recherche des formules, mais dans ce même siècle elle aimait également la correspondance de La Palatine à cause de la liberté et de la hardiesse de son ton, et toujours pour l'écriture, si nous passons au XXe siècle, elle prisait beaucoup Colette qui était pour elle une styliste incomparable. Je me rappelle, chaque matin, avant que nous ne partions à l'école, elle nous donnait en dictée, à ma sœur et moi, un passage d'un auteur qu'elle appréciait, pour l'orthographe en principe, mais en réalité, beaucoup plus pour nous apprendre ce qu'est un bon style, et nous nous battions, ma sœur et moi, pour relire le texte à haute voix, parce que nous y mettions tout notre cœur pour complaire à notre mère, mais aussi parce que nous en éprouvions un réel plaisir. Je m'entends encore relire certaines lignes où Colette fait de sa mère, Sido, une sorte de fée champêtre qui commande aux vents dans son jardin. Le soir, avant que nous ne montions nous coucher, elle nous lisait un poème, et en vacances chez ma grand-mère où nous dormions dans la même chambre qu'elle, elle avait instauré un jeu : une fois tout le monde au lit et les lumières éteintes, elle nous récitait des vers et nous devions deviner quel en était l'auteur.

– Mais votre mère est un vrai personnage ! dit la vieille dame, et elle ajouta : vous en parlez à l'imparfait.

– Oui, elle est morte, dit Nadine. Elle n'avait pas de santé, reprit-elle plus fermement. Elle était toujours malade. C'est pour cela d'ailleurs qu'elle pouvait lire beaucoup. Elle ne pouvait guère sortir ni être très active. La lecture a été sa manière de vivre. Le souvenir le plus prégnant que j'ai d'elle, c'est un peu symbolique, comme le portrait de Diderot en robe de chambre ; enfin, je veux dire que je la revois, assise sur le canapé du séjour presque à toute heure, maigre, frileusement enveloppée dans sa longue robe de chambre cintrée (c'est elle-même qui en avait dessiné le patron, elle cousait à la perfection), d'un velours bleu violet intense ; je revois son geste familier d'en relever le col avant de reposer sa main qui maintenait un livre ouvert sur ses genoux. Elle aurait pu inspirer un peintre de la Renaissance.

– C'est un magnifique cadeau que de vous avoir laissé la littérature en héritage, dit la vieille dame.

– J'en ai conscience, dit Nadine. C'est bien à cause d'elle que j'ai fait des études de Lettres. Je ne me voyais pas faire autre chose. Et je suis contente quand je peux lui rendre hommage.

– Vous avez raison, dit la vieille dame. Mais puisque vous rédigez des biographies pour les autres, vous n'avez jamais pensé à rédiger celle de votre mère ? Son exemple vaut d'être connu.

– C'est plus facile d'écrire sur les autres, dit Nadine en rougissant. On a une meilleure distance.

– Il me semble, fit remarquer la vieille dame en toussotant, qu'aujourd'hui, nous avons inversé les rôles. D'interviewée, je suis devenu interviewer. J'espère que vous ne m'en voudrez pas ! »

Nadine quitta sa cliente et amie avec un cœur gros et beaucoup de nostalgie. Ce soir-là, elle ne put écrire une ligne. Elle songeait à sa mère qui avait aimé ardemment la littérature, et avait transmis sa passion à sa fille, laquelle ne faisait pas grand-chose d'un tel héritage. Nadine n'aurait-elle pas dû devenir professeur de lettres ? N'était-ce pas exaltant d'ouvrir de jeunes esprits aux beautés d'un texte, au talent d'un auteur ? La vieille dame qu'elle venait de quitter l'avait assurée qu'enseigner la littérature pouvait être très plaisant, car on revisitait continuellement les grands classiques dont on ne pouvait pas se lasser ; il y avait toujours à découvrir ; en outre expliquer les subtilités d'un texte devant un public, quel qu'il soit, c'était comme être un musicien qui joue sa partition et lui donne vie. Si l'interprète y mettait toute son âme et son enthousiasme, une sorte d'état de grâce émanait de son talent qui faisait vibrer le texte et il trouvait ainsi un écho dans l'auditoire. N'est-ce pas ce qu'avait fait sa mère avec ses enfants ? Quel plus beau métier que celui de faire aimer les livres ?

C'est ce soir-là que Nadine décida réellement de sa carrière à venir.

Les oreilles d'Antony

Le bruit, nous en avons tous fait l'expérience, constitue une des nuisances les plus difficiles à supporter. Un bruit envahissant auquel on ne peut échapper met le système nerveux à rude épreuve et peut être source d'une telle exaspération que cela engendre parfois des drames : nous lisons dans le journal avec stupeur et incrédulité des faits divers comme celui où un homme sort son fusil de chasse et tire de sa fenêtre sur des enfants trop turbulents dans la cour d'un immeuble… « Il a pété les plombs » dit-on en forme de constat, sans pouvoir avancer d'autre explication à ce geste démentiel. Il s'agit là d'un cas extrême, mais le bruit reste sans doute la cause la plus fréquente des brouilles entre voisins. Le son trop fort d'une radio ou d'une télévision, une musique à plein tube deviennent vite très gênants si nous les subissons malgré nous. Les pleurs et cris continuels d'un nourrisson la nuit, et même le jour, n'attendrissent personne de son entourage, même pas les jeunes parents qui n'en peuvent plus et se boucheraient bien les oreilles.

Ah ! Ce geste de s'appliquer les paumes des mains sur les oreilles ou même de s'enfoncer les index dans le conduit de l'oreille pour assourdir un bruit, nous le ferions très volontiers en public beaucoup plus souvent si nous le pouvions, si ce geste ne mobilisait pas nos deux mains, et s'il n'était pas aussi ostentatoire, par conséquent malvenu dans certaines circonstances, car dans la journée nous supportons presque continuellement des bruits qui nous incommodent et nous restons cependant stoïques, essayant mentalement de nous en abstraire et bienheureux quand nous y arrivons. La nuit, pour protéger leur sommeil, certains ont recours aux boules Quies, géniale invention, au nom particulièrement bien choisi (*quies* signifie repos en latin), qui aurait dû valoir à son inventeur d'être honoré d'une statue comme bienfaiteur de l'humanité. Mais si utiles que soient ces petites boules de cire malléables qui permettent de se boucher les oreilles et de goûter enfin le silence, il est impossible de les porter constamment, puisqu'il faudrait aussi les retirer à tout moment. Ce serait fort peu pratique.

Antony, notre héros, avait pour sa part cette chance, extraordinaire a priori, d'être né avec cette possibilité de se boucher les oreilles à son gré. Je m'explique : le conduit externe de notre oreille est quelque peu protégé par une excroissance qui porte le nom savant de « tragus » ; peu importe d'ailleurs, mais ce petit cartilage insignifiant, c'est celui sur lequel nous appuyons avec nos doigts de manière à le rabattre vers l'entrée du canal de l'oreille pour ne plus entendre ce qui nous gêne. Antony, pour sa part, n'avait pas besoin de s'aider de ses index pour ce faire : le tragus de son oreille était sensiblement plus développé que le nôtre, et surtout il fonctionnait selon sa volonté : il pouvait l'incliner pour qu'il bouche son oreille à son gré et le ramener à sa position initiale, comme nous levons et abaissons nos paupières sans effort, parfois volontairement si nous voulons fermer les yeux, mais instinctivement le plus souvent si une lumière trop vive nous agresse ou si une poussière nous gêne. De même, Antony se protégeait du bruit à son gré et autant qu'il le désirait. Aussi avait-il été un enfant tranquille, équilibré, serein, ayant pris très tôt l'habitude de neutraliser les nuisances sonores qui l'environnaient. Son petit frère tapait-il trop sur son tambour, Antony pouvait rester à ses côtés, dans leur chambre commune, faisant ses devoirs sans broncher, ne percevant les battements des baguettes que de manière très assourdie. Ses parents parlaient-ils à table d'un sujet ennuyeux concernant leur travail, Antony fermait ses oreilles et rêvassait à la bande dessinée qu'il avait lue avant de passer à table. Quand une dispute survenait entre ses camarades et lui, dès la première insulte qui fusait, Antony se retirait dans le silence, n'entendant plus rien et ne relançant personne, ce qui décontenançait ses adversaires et les chamailleries cessaient, faute de combattants.

En outre, comme Antony évitait les pollutions sonores, il avait une acuité de perception extrêmement affinée, son oreille étant à l'abri des cacophonies incessantes. Il sélectionnait les moments où il avait envie d'écouter. Par exemple, quand il était dans son lit le matin, Il savourait comme nul autre tous les bruits du réveil dans la maison : celui de la bouilloire qui chantonnait gaiement, celui des bols qui s'entrechoquaient avec un bruit clair quand sa mère les sortait du placard dont la porte couinait, le déclic métallique du grille-pain qui éjectait les tartines grillées dont la bonne odeur avait déjà envahi l'escalier et qui s'était insinuée sous la porte, le sifflotement insouciant de son père dans la salle de bains à côté de la chambre, la pluie de sa douche, puis le raclement du rasoir sur sa peau, son juron étouffé quand maladroitement il se coupait, la respiration de son frère dans le lit d'à côté, le froissement des draps quand il bougeait dans son sommeil, le décompte régulier des secondes de sa propre montre qu'il gardait au poignet, ce qui lui rappelait l'heure de se lever et le faisait alors refermer oreilles et paupières pour quelques minutes de repos supplémentaires. Un autre moment d'écoute privilégié pour Antony était, lors de ses séjours à la campagne chez sa grand-mère, ses flâneries dans le jardin : le bruissement des feuillages lui était un chuchotement aussi délicat que la caresse de la brise légère. Le ronronnement du chat qui se frottait contre sa jambe se mêlait au bourdonnement des insectes dans une harmonie paisible, et il détectait la fuite du lézard dans l'herbe à son bruit de soie froissée. Le crissement du gravier dans l'allée, le chuintement du robinet d'arrosage au joint usé lui étaient des repères familiers qui lui auraient permis de reconnaître ce jardin, l'y eût-on conduit les yeux bandés. Quant aux oiseaux, il les distinguait parfaitement à leur pépiement et ne se lassait pas de les écouter, sachant distinguer le chant des uns et des autres sans toutefois pouvoir toujours les désigner par leur nom ; il allait jusqu'à reconnaître les variantes du langage chez un même oiseau, le merle en l'occurrence, son caquetage inhabituel devant un danger, sans doute le chat, ou les cris aigus de faim de ses petits dans leur nid sur la plus haute branche de la glycine.

Au fil des ans, sa qualité d'écoute en fit aussi un excellent musicien : il choisit pour instrument la flûte traversière et comme son oreille était facilement blessée par un bruit dissonant, il eut à cœur d'apprendre très vite la maîtrise des notes et des sons, ce qui lui valut de grandes satisfactions. Sa musique était fluide tout en étant extrêmement colorée et perlée, veloutée et chatoyante. Le conservatoire fondait de grands espoirs sur cet élève.

C'est bien beau tout ça, me direz-vous, mais on ne peut pas trier aussi facilement ce qu'on entend. Les bruits du monde sont nombreux et variés ; il y en a de plaisants et d'autres qui écorchent l'oreille tout en même temps. Pour écouter les uns, il faut bien endurer les autres. Quand vous êtes au concert et qu'une personne se met à tousser dans la salle, vous êtes bien obligé de subir la toux intempestive de ce quidam. En outre, un bruit, même désagréable, peut être utile. Si les voitures étaient parfaitement silencieuses, sans doute y aurait-il davantage d'accidents, car le bruit du moteur avertit parfois le piéton imprudent de regagner le trottoir dont il était descendu.

Vous avez raison. Antony fut aussi victime de la particularité que la nature lui avait offerte. Comme il pouvait choisir très facilement d'être sourd à ce qu'il ne voulait pas entendre, il en usa et en abusa. Ainsi, au collège, un cours ne lui plaisait-il pas, la tentation était grande pour lui de fermer les oreilles, si bien qu'on l'interrogea plus d'une fois sans qu'il réagît nullement, n'ayant rien entendu. Son voisin était obligé de le pousser du coude. Les autres élèves se retournaient en ricanant. Il se fit vite une réputation de rêveur, d'un élève pas assez concentré sur son travail. Plus grave, comme il n'écoutait que par intermittence, notamment en maths, il eut vite des lacunes et les notes devinrent catastrophiques. Il se fit réprimander assez durement à la maison et il essaya de remédier à ce désastre, mais l'habitude de fermer les oreilles qui lui était aussi facile que d'abaisser les paupières fut dure à rompre. Il dut lutter contre cette manie, comme un homme pris de somnolence s'efforce avec peine de rester les yeux ouverts. Et il supportait très mal tous les bruits d'une classe, pas toujours tranquille. Sans même parler de chahut, il y avait des raclements de pieds, des bruits de livres qu'on ouvrait ou fermait, des règles ou des crayons qu'on faisait tomber, des chuchotements çà et là. Il lui fallut donc accepter ces bruits parasites pour écouter aussi le professeur.

Il fit tellement d'efforts en classe afin de ne rien manquer des cours qu'il se reposait du bruit lors des récréations, choisissant alors de fermer de temps à autre les oreilles, sans trop se faire remarquer, restant dans un groupe, mais sans prendre vraiment part aux conversations. Or, parmi les élèves avec lesquels il sympathisait, se trouvait une mignonne adolescente, Sabrina, qui lui plaisait bien et c'est même à cause d'elle qu'il fréquentait le groupe dans lequel elle se trouvait souvent. Elle avait des yeux noisette, rieurs, et des taches de rousseur sur un petit nez retroussé. Elle lui faisait penser à un écureuil et elle en avait la vivacité. Elle dit quelque chose à la ronde de son air primesautier qui était le sien et se tourna vers lui en souriant. Mais à ce moment précis, il n'entendait pas.

Néanmoins, remarquant son regard brillant posé sur lui, il sourit aussi et acquiesça à son air interrogateur, sans oser faire répéter. Il était à présent tout écoute, mais inutilement. La récréation prit fin. Tout le monde rentra et Antony se promit de demander à son voisin ce que Sabrina avait dit. Toutefois, dès que la sonnerie eut retenti, le voisin, sans doute pressé, fila et Antony prit le chemin du retour sans être plus renseigné. On était un vendredi soir. Quand les élèves se retrouvèrent le lundi matin, l'atmosphère était joyeuse et des souvenirs du week-end alimentaient les conversations. Mais lorsqu'Antony s'approcha, le groupe, animé, ne lui prêta guère attention, et lorsqu'il s'avança vers Sabrina qui était au centre, elle lui tourna le dos délibérément. Antony, vexé, interrogea une autre camarade : « Qu'est-ce qu'elle a, Sabrina ? dit-il.

– Comment, fit l'autre, tu t'étonnes ! Elle t'a invitée pour samedi à son anniversaire, tu as eu l'air de dire oui, et tu n'es pas venu ! Tu es trop spécial, franchement !

– Ah ! mais je n'avais pas compris ! dit-il.

– Quoi ? pas compris quoi ? Qu'est-ce qu'il y a à comprendre ? Quand on te dit à la récré : « tu viens toi aussi ? » c'est clair, non ? Tu n'es pas sympa. »

Plus que n'importe quel autre incident, ce rendez-vous manqué fut pour Antony un avertissement. il comprit qu'il se coupait des autres et qu'à vouloir se protéger des bruits importuns, il se privait aussi de belles occasions. Il perçut quel devait être l'isolement de ceux qui étaient véritablement atteints de surdité. Ce n'était pas son cas, il devait s'en réjouir.

Il prit alors fermement la résolution de se comporter comme tout le monde, sans se servir de cette facilité qu'il avait de ne plus rien entendre. Il poussa même le mimétisme jusqu'à faire comme chacun, porter ses mains à ses oreilles quand un bruit trop strident ou qu'un vacarme soudain en agressait le tympan. Vous me croirez si vous voulez : le tragus de ses oreilles, développé plus que la normale avons-nous dit, masqué grâce à ses cheveux bouclés qu'il ne coupait que peu, s'atrophia et perdit de sa mobilité. À l'âge adulte, Antony avait ni plus ni moins les oreilles faites comme les vôtres. Ce qui ne l'empêcha pas de rester un excellent musicien bien évidemment.

Les bouleaux sont blancs

« Les bouleaux sont blancs ! »

Le premier des enfants qui, sur le seuil au matin, annonçait la nouvelle, savait qu'il allait voir, en se retournant, les visages rayonner de joie et la phrase volerait de bouche en bouche, gonflée de toutes les promesses qu'elle contenait et qui la soulevaient, chantante et aérienne. Sur l'île, en face du pignon de la petite maisonnette de vacances, de l'autre côté de la route, il y avait un large et haut rideau de bouleaux graciles et frémissants. À dire vrai, de la maison on ne voyait des arbres que le feuillage et les plus hautes branches qui oscillaient sur un fond de ciel bleu, les troncs étant cachés par d'autres maisons de village, aussi modestes, par les murets et les haies des jardins ; ils semblaient aériens et cet aspect ne faisait qu'ajouter à leur nature merveilleuse puisqu'ils pouvaient, de verts qu'ils étaient le plus souvent, devenir blancs et marquer ainsi du sceau du bonheur la journée qui s'annonçait. La blancheur argentée de leurs feuilles n'allait pas en effet sans un ciel immense, balayé de tout nuage, d'une transparence bleutée qui en purifiait le regard lorsque les yeux y plongeaient. Le soleil rutilait déjà dans toute sa splendeur, mais à l'heure de midi, il retiendrait la force de ses rayons, ne répandrait qu'une bonne et agréable chaleur, sans la fournaise de certains jours. Un temps de septembre, disait-on.

La mer ressemblerait à un lac : une lame de métal coupant l'épaisseur blonde du sable, et les gouttelettes que les enfants en feraient jaillir seraient comme autant de diamants. Il fallait à la mer cette limpidité, cet éclat pour que remonte de ses profondeurs la grosse crevette rose, délice suprême tant convoité des pêcheurs, le « bouquet » comme on disait en savourant le nom lui-même. Le père des enfants le savait bien, lui qui ne manquait jamais, quand les bouleaux étaient blancs, de prendre sa « chevrettière » (nom que les îliens donnaient au filet de pêche, en forme de poche suspendue à un demi-cercle de bois fermé d'une barre horizontale et pourvu d'un manche, dont on se servait à racler les fonds marins) après avoir guetté impatiemment l'heure propice de la marée, deux heures environ avant l'étale de la basse mer. Les enfants escortaient leur père en gambadant par tout le village qu'il fallait traverser. Les gens du pays les saluaient d'un air joyeux, complice, et dans le regard des vieux passait une lueur de satisfaction. Le père et les enfants entraient ensuite dans le bois de pins qui protégeait les dunes d'où l'on surplombait la plage offerte dans sa blanche nudité aux promeneurs matinaux. Les enfants se déchaussaient et accompagnaient leur père jusqu'au bord de l'eau, mais ils restaient à s'amuser sur l'estran, à la recherche de coquillages, ou surtout pour les filles, de nacres, restes de coquilles irisées aux tons pastel ivoire, or, rose, vert opale, polies par l'action conjuguée des vagues et du sable, parfois si fines qu'elles en étaient devenues translucides, laissant le soleil les traverser comme un fragment de vitrail. Les filles prisaient aussi beaucoup de petites coquilles rose pâle, oblongues, qui ressemblaient à de fragiles ongles, ceux peut-être de sirènes vivant dans les grandes profondeurs… Les vacanciers inexpérimentés qui avaient loué des filets à la droguerie du village battaient l'eau qui ne leur arrivait qu'à mi-jambe, et levant leur filet, venaient fréquemment en déverser le contenu sur le sable mouillé, mais leur pêche était peu fructueuse. Les enfants préféraient porter leur regard beaucoup plus loin pour suivre le trajet de leur père, sur une ligne marquée de quelques silhouettes qui avançaient lentement, gens du pays qui savaient les « bons coins » et la manière de faire, ne distillant leur savoir que parcimonieusement à ceux qu'ils adoptaient comme l'un des leurs, si de longs séjours et de longues années passées dans le village témoignaient de l'adaptation de « l'étranger » à leur style de vie. Quand venait la marée montante, après deux ou trois longues heures passées à pousser devant lui sa « chevrettière », leur père sortait enfin de l'eau, le dos un peu voûté, trempé jusqu'aux épaules, dégoulinant. Ce n'est qu'en grimaçant qu'il laissait les enfants peser sur sa profonde hotte dont la corde lui sciait l'épaule. Il leur était impossible de voir grand-chose, d'autant plus que leur père prenait la précaution de couvrir sa pêche de goémon pour la protéger du soleil sur le chemin du retour. Mais il y plongeait sa main pour faire plaisir aux enfants et un grouillement soudain permettait d'en jauger grossièrement la quantité. Son lot comportait des crevettes grises, des « boucauds » comme on les appelait sur l'île, mais il était surtout fier des grosses crevettes roses, qu'on ne pêchait que sous certaines conditions, quand « les bouleaux étaient blancs », et il sortait une grosse crevette translucide pour la leur faire admirer ; les enfants ne manquaient pas de s'exclamer. Ses vieux habits de pêche commençaient à blanchir au soleil et à sentir le sel. Ils repartaient rapidement tous ensemble à la maison, joyeux du butin prometteur d'un régal collectif.

C'est une arrivée triomphante qu'ils faisaient en franchissant la cour de la maison. Leur mère, prêtresse de ce rite sacrificatoire qu'était la cuisson de la pêche, avait tout préparé en les attendant : la marmite d'eau bouillante, l'écumoire, le gros sel, le laurier. Mais il fallait auparavant trier la pêche, débarrasser les crevettes des petites algues qui y restaient accrochées. D'un ample geste, le père déversait le contenu de sa hotte sur la table, et les cris sauvages des enfants accompagnaient quelques instants la danse frénétique des crevettes. Ils choisissaient les plus belles qui donnaient des coups de queue à les en lâcher. Ils se faisaient admirer les uns aux autres leur transparence bleutée, finement et délicatement veinée, avant de les jeter dans la marmite avec les autres où elles tressaillaient dans un dernier et vain sursaut. La cuisson était rapide. Après les avoir repêchées avec une écumoire, la mère les éparpillait sur un torchon immaculé de blancheur, rouges points d'interrogation tragiquement figés. Mais les enfants n'y voyaient qu'une friandise, d'abord croquante sous la dent, comme les cristaux de gros sel gris dont la mère les aspergeait, puis à la chair plus fondante subtilement et délicatement parfumée.

Voilà les plaisirs dont était riche la blancheur des bouleaux, signe que la déesse Nature accordait à la famille tout spécialement, pour lui prodiguer ses bienfaits. Du moins c'est ce que crut longtemps l'une des enfants parmi les plus jeunes, dont l'imagination baignait tant dans la féerie qu'elle prenait pour une soudaine fantaisie magique le feuillage argenté, frémissant et murmurant des arbres d'en face sa maison, comme l'arc-en-ciel qui pouvait survenir après un orage. Jusqu'à ce qu'elle fît enfin la liaison entre deux affirmations qu'énonçait leur père, car s'il disait le plus souvent « les bouleaux sont blancs », il lui arrivait aussi de dire « les vents sont à l'est », comme si les deux phrases pouvaient s'employer l'une pour l'autre. Elle finit par s'en étonner et lui demander le pourquoi. Il la regarda d'un air attendri et amusé, mais hésita presque à lui donner l'explication. « Si tu habitais de l'autre côté du rideau d'arbres, lui dit-il, les bouleaux seraient presque toujours blancs. Les feuilles sont vertes d'un côté, comme tu les vois habituellement, tournées vers la lumière du soleil levant mais elles ont un revers gris-blanc. Quand le vent souffle de l'est, il rebrousse les feuilles des bouleaux à l'envers, et c'est pourquoi ils sont blancs. » Un nuage passa dans le regard étonné de l'enfant, elle baissa la tête, mais ce ne fut qu'un bref instant ; elle releva bientôt son visage devenu rayonnant. « N'empêche, dit-elle péremptoirement à son père. Ce sont bien les vents d'est qui apportent les crevettes ! » Son père acquiesça en riant. Il aurait été bien en peine de lui expliquer le phénomène d'une manière plus scientifique : son savoir était empirique, comme celui des îliens, et au fond, peu importait !

L’émerveillement des enfants était là pour rappeler aux adultes qu’il fallait se réjouir de ces présents occasionnels offerts par la toute puissante Nature. Les bouleaux bruissant et frémissant sous le vent d’est, plus rare sur l’île fouettée habituellement par le vent d’ouest soufflant de l’océan, ces bouleaux tels qu’on les voyait de leur maison, devenant de temps à autre argentés, étaient la promesse incertaine, mais possible, de pêche à la crevette, non pas les crevettes grises, ni même les menues crevettes roses, mais la grosse crevette rose, le « bouquet ».

Julie et le jardin de Livie

Le jardin : qui d'entre nous ce mot ne fait-il pas rêver ? Et depuis la Bible, dans l'imaginaire collectif, le jardin est lié au bonheur du paradis. Le terme grec « paradeisos » n'a d'autre signification que celui d'un parc planté d'arbres. Adam et Ève, hélas, ont été chassés du paradis terrestre, mais les hommes en gardent la nostalgie et s'ils doivent désormais travailler à la sueur de leur front, il leur reste le bonheur de domestiquer la nature pour s'aménager des lieux de repos et d'agrément où les arbustes, les plantes et les fleurs se combinent harmonieusement dans l'espace de leur choix défini comme jardin. Qu'il soit ouvert ou clos, le jardin se démarque d'un paysage dit « naturel » parce qu'on y sent la main de l'homme, sa volonté de se créer un décor à sa guise, ou du moins de tirer parti des plantes qu'un climat et une terre donnés rendent possibles. Les hommes ont rivalisé d'imagination en ce domaine, créant même parfois justement ce qui semblait impossible. Songeons aux jardins suspendus de Babylone, que le roi Nabuchodonosor II aurait fait construire pour son épouse qui regrettait les collines boisées de son pays.

Cette construction plus ou moins mythique, considérée comme une des sept merveilles du monde, aurait ressemblé à une haute citadelle offrant un échafaudage de terrasses, arrosées pourtant de l'eau de l'Euphrate grâce à un système complexe d'irrigation. Les Romains furent également de grands amateurs de jardins qu'ils concevaient aussi de manière très architecturale comme des pièces de plein air et de verdure prolongeant les pièces d'habitat, au point de créer parfois entre les deux des effets de miroir grâce aux fresques peintes sur les murs. C'est peut-être l'effet qui était recherché dans les fresques dites de la maison de Livie.

Quand Julie, lors d'un voyage à Rome, pénétra dans la salle où sont conservées ces fresques représentant un jardin, elle éprouva une émotion plus grande que toutes celles que lui avaient procurées les nombreuses œuvres d'art vues les jours passés. La pénombre même dans laquelle baignait la pièce accentuait l'impression de baigner dans le bleu profond de la peinture couvrant les murs : un bleu de ciel assez soutenu, irrégulier, dynamique, où la verdure luxuriante du jardin semble se fondre par endroits. Bleu et vert sont les teintes dominantes s'harmonisant entre elles : couleurs froides qui rendent toute la fraîcheur qu'on attend d'un jardin. Couleurs que soulignent avec bonheur en contraste le muret d'enclos de teinte ocre pâle au premier plan ainsi que la palissade en treillage sur soubassement ocre rouge. Leurs lignes rectilignes horizontales contrastent également avec le fouillis de la végétation en arrière-plan, fouillis duquel se détachent néanmoins quelques troncs d'arbre, les branches de divers arbustes, et les fleurs juste au-dessus du muret.

Les surfaces bleues et vertes de la fresque sont ponctuées en effet de leurs taches claires, lumineuses : jaune d'or, rouge, blanc qui sont les couleurs des fleurs, ainsi que celles des fruits, et des oiseaux de toutes sortes qui animent la peinture, laquelle n'a rien de statique : les branches ploient, les oiseaux se posent ou volent, les fleurs se penchent. C'est un jardin enchanteur où l'on aimerait se rouler dans l'herbe foisonnante, cueillir l'une des grenades ouverte, éclatée par le soleil. La beauté de la fresque tient aussi à la précision et la finesse de ses représentations. Si ce jardin semble un peu fouillis, ce n'est pas négligence du peintre qui a une grande maîtrise du dessin et de son art : il a rendu avec un tel réalisme les espèces végétales qu'on reconnaît facilement ce qui pousse en climat méditerranéen : pin, laurier, touffe d'acanthe... et ce qui vaut pour la végétation vaut également pour les oiseaux qu'on distingue facilement les uns des autres : caille, merle, rossignol, moineau... D'ailleurs, ce naturalisme est en même temps une illusion puisque ce jardin semble réunir presque toute la gente ailée. D'où cette impression de paradis terrestre... Et voilà, nous revenons à la nostalgie première empreinte dans le cœur de tous les humains... En tout cas, Julie était fascinée par cette fresque. Elle serait restée des heures à la contempler. Elle en garda une impression si vive que l'atmosphère qui se dégageait de ce jardin resta pour elle un idéal.

Elle acheta au musée toutes les cartes postales se rapportant à ce jardin, dont beaucoup figurant des détails très représentatifs de la délicatesse des coloris et des dessins et à son retour de vacances, entreprit de faire à ses élèves de seconde un cours sur la peinture romaine où cette fresque de la maison de Livie occupa une place de choix. C'était beaucoup plus amusant pour la classe que de traduire un texte latin, et elle parla de cette fresque avec un tel enthousiasme qu'elle captiva facilement leur attention. « Comment s'appelle l'artiste qui a peint ce jardin ? » demanda un élève vers la fin du cours. Julie répondit qu'on n'en savait rien, mais que la question était intéressante car elle posait le problème du statut du peintre qui était plutôt considéré comme un artisan dans le monde romain et qui faisait des œuvres sur commande de riches familles sans se laisser aller à une inspiration personnelle comme on conçoit l'artiste de nos jours ; d'ailleurs, ces fresques, tout comme les mosaïques par exemple, étaient souvent exécutées par plusieurs ouvriers, et bien que dans le cas de la fresque de la maison de Livie, il y eût une telle sensibilité et une telle atmosphère qu'il était difficile de ne pas y voir la vision personnelle d'un seul homme, il n'était pas impossible que les oiseaux, par exemple, aient pu être dessinés par un peintre spécialisé en la matière, tandis qu'un autre aurait travaillé sur le rendu des arbres et des feuillages, et un troisième sur l'architecture même du jardin et un certain effet de perspective rendu par les différents plans du tableau. Mais tout cela restait des conjectures. Un autre élève leva la main : « Qui était exactement Livie ? »

– Bonne question. Comme nous n'avons plus beaucoup de temps, je propose que l'un d'entre vous nous fasse un exposé sur cette impératrice. Qui est volontaire ? »

La cloche sonna juste au moment où un élève se désignait. Toute la classe ramassa ses affaires. Julie était contente de son cours. D'ailleurs, à la sortie, l'un des élèves, parmi les plus indisciplinés, lui fit cette remarque : « Madame, vous devriez nous faire plus souvent des choses comme ça ! C'est bien plus intéressant que la grammaire. »

Ce jardin de la maison de Livie resta un tel idéal dans l'imagination de Julie que bien des années plus tard, lorsqu'elle put avoir une mutation dans le sud pour suivre son mari dans une nouvelle carrière professionnelle, elle eut un vrai coup de foudre pour l'achat d'une maison entourée d'un jardin qui, s'il n'était pas vraiment aussi poétique que celui de la fresque, comportait néanmoins quelques ressemblances : des murets bas séparant la cour du jardin lui-même, des plantes méditerranéennes, quelques arbres fruitiers et un certain fouillis de végétation qu'elle aima d'emblée et qu'elle conserva tel quel.

Dans la vie, les hasards dépassent parfois la fiction. Un jour qu'elle se promenait dans sa nouvelle ville, Nice, elle fut arrêtée sur le trottoir par une échelle d'où descendait un ouvrier. Elle se trouva nez à nez avec l'homme au moment où il posait le pied au sol. « Excusez-moi. » dit-il, puis la regardant avec une exclamation de surprise : Oh, bonjour, Madame ! N'étiez-vous pas professeur de latin à Limoges ?

– Oui, fit-elle interloquée, mais ce visage lui rappelait vaguement quelqu'un.

– Vous ne vous souvenez pas de moi, Jérôme Lardin ? J'ai été votre élève en seconde.

– Ah oui ! » répondit-elle. Si sa mémoire était bonne, cet élève n'avait pas été des plus disciplinés, mais il était d'une spontanéité qui l'avait rendu assez attachant et il était intelligent. « Cela fait déjà pas mal d'années », dit-elle ! Elle regardait avec une certaine curiosité cet homme jeune, au visage ouvert et aux yeux brillants, en combinaison de travail, manifestement à l'ouvrage sur un chantier.

Il reprit : « Vous vous rappelez ? Vous nous aviez parlé des fresques romaines. Ça m'avait bien plu, mais ça m'intriguait aussi de savoir comment des peintures tenaient comme ça depuis des siècles sur des murs. Ça m'a trotté dans la tête. Après mon bac, j'ai fait une école d'art ; à la sortie, je pensais toujours à la décoration sur les murs, alors j'ai fait des stages et j'ai suivi à la Chambre des Métiers une formation professionnelle de trompe-l'œil. J'ai vraiment aimé. J'ai décidé de devenir fresquiste. Et maintenant, c'est mon métier. Je suis venu dans la région niçoise parce qu'il y a par ici une vraie clientèle pour la déco murale. Tradition italienne oblige. Je fais du faux marbre, toutes sortes de décors avec de fausses fenêtres ouvertes donnant sur de la verdure, des arbres, enfin un tas de trucs, à la demande de la clientèle. Je suis plus un artisan qu'un artiste, comme du temps des Romains » ajouta-t-il avec un sourire. Elle sourit aussi. « Mes compliments, dit-elle. Votre parcours est original et intéressant.

– C'est un peu grâce à vous que j'en suis arrivé là, continua-t-il, parce que la fresque de la maison de Livie, celle du jardin, a été un déclic pour moi. Et au cours de ma formation, je me suis rendu compte, en étudiant les pigments et les enduits, que les Romains avaient vraiment une grande habileté dans le domaine. »

Julie l'écoutait avec plaisir. Elle se laissa aller à cette confidence : « Eh bien, dit-elle, savez-vous que moi, quand j'ai été mutée à Nice, j'ai choisi ma maison à cause du jardin qui me faisait penser à celui de cette fresque. » Elle rit, avec l'air de se moquer légèrement d'elle-même, mais lui, hocha la tête et dit : « alors, ce doit être un beau jardin !

– Il est agréable » acquiesça-t-elle.

Là-dessus, ils se séparèrent après des salutations d'usage, et Julie continua son chemin d'un pas allègre. Elle qui, après tant d'années d'enseignement, était un peu désabusée, se sentit ragaillardie par cette rencontre. Pour un témoignage de ce genre, cela valait le coup de garder foi en son métier.

Quand elle rentra chez elle, elle s'attarda, vague sourire aux lèvres, dans la contemplation de son jardin où en superposition venait se fondre un merveilleux décor bleu et vert parsemé de taches d'or.

Cet ouvrage a été composé par Edilivre
175, boulevard Anatole France – 93200 Saint-Denis
www.edilivre.com

Tous nos livres sont imprimés
dans les règles environnementales les plus strictes

Imprimé en France, 2011
Dépôt légal : juillet 2011